대성
臺城

강 위에 비 흩뿌리고 강가의 풀은 가지런한데
육조의 영화는 꿈과 같고 새만 부질없이 울고 있다
무정한 것은 궁성에 늘어진 버드나무이건만
변함없이 연기처럼 십 리 제방을 감싸고 있다

江雨霏霏江草齊
六朝如夢鳥空啼
無情最是臺城柳
依舊煙籠十里堤

사자후 1
설봉 新무협 판타지 소설

초판 1쇄 찍은 날 § 2004년 11월 25일
초판 1쇄 펴낸 날 § 2004년 12월 5일

지은이 § 설봉
펴낸이 § 서경석

편집장 § 문혜영
편집 § 장상수 · 서지현 · 한지윤
마케팅 § 정필 · 강양원 · 이선구 · 홍현경

펴낸곳 § 도서출판 청어람
등록번호 § 제1081-1-89호
등록일자 § 1999. 5. 31
어람번호 § 제2-0479호

주소 § 경기도 부천시 원미구 심곡1동 350-1 남성B/D 3F (우) 420-011
전화 § 032-656-4452 팩스 § 032-656-4453
http://www.chungeoram.com
E-mail § eoram99@chollian.net

ⓒ 설봉, 2004

ISBN 89-5831-332-3 04810
ISBN 89-5831-331-5 (SET)

※ 파본은 본사나 구입하신 서점에서 교환하여 드립니다.
※ 저자와 협의하여 인지를 붙이지 않습니다.

Fantastic Oriental Heroes

설봉 新무협 판타지 소설

사자후

獅　子　吼

1

치룡익수(稚龍溺水)

도서출판 청어람

목차

서(序) ... 7

第一章 화무백일홍(花無百日紅) ... 11

第二章 재거인정거(財去人情去) ... 59

第三章 유난동당(有難同當) ... 91

第四章 일회생(一回生), 이회숙(二回熟) ... 135

第五章 지포불가화(紙包不佳火) ... 179

第六章 금조유주(今朝有酒), 금조취(今朝醉) ... 223

第七章 대어흘소어(大魚吃小魚) ... 255

　어떤 미친놈이 비무(比武)를 청해왔다는 소리를 들었을 때, 난 솔직히 웃었다.
　"어떤 미친놈이 분타주(分舵主)님을 찾네요. 비무를 하자나 뭐라나."
　꼭 그렇게 들었다.
　그는 '미친놈'으로 불려도 하등 이상할 게 없어 보이는 자였다.
　제일 먼저 눈에 들어온 것은 형편없는 몰골이다.
　산발한 머리는 비웃을 게 못 된다. 거지들도 몇 달 정도는 머리를 감지 않는다. 찢어지고 때에 찌든 의복도 말할 게 못 된다. 그 정도였다면 개방(丐幫)에 속하지 않은 걸인 정도로 생각했을 게다.
　몰골로 말하자면 걸개(乞丐)들도 내놓을 것이 없지만, 거지 중에서도 상거지인 그를 보고는 걸개들조차도 눈살을 찌푸렸다.

거기까지는 단지 더러운 정도다.

그가 제정신을 지닌 자라고 볼 수 없게 만드는 요인은 따로 있었다.

지저분함.

그게 이상했다. 더러움이나 지저분함은 별반 다를 바가 없는데 그가 훨씬 지저분하게 생각되었다.

그의 몸에서 풍기는 악취 때문이다.

그에게서는 묘한 악취가 풍겼다. 걸인들이 내뿜는 악취는 코에 익숙해져 정겹기까지 한데, 그가 내뿜는 악취는 인상을 찡그리게 만들었다.

우습지 않은가. 개방도(丐幇徒)가 악취 때문에 인상을 찡그리다니.

그와 마주 서고 몇 마디 말을 나눌 때까지도 난 그의 몸에서 풍기는 악취의 정체를 알아차리지 못했다. 아니, 관심조차 갖지 않았다. 대신 다리 하나 정도 부러질 각오를 하라고 충고했던 것 같다.

그가 내게 창을 겨눴을 때⋯⋯ 화염이 이글거리는 눈동자를 보았을 때⋯⋯ 난 비로소 악취의 정체를 짐작해 냈다.

피와 땀이 켜켜이 쌓여 자연스럽게 뿜어져 나오는 살인마의 냄새.

그는 허명(虛名)을 좇아 비무를 즐기는 낭인(浪人)이 아니라 야성(野性)이 살아서 꿈틀거리는 진짜 살인마였다.

타구봉(打狗棒)을 으스러져라 움켜잡았다. 투지가 끓어올라 활화산처럼 꿈틀거렸다. 그의 눈길을 정면으로 맞받으며 묘공보(妙空步)를 밟기 시작했다.

생애를 통틀어 단 한 번의 패배가 기록되는 순간일 줄은 까마득히 모른 채.

우리의 첫 만남은 그렇게 시작되었다.

―개방(丐幇) 십칠대(十七代) 용두방주(龍頭幇主) 환봉개(幻棒丐)의 회고록(回顧錄) 중(中)에서.

第一章
화무백일홍(花無百日紅)
꽃은 백날을 붉을 수 없다

화무백일홍(花無百日紅)
…꽃은 백날을 붉을 수 없다

 햇살은 눈부시게 쏟아져 내렸다. 겨우내 마른 가지만 휘청이던 나무들도 푸릇푸릇한 잎사귀를 돋아냈다.
 신록의 계절은 웅크러진 육신뿐만이 아니라 꽁꽁 얼어붙은 마음까지도 활짝 열어주었다. 그리고 무엇인가 좋은 일이 있을 것만 같은 예감을 안겨주기도 했다.
 금하명(琴廈明)은 늘어지게 기지개를 켰다.
 "심심해서 죽겠네. 이렇게 좋은 날씨에 쇠막대나 휘두르며 죽쳐야 하는 건가? 이 좋은 날씨에 말이야. 따분해. 따분해."
 도무지 마음에 드는 게 없었다.
 황기 넣고 푹 삶은 닭백숙도 먹을 수 없고, 부드러운 침상도 없으며, 흥미를 끌 만한 소일거리도 없는 산 생활은 그야말로 지옥이었다.
 다른 것은 그럭저럭 견딜 수 있지만 무료함만은 도저히 견디기 어려왔다.

그렇다고 산을 내려갈 수도 없다. 대삼검(大三劍)을 제대로 수련하지 못한 채 산을 내려갔다가는 다리몽둥이가 부러져 나갈 게다. 아니, 제대로는 고사하고 대사형(大師兄)의 일 초 정도는 받아낼 수 있어야 하산할 마음이라도 먹는다.

대삼검의 심결(心訣)은 검득생기(劍得生氣), 검신탄생(劍身誕生), 무생유동(無生有動), 일광참류(一光斬流)다. 쉽게 말하면 검에 생기를 불어넣어서 쇠붙이가 스스로 살아 움직이게 하면 모든 흐름을 벨 수 있다나 어쨌다나 하는 것이다.

심오한 무리(武理)로 위장한 새빨간 거짓말을 고스란히 믿어준다고 치자. 그런 경지는 고사하고 대사형의 일 초를 받아낼 자신도 없으려니와 고적한 산속에서 흥미없는 무공을 강압에 못 이겨 수련해야 하니 이게 죽을 맛이 아니고 무언가.

"도대체 이런 걸 뭐 하러 익히라는 거지? 그렇게 싫다는데도 해라해라 하는 건 무슨 심본데? 전생에 무슨 철천지원수지간이었나? 그래서 원수 자식으로 태어난 건가? 맞아, 그랬을 거야. 젠장! 이놈의 대삼검을 무슨 수로 익히나."

금하명은 날이 예리하게 선 청강장검(青鋼長劍)으로 땅에 그림을 그렸다.

이마가 그려지고, 크고 아름다운 눈이 그려지고, 오똑한 콧날, 도톰한 입술, 길게 늘어진 머리……

청강장검으로 대충 그린 그림이었지만 땅에 생생하게 그려진 한 폭의 미녀도(美女圖)는 화공(畫工)이 붓으로 그린 것처럼 흠잡을 데가 없었다.

"언제 봐도 예쁘단 말이야. 어쩌면 이렇게 흠잡을 데가 없지? 능완아(陵琓娥), 넌 뭘 먹고 태어난 거니? 혹시 천도복숭안가 뭔가 하는 것 훔쳐 먹고 태어났나? 예뻐도 정도가 있어야지, 이렇게 예뻐도 돼? 가만 있어 보자…… 능완아, 너 여우지. 여우가 둔갑한 거지. 천 년 묵은 여우. 어! 이놈이 감히 누구 얼굴을 기어올라 가는 거야!"

금하명은 그림 위를 기어가려는 개미를 집어 손바닥에 올려놨다.

"네 이놈! 네 죄를 네가 알렷다! 네놈이 감히 선녀의 얼굴에 흠집을 내려고 해? 그 죄는 능지처참으로 다스려야 마땅하나…… 요놈을 어떻게 할까?"

그의 물음에도 한 폭의 미녀도는 말이 없었다.

"용서해 주라고? 마음도 넓지. 이놈아! 완아가 용서해 주라니 용서해 주는 거야. 너 정말 오늘 운 좋다. 이게 전부 다 선녀를 만난 덕분인 줄 알아."

금하명은 개미를 멀찌감치 던져 버리고 다시 그림에 눈길을 주었다.

아련한 그리움이 물밀듯 밀려들었다. 그러나 곧 마음을 추슬러 애써 밝은 표정을 지었다.

"계집애…… 보고 싶어서 미치겠네. 가만있어 보자. 못 본 지 얼마나 됐더라? 에계? 이제 겨우 보름밖에 지나지 않았잖아. 그것참, 이상하네. 천 년은 지난 것 같은데. 능완아, 너도 내가 보고 싶지? 뭐? 그놈의 앙탈 또 나온다. 어떻게 된 계집이 사내보다도 사납냐? 넌 요조숙녀(窈窕淑女)란 말뜻도 모르지? 요조숙녀라고 쓸 줄이나 알아? 크크크! 너 데리고 살면 내 고생길도 훤하다만…… 어쩌겠냐? 착한 내가 불쌍한 여자 하나 구제해 줘야지."

그때였다.

"까불고 있네."

등 뒤에서 비아냥거리는 소리가 들려왔다.

금하명은 깜짝 놀라기도 하고 반갑기도 한 복잡한 표정을 지으며 후다닥 일어났다.

그의 등 뒤에는 그가 그린 그림보다 서너 배는 아름다운 옥조각상이 서 있었다. 명장(名匠)이 오랜 세월 동안 심혈을 기울여 깎고 다듬은 듯한 여인상(女人像).

소녀는 '한눈에 반할 만한 여인'이라는 말을 증명하기 위해서 하늘이 내려보낸 선녀였다.

금하명이 그린 그림과 다른 점이 있다면, 금하명은 생기발랄한 얼굴을 그렸는데, 소녀는 길을 물어보기도 어려울 만큼 차고 야무지다는 점이다.

햇볕에 알맞게 그을린 얼굴과 탄력적인 피부에서 뿜어져 나오는 건강미는 금하명이 그린 그림과 닮았다.

그림과 다른 부분은 입술과 눈이다.

금하명은 도톰한 입술을 그렸지만 소녀의 입술은 꽉 다물어져 있어서 굳은 의지가 뿜어 나온다. 그림에서는 철없이 밝기만 한 눈망울이었지만, 그녀의 눈은 사내의 심혼(心魂)을 빨아들이기라도 하듯 매혹적이다.

그림과는 사뭇 다른 분위기를 지닌 소녀였지만, 이지적인 여인을 좋아하는 사내라면 더욱 빠져들 수밖에 없을 소녀다.

"어? 언제 왔어?"

능완아는 거침없이 걸어와 주변을 살피기 시작했다.

"이럴 줄 알았어. 착실히 수련하면 금하명이 아니지. 이 목인(木人)

은 손도 대지 않았네?"

능완아가 한심하다는 표정으로 쳐다봤다.

꼬마였을 적에는 신동(神童) 소리를 들었던 사람. 문무(文武)에 대해서는 악착같이 쫓아가고 항상 저 멀리에 있던 사람. 그가 바로 눈앞에서 바보 같은 웃음을 흘리고 있는 금하명이다.

모두가 그림 때문이다. 그놈의 그림.

능완아의 매서운 눈길에도 금하명은 태연하기만 했다.

"그만 노려보면 안 되나? 얼굴 뚫어질까 봐 겁나서 말이야."

"가죽이 두꺼워서 뚫어지기야 하겠어?"

"그건 그래. 내 낯가죽이 좀 두껍지."

"철 좀 들어."

"철이야 들었지. 철 이야기가 나왔으니 말인데…… 나 이제 생일 지났어. 한 살 더 먹었다고."

"말 잘했네. 한 살 더 먹었으니 이제 열여덟이네? 그런데도 아직까지 일 초도 못 받아? 그렇게도 정신 못 차리겠어? 소장주(小莊主)가 되어가지고 부끄럽지도 않아?"

"내 말은 그게 아니고……."

"그럼?"

"생일이 지났으니 안아보자 이 말이지. 사람도 없고 좋잖아? 이놈의 머리가 그런 건 잊어버리지도 않아요. 난 잊어버리려고 해도 이놈의 머리가 '생일만 지나면 안아도 된다. 안아도 된다' 하고 연신 속삭이는데 잊어버릴 수가 있어야지."

능완아의 고운 눈썹이 꿈틀거렸다. 눈에서는 냉기마저 풀풀 날렸다.

금하명은 능완아의 표정에는 아랑곳하지 않고 싱글거리며 다가와 그녀의 어깨에 손을 얹었다. 그리고 와락 껴안았다.

 능완아는 거부하지 않았다. 아니, 오히려 팔을 둘러 금하명의 등을 감싸 안았다. 그러나 그녀의 입에서 흘러나오는 음성은 차갑기 이를 데 없었다.

 "똑똑히 들어둬. 난 날 보호해 주지 못하는 남자는 언제든 버릴 거야. 너와 나를 잇고 있는 줄은 가느다란 실에 불과해. 언제든 끊어질 수 있어. 명심해 두는 게 좋을 거야."

 "흠! 냄새 좋네. 항상 이 냄새를 맡고 싶었거든. 살도 너무 부드럽고. 이래서 여자에게 빠지면 헤어나지 못한다고들 하는구나. 이제 알았네."

 "일 년 기한을 줄 거야. 더 이상은 기다리지 않아. 소장주의 위치를 찾지 못하고 계속 청화이걸(清嬅二傑)에게 능멸당하면…… 이번이 날 안아보는 마지막이 될 거야."

 "그건 너무 심하다. 내가 무슨 수로 청화이걸을 능가하냐? 차라리 머리에 마른번개가 떨어지는 편이 빠르지 않을까? 알다시피 난 무공에는 영 젬병이잖아. 초식이 어떻고 무공이 어떻고 하는 소리만 들으면 골치부터 아파오니 어쩌냐?"

 능완아의 눈빛에 안타까움이 얹혔다. 하지만 곧 아랫입술을 잘근 깨물며 눈빛을 차갑게 식혔다. 일순, 그녀의 얼굴은 처음 나타났을 때와 마찬가지로 차가운 얼음이 되었다.

 금하명은 그녀의 표정도 살피지 못한 채 말했다.

 "무림이 그렇게 좋아?"

 "……."

 "하루가 멀다 하고 피가 튀고, 사람이 죽고…… 이그! 그게 어디 사람 살 곳인가? 난 그림이 좋으니 우리 어디 산골에 들어가서……."
 금하명은 말을 마치지 못했다. 능완아의 옥수(玉手)가 항거하지 못할 힘으로 가슴을 밀쳐 냈고, 속절없이 물러나야만 했다.
 "그 따위 소리는 귀에 들리지도 않아! 그림이야, 나야? 하나만 택해! 난 무림에서 살 거니까. 무림에서! 알아? 무림! 그러니 무림에서 날 보호해 주지 못하는 사내는 버릴 수밖에 없겠지?"
 능완아의 음성은 격렬했고 차가웠다.
 "알았어. 알았어. 그래, 살자. 무림에서 백골(白骨)이 진토(塵土)될 때까지 살자."
 "청화신군(淸嬅神君)은 신(神)이야."
 이번에는 성질을 부릴 줄 모르는 여인처럼 낮게 가라앉은 음성.
 "대삼검이라는 자신만의 절학을 창안해 냈을 뿐만 아니라 지금까지 한 번도 진 적이 없는 무적고수(無敵高手)야."
 "알지, 알아. 귀가 따갑게 들었거든. 근데 그 사람, 싸움은 잘 못하게 생겼던데, 정말 그렇게 잘 싸우나? 본 적이 있어야 믿든 말든 하지. 안 그래?"
 "그러니 불효 자식이란 소리를 듣지. 아무리 아버지라도 청화신군을 그런 식으로 말하면 언젠간 큰 곤혹을 치를 거야. 이곳에서 청화신군은 곧 신이니까."
 "희한하네. 사람이 어떻게 신이 되지?"
 능완아는 금하명의 말을 무시했다.
 "그런 사람의 아들로 태어난 건 축복이야. 대삼검만 해도 그래. 남들은 배우지 못해서 안달인데 넌 어떻게 된 게……."
 "전생에 원수만 지면 돼. 그럼 청화신군의 아들이 아니라 소림(少林)

방장(方丈)의 아들로도 태어날 수 있을걸?"

"휴우!"

능완아는 고개를 절레절레 흔들며 긴 한숨을 불어 쉬었다.

"용(龍)이 용(龍)을 낳는다고 했는데…… 넌 아무래도 개[犬]인 것 같아."

그녀의 얼굴에 음울한 그늘이 졌다.

"말하는 모양세 하고는…… 개가 뭐야, 개가. 기왕이면 귀여운 강아지로 해주지. 우리 그런 이야기는 그만 하고 좀 부드러운 이야기로……."

능완아는 그만 포기해 버렸다. 금하명과의 대화는 늘 이렇게 겉만 맴돌다 끝나고는 했다. 세상에는 무인이 될 사람이 있고 되지 못할 사람이 있는데, 금하명은 불행히도 후자였다. 무공을 이토록 싫어하니…… 그는 그가 소원하는 대로 물감이나 들고 경치 좋은 심산유곡을 찾아 헤매면 딱 알맞을 사람이다.

"내려갈 준비해."

"뭐? 그게 정말이야? 그걸 왜 이제야 말해. 살다 보니 이런 일도 다 있네. 신인가 뭔가 하는 사람도 노망날 때가 있나 보네. 나야 노망이 나면 날수록 좋지만."

능완아는 쳐다보기도 싫다는 듯 아예 몸을 돌려 버렸다.

"비무(比武)가 들어왔는데, 아주 강한 사람이야."

호들갑을 떨던 금하명의 행동이 뚝 멎었다.

"그것…… 때문에 부른 거야? 그럼 그렇지. 노망날 리가 없지. 아이구! 노망은 내가 났나 보네. 바랄 걸 바라야지."

금하명은 땅바닥에 털썩 주저앉았다.

"앉아봐. 여기서 보는 일출과 일몰은 정말 장관이거든. 일몰은 특히 아름답지. 그 오묘한 색조를 보다 보면 내 몸이 물드는 것 같아. 일몰을 보려면 멀었지만 앉아서 눈을 감고 상상하면 뚜렷하게 보여. 한번 해봐."

"너라는 사람은 정말……."

"내려가 봤자 잔소리밖에 더 듣나. 차라리 한 번에 왕창 듣는 게 낫지. 비무, 싸움…… 세상에 할 일이 그렇게 없나? 눈만 뜨면 치고 박고 죽일 생각만 하니."

"알았어. 못 찾았다고 할 테니, 알아서 해. 한마디만 더 할게."

"대삼검을 수련해 내지 못하면 혼인은 꿈도 꾸지 마라? 그런데 이걸 어쩌나? 귀에 못이 박혀서 아무 소리도 들리지 않으니."

"이런 말 두 번 다시 꺼내지 않을 거야."

"야…… 네가 이럴 때도 있구나. 날씨가 풀리니까 사람들 마음도 풀리는 모양이네. 봄을 꽉 붙들어맬 수는 없나? 일 년 열두 달 봄만 계속되면 좋겠는데."

"이런 걸 두고 세상에서는 마지막 경고라고 하는 거야. 네가 이 상태에서 답보를 면치 못한다면 나도 생각을 바꿀 수밖에 없어."

능완아는 진지했다. 그녀는 무공에 대한 말을 할 때는 항상 진지했다. 입에서 나오는 말이라는 것이 거의 대부분 무공과 관계된 말이라서 탈이지만.

"저기… 생각을 바꿀 때 말이야, 진지하게 한 번 더 생각해 보는 게 어때? 이 세상에서 나만큼 쓸 만한 남자도 구하기 힘들잖아? 잘생겼겠다, 체구 딱 벌어졌겠다, 머리 속에 든 것도 많겠다, 여자 위해줄 줄 알겠다."

능완아는 더 듣지 않고 걸어가기 시작했다.
'난 진심으로 말했는데 넌 농담으로 듣는구나, 항상……'

능완아가 떠난 자리는 더욱 쓸쓸했다.
산 생활이 어떠냐는 등 간단한 안부 정도는 기대했는데, 그녀는 시종일관 무공에 대한 말만 하다 가고 말았다.
"빌어먹을! 하느님도 무심하시지. 왜 나 같은 놈을 무가(武家)에서 태어나게 한 거야. 무가에서 태어나게 했으면 아버님 능력의 반이라도 떼어주던가."
마음이야 어쨌든 현실은 늘 냉정하다. 원하든 원하지 않든 대삼검은 수련해 내야 한다. 그리고 무가의 자식으로 살아가다가 언젠가는 아버님이 이룩한 무가를 이어받아야 한다.
어차피 익혀야 할 것이라면 즐기면서 익히자는 생각을 안 해본 것도 아니다. 하지만 무공은 정말 귀찮기만 하다. 다른 사람들은 땀을 흠뻑 흘리고 나면 상쾌하다고들 하는데, 모르는 말이다. 상쾌함으로 말하자면 그림에 푹 파묻혔다가 빠져나왔을 때의 상쾌함에 비길 것이 없다.
그림에 눈을 뜨기 시작한 것은 일곱 살 때부터다.
정확히 말하면 일곱 살 되던 해 여름, 부모님은 중허(中虛) 왕필(王弼)이라는 화공을 불러 초상화를 그리도록 했다. 그때부터 그림에 미치고 말았다.
중허 왕필은 초상화 부문에서는 중원에서 다섯 손가락 안에 꼽히는 아주 뛰어난 화공. 특히 무가와 관계가 깊어서 구파일방(九派一幫) 장문인들을 비롯하여 이름난 세가(世家)의 가주들은 모두 그에게 초상화 한 장씩은 받아놓는 추세였다.

중허는 부모님의 얼굴을 두 장씩 그렸다. 한 장은 수묵(水墨)의 농도(濃度)만으로 그림을 그려내는 수묵화(水墨畵)였고, 또 한 장은 온갖 색조가 어우러진 채색화(彩色畵)였다.

금하명은 중허 왕필이 그림에 몰두하는 모습을 보는 순간 전신에서 불꽃이 피어나는 듯한 전율을 느꼈다. 무엇에 집중하기에는 너무 어린 꼬마였지만, 벼락이 머리끝에서 발끝까지 관통하는 느낌이었다.

그때 받았던 감흥은 지금도 잊지 못하고 있다.

하얀 화선지에 수묵의 점 하나, 선 하나가 모여 판에 박은 듯 똑같이 그려지는 모습이라니.

중허는 초상화를 완성한 후에도 두 달을 더 머물며 금하명을 지도했다. 물론 두 달이라는 짧은 기간은 그림의 기초를 다듬어주기에도 부족했지만, 그것도 중허의 입장에서는 많이 머문 것이다.

원래가 부평초처럼 떠돌기를 좋아하는 사람인데다 누구를 가르친다는 것을 죽기보다 싫어하는 사람이 금하명을 가르치기 위해 두 달이나 머물렀다는 것은 그야말로 기적이었다.

그만큼 금하명에게서는 중허의 발길조차 멈추게 할 만큼 특별한 재능이 돋보였다.

그 후, 금하명은 오망(晤芒) 덕중(悳重) 선생에게 글씨를 배웠고, 칠화(七華) 충현(沖賢) 선생에게서는 이 년 동안 산수화(山水畵)를 배웠다.

청화신군은 금하명의 열정을 가로막지 않았다. 무인(武人)이라 할지라도 금기서화(琴棋書畵)에 대해 어느 정도 소양은 갖춰야 한다고 생각했기 때문에 오히려 적극적으로 나서서 뛰어난 선생을 찾아주었다.

단지 그것뿐이었다. 어느 정도의 소양을 쌓을 정도까지만.

그 일이 차후 청화신군과 소현(素賢)부인의 속을 끓이게 될 줄은 당시로서는 전혀 예측하지 못했다. 부모였지만 자식의 마음속에서 일어나는 심각한 변화를 감지하지 못한 것이다.

나이 열넷이 되었을 때, 금하명은 자신이 걸어갈 길을 결정했다.

'죽을 때까지 단 한 장이라도 제대로 된 그림을 그릴 수 있다면……'

물론 무가의 자손으로서는 용납되지 않는 길이다.

대다수 사람들은 그를 부러워한다. 능완아처럼 청화신군의 자식으로 태어난 것은 대단한 축복이라고 생각한다.

맞는 말이다. 가뭄이 들어 흉년이 돼도 굶을 걱정을 한 적이 없다는 것은 축복이다. 배움도 마찬가지다. 남들은 배우지 못해 안달이지만 자신은 선택만 하면 된다. 글이 되었든 그림이 되었든…… 여간해서는 입문하기 어려운 무공도 배울 마음만 있으면 가장 좋은 스승 밑에서 배울 수 있다.

이 얼마나 큰 축복인가.

하지만 금하명은 항상 목마름을 느꼈다. 속된 말로 배부른 돼지가 행복한 고민을 한다고 말할지도 모르지만, 금하명은 진실로 평범한 농가의 자식으로 태어났으면 하고 바랄 때가 많았다.

그랬다면 먹고살기에도 버거웠을지 모른다. 농사일에 허덕이느라 그림에 대한 재능을 발견하지 못했을 수도 있다. 주위에 배부른 돼지가 있어서 자신과 같은 고민을 한다면, '등 따시니 별 생각 다 한다. 나 같으면 부지런히 무공을 수련해서 천하제일고수가 되겠다'고 남들이 생각하는 것과 같은 생각을 했을지도 모른다.

먹고사는 문제에는 그 어떤 문제도 견줄 수 없다.

맞다. 자신의 고민은 행복한 고민이다. 그러나 가고자 하는 길을 가지 못하는 목마름 또한 견딜 수 없는 것을 어쩌겠는가.
 금하명은 대삼검을 생각하며 몸을 일으켰다.
 '허보(虛步)에서 검을 좌상향(左上向)으로…….'
 무게 중심을 뒷다리에 싣고 앞다리는 툭 건들기만 해도 훨훨 날아갈 것처럼 힘을 뺐다. 오른손에 든 검은 좌상향으로 뻗고, 시선은 검끝을 쫓았다.
 '검은 부드럽게 호선(弧線)을 그리며 우하(右下)로…….'
 허보로 앞에 내민 다리가 옆으로 이동함과 동시에 검이 부드럽게 흘러내렸다.
 '몸을 고정시킨 채 팔만 이용해서…… 잡새의 배를 그릴 때는 손끝으로만. 먹이 살짝 묻어날 듯 말 듯하게…….'
 무공을 수련하려고 했으나 또 그림이 끼어들었다.

 금하명은 곤한 낮잠에서 깨어났다.
 낮잠이라고 할 수도 없었다. 점심 무렵에 잠을 청해서 그토록 좋아하는 일몰 때까지 꿈속에 빠져 있었으니 무려 반나절 동안이나 깊은 잠을 잔 셈이다.
 "아함!"
 길게 기지개부터 켰다. 그런 다음에야 일몰이 시작되고 있다는 것을 알게 되었다.
 "이런, 벌써 시간이 이렇게 됐네. 때가 되었으니 저녁을 먹어야 할 텐데…… 뭘 먹을까? 벽곡단(辟穀丹)은 곰팡내가 나서 싫은데…… 그렇다고 먹을거리 찾자고 움직이기도 귀찮잖아? 그냥 벽곡단이나 씹어 먹지 뭐."

몸을 일으킨 후, 작은 항아리에서 벽곡단을 한 움큼 꺼내 입속에 털어 넣었다.

송진, 대추, 꿀…… 입 안에서 온갖 맛이 우러났다.

"아무래도 낮잠을 너무 잤단 말이야. 밤에 잠도 안 올 텐데 뭐 하며 긴긴 밤을 보내나. 흠……! 그럼 오늘은 능(陵) 총관(總管)을 요리해 볼까?"

생각은 행동을 일으킨다. 잘라놓은 잣나무를 가져와 탁자 위에 올려놨다.

사각! 사각! 사각……!

가벼운 손놀림이 이어질 때마다 나무가 잘려 나가며 하나의 형상이 맺혔다.

조각은 강제 수련이라는 명목 하에 산으로 쫓겨 들어올 때마다 변치 않는 벗이 되어주곤 했다. 처음에는 형태를 잡아 무조건 파 나갔지만, 조각의 진수를 알게 되면서부터는 나뭇결을 최대한 살리는 쪽으로 소도를 놀릴 정도가 되었다.

투박하던 잣나무는 점차 중후한 인상의 중년인으로 탈바꿈되어 갔다.

청화장(淸嬅莊)의 총관인 능광(陵光)이다. 그런데,

"쯧! 수련을 하랬더니…… 쯧쯧!"

혀 차는 소리가 등 뒤에서 들리는 게 아닌가.

금하명은 한참 조각에 집중하다가 느닷없이 들리는 소리에 화들짝 놀라 뒤를 돌아봤다.

"엇! 아저씨. 아저씨가 여긴 어쩐 일이우?"

나타난 사람은 묘하게도 그가 조각하던 능 총관이었다.

총관이 나타난 것은 정말 뜻밖이었다. 일 년이면 서너 번씩 산으로 쫓겨 들어오곤 했지만 총관이 찾아온 적은 한 번도 없었다.

"묘하네. 낮에는 완아를 그렸더니 완아가 찾아오고, 지금은 아저씨를 조각하니 아저씨가 나타나네. 보기 싫은 사람은 절대로 그리거나 조각하지 말아야겠어."

"검을 챙겨라."

능 총관의 음성은 투박했다.

'이상하네?'

금하명은 고개를 갸웃거렸다.

금하명이 태어나기 전부터 청화장에 몸담고 있었는지라 가족과 다름없는 사람. 의미는 없지만 굳이 관계를 말하자면 숙부(叔父)라고 불러도 손색이 없을 사이. 또한 청화장에서 유일하게 그를 이해해 주는 사람.

그런 능 총관이 농 한마디 건네지 않고 말을 짧게 끊는다는 것은 이상하기 짝이 없다. 다른 때 같으면 무인이 되어가지고 등 뒤에 사람이 나타나는 것도 모른다며 호된 질책을 내렸을 게다. 소장주만 아니었다면 벌써 쫓아냈을 거라면서.

"에이, 오늘따라 왜 이렇게 겁을 주시나. 아버님이 부르는 거라면 초옥에 없더라고……."

"장주님이 돌아가셨다."

세상이 정지했다. 머리 속이 하얗게 탈색되어 아무 생각도 떠오르지 않았다.

"지, 지금…… 무슨 말을…… 에이, 농담도 심하네. 아무리 아버님 엄명이 엄해도……."

쫘!

뺨에서 불이 일었다.

'정말이야. 아버님이 돌아가셨어!'

비로소 현실이 실감되었다.

"정말이구나. 정말… 정말 돌아가신 거야? 이게… 이게 말이나 돼? 복건(福建) 제일검사(第一劍士) 청화신군이…… 어, 어떻게… 어떻게 이런 일이……?"

"가자."

능 총관이 어깨를 축 늘어뜨린 채 앞서 걸었다.

2

청화신군(淸嬅神君) 금사금(琴泗錦) 비무 중 사망(死亡).

복건성(福建省)이 발칵 뒤집혔다. 특히 복건무인들의 상실감은 천붕(天崩)에 비교될 만큼 컸다. 청화신군은 하늘이었으니 그의 죽음은 말 그대로 천붕이다.

흔히들 중원 무공을 말할 때 남권북퇴(南拳北腿)라고들 한다.

장강(長江)을 구분으로 하여 강북(江北)은 북퇴요, 강남(江南)은 남권이다. 강북과 강남의 무공은 문화적인 특성만큼이나 뚜렷한 차이가 나타난다.

강북 사람들은 보수적이며 자기중심적이다. 반면에 강남 사람은 개방적이며 실용적이다. 강북 사람은 호방하지만, 강남 사람은 간지(奸智)가 뛰어나다.

강북은 평원이 펼쳐져 있고 높은 산맥이 드물어 소통이 원활하지만, 강남은 험한 산맥이 많아서 지역 간의 왕래가 뜸할 수밖에 없다. 그렇기에 강북은 문화가 단순하지만 강남은 방언도 심하고 문화도 다양하다.

　이런 문화의 특성은 무림이라고 비켜갈 수 없다.

　강북은 많은 문파들이 활발하게 왕래를 하는 반면, 강남은 폐쇄적인 환경에서 지역 패권을 노리는 데 급급하다. 강북은 서로의 무공을 비교하며 발전시키지만, 강남은 절강성(浙江省)과 남경(南京)의 화동(華東), 복건성(福建省)과 대만도(臺灣島)의 민남(閩南), 향항(香港:홍콩)을 중심으로 한 광동(廣東), 그리고 서쪽의 사천(四川) 무공이 모두 제각각이다.

　복건무인들이 청화신군을 하늘처럼 떠받든 것은 그가 민남을 대표하는 무인이기 때문이다.

　사천 지역에는 청성파(靑城派), 아미파(峨嵋派), 당문(唐門)이 있다. 화동에는 남궁세가(南宮世家)가 존재하며, 광동에는 광동진가(廣東陳家)의 명성이 드높다.

　중원무림인이라면 모르는 사람이 없는 대문파(大門派)요 명가(名家)들이다.

　한데 유독 민남에만 명가가 없다.

　복건무인들도 불철주야(不撤晝夜) 무공 수련에 매진하는 것은 마찬가지이고, 강하다는 무인도 상당수에 이르지만 중원무림에서 인정하는 명가는 탄생하지 않았다.

　청화신군은 복건무인들의 오랜 숙원을 풀어줄 수 있는 희망이었던 것이다.

화무백일홍(花無百日紅) 29

그런 사람이 비무 끝에 죽었다는 사실은 그야말로 마른하늘에서 떨어진 날벼락이었다. 그것은 차라리 청화신군이 병사(病死)했다는 소식보다도 믿을 수 없는 일이었다.

청화신군이 누군데 무명인에게 당한단 말인가.

복건무인들은 반신반의(半信半疑)하며 삼명성(三明城)으로 모여들었다.

청화신군 금하명은 수의(壽衣)를 입었다. 입 안에는 붉은 실로 꿴 진주와 돈과 찻잎 등이 넣어져 있다. 공수래공수거(空手來空手去)라지만 가진 것 없이 저승으로 가지 말라는 뜻이다.

머리 맡에는 장명등(長明燈)이 놓였다. 저승길을 밝힐 불이다. 등 옆에는 도두반(倒頭飯:사잣밥)이 놓여 있고, 타구봉(打狗棒)을 대신하여 젓가락이 놓여졌다.

우습지 않은가. 복건제일검사였다는 사람에게 저승길 가는 동안 개에게 밥을 빼앗기지 말라고 몽둥이를 쥐어주다니 말이다.

능 총관이 관 바닥에 붉은 천과 동전을 깔았다.

"머리를 드시게."

청화신군의 관 앞에서 능 총관은 온말을 사용했다. 상주(喪主)는 금하명, 상주에게 하대를 하는 법도는 없다.

금하명이 머리를 받치자, 능 총관이 다리를 들었다. 양팔은 청화장 수제자인 노태약(盧太若)과 기완(奇琓)이 잡았다.

금하명에게 형제가 있다면 그들 몫이었겠지만 청화신군에게 자식이라고는 금하명밖에 없고, 무가의 수제자는 자식과 다름없으니 그들이 다리를 잡아도 예법에 벗어난 것은 아니다.

시신을 관 속에 넣었다.

"여기 있네."

능 총관이 검을 내밀었다.

청화신군에게 화려한 무명(武名)을 선사했던 정하검(情霞劍)이다.

금하명은 시키면 시키는 대로 했고, 주면 주는 대로 받았다.

정하검을 받아 관 속에 넣었다. 망자(亡者)가 평소에 유독 아꼈던 옥대(玉帶)도 넣었다. 은전을 건네받아서 딱딱하게 굳어진 손에 쥐어주었다.

능 총관이 젓가락과 젖은 솜이 올려진 접시를 내밀었다.

금하명은 젓가락으로 젖은 솜을 집어 청화신군의 눈가와 귀, 입 등을 닦고 또 닦았다.

법도는 이미 지켰다. 하지만 금하명의 손길은 멈추지 않았다. 닦은 부분을 닦고 닦고…… 또 닦았다.

"됐네."

능 총관이 팔을 움켜잡은 후에야 금하명의 행동이 멈춰졌다.

"이젠…… 정말 마지막이네."

면을 건네주며 한 말이다.

마지막이라는 말이 관 주위에 서 있는 사람들의 심금을 울렸다.

청화신군이 땅에 묻히려면 며칠을 더 지내야 하지만 그의 얼굴이 세상에서 사라지는 것은 이 순간이다.

"사부님, 반드시 되갚아주겠습니다. 편안히 가십시오."

노태약이 혼잣말로 중얼거렸다.

금하명은 아무 소리도 하지 않고 면으로 청화신군의 얼굴을 덮었다.

뒤쪽에 물러서 있던 목수가 다가와 관 뚜껑을 덮고 못을 박기 시작했다.

탕탕탕! 탕탕……!

"아이고! 아이고!"

관에 세 개의 못이 박히자 능 총관을 비롯하여 청화장 수제자들, 일명 청화이걸(清嬅二傑)이라고 불리는 무인들 입에서 일제히 곡성이 튀어나왔다.

금하명은 입을 굳게 다물고 곡을 하지 않았다. 두툼한 입술이 너무 굳게 닫혀서 집게로 벌리려 해도 벌려질 것 같지 않았다. 그는 멍한 얼굴로 아버지의 몸을 완전히 옭아매 버린 관만 쳐다볼 뿐이다.

능 총관의 일 솜씨는 언제나 깔끔했다.

복건무인 전체가 청화신군을 알고 있다고 해도 과언이 아닌데, 그 많은 사람들을 한 사람도 빼놓지 않고 보상(報喪:초상을 알리는 것)했다.

사람들은 지전(紙錢), 향(香), 점심(點心:과자)을 들고 와서 조상(吊喪)했다.

금하명은 관 옆에서 곡을 해야 한다. 조문객(弔問客)이 곡을 하면 상주(喪主)도 따라서 해야 한다.

이번에도 금하명은 울지 않았다. 곡도 하지 않았다. 반쯤 넋이 나간 얼굴로 멍하니 허공만 쳐다보았다.

장례는 칠일장(七日葬)으로 치러졌다.

청화장은 청화장이 생긴 이래로 가장 많은 손님들을 받았다. 복건 각지에서뿐만 아니라 멀리 호광성(湖廣省), 절강성(浙江省)에서도 무인들이 찾아왔고, 구파일방에서도 사람을 보내와 조문했다.

청화장에는 이백여 명의 식솔이 있지만 장원이 워낙 넓어서 십여 명 밖에 살지 않는다고 생각될 만큼 사람 구경을 하기 힘든 곳이다. 그런데도 발 디딜 틈이 없을 만큼 사람들이 들끓었다.

조문객들 중에는 무인이 아닌 사람도 많았다.

"칠 년 전이었지요. 워낙 흉년이 심해서 사람이라도 잡아먹을 지경이었어요. 신군께서 도와주시지 않았다면 우리 여덟 식구 중 절반은 이 세상 사람이 아닐 겁니다."

"전염병이 나돌아 집집마다 송장 없는 집이 없었습니다. 전염될까 두려워서 사람을 만나는 것도 겁이 나는 무렵이었죠. 신군께서는 당신이 감염될 것도 아랑곳하지 않고 동분서주 뛰어다니셨어요. 저희 집에서는 자식 놈 고름을 직접 짜주시기도 했죠. 정말 이런 성인(聖人)도 없었는데."

생전에 청화신군이 알게 모르게 인연을 맺은 사람들의 수는 무인들보다 훨씬 많았다.

그들은 청화신군의 관 옆에 상주가 서 있지 않은 것을 이상하게 생각했다.

"아드님께서는……."

"네, 며칠 밤을 꼬박 밝혀서요. 지금 잠시 눈 좀 붙이고 있습니다."

상주 대신 자리를 지키고 있던 노태약은 화가 치밀었지만 꾹 눌러 참고 대답했다.

"아! 네. 그렇겠죠. 상심(傷心)도 크실 테고."

금하명은 곳간에서 두 발을 가슴까지 끌어 올린 채 고슴도치처럼 웅크리고 누워 있었다.

하루 종일…… 상주를 누가 대신하던 상관없다는 듯, 사람들의 수군

거림 정도는 들리지도 않는다는 듯 누워 있기만 했다. 손가락 하나 꼼짝하지 않고.

"송장(送葬)을 해야겠다."
"……."
"그만 일어나거라."
'휴우!'
능 총관은 남몰래 깊은 한숨을 내쉬었다.
금하명의 몰골은 말이 아니었다.
얼굴은 몰라보게 수척해져서 뼈만 남았고, 눈두덩은 퉁퉁 부어 흠씬 두들겨 맞은 것 같았다.
청화장의 계승자로서 수많은 조문객에게 얼굴도 들지 못할 만큼 결례를 범했지만, 능 총관은 아무 말도 할 수 없었다.
"오늘은 아무 생각도 하지 말자. 아무 말도 하지 말고. 오늘은 가시는 분만 생각하자. 아직도 할 일이 많이 남았다고 생각해서서 발걸음을 떼지 못하실지, 아니면 미련없이 홀가분한 심정으로 훨훨 걸어가실지 모르겠다만, 우린 오직 새 집에 편히 모시는 것만 생각하도록 하자."
금하명은 능 총관의 말을 귓가로 흘리며 일어섰다.
준비는 끝나 있었다. 관을 운구하는 사람의 수는 청화신군의 지위에 걸맞게 스무 명으로 정해졌다. 악대(樂隊) 또한 상당한 규모여서 무려 사십여 명에 이르렀다.
금하명은 하얀색 상복을 입고 장례 행렬 앞에 섰다.
능 총관이 하얀 종이로 만든 조기(弔旗)와 지팡이를 내밀었다.

금하명은 지팡이부터 받았다. 대부분의 장자들이 조기부터 받는 것에 비하면 이례적인 행동이지만 결례는 아니다. 그런 후에도 그는 조기를 선뜻 받지 못하고 망설였다.
　"받으시게. 이제 자네가 장주님을 계승해야 하지 않는가."
　"나는……."
　"장주님께서는 독자(獨子)만 두셨네. 자네밖에 계승할 사람이 없어. 그리고 아까 말했지 않은가. 오늘은 일절 다른 생각을 접어두고 오직 가시는 분만 생각하자고."
　조기를 받아 들었다.
　조문객들에게 청화장을 이어갈 계승자가 금하명이라고 공식적으로 표명한 셈이다.
　장례 행렬은 장사진을 이루었다.
　조기를 든 금하명은 삼명성을 벗어났는데, 맨 후미에서 따르는 사람은 이제야 청화장을 벗어날 정도였다.
　뻴릴리…… 뻴릴리……!
　악대가 불어대는 구슬픈 음악 소리가 삼명성을 무거운 그늘로 덮어버렸다.

　상여가 삼명성을 벗어나 천운교(天雲橋)를 건널 무렵, 금하명의 눈길이 잠시 흔들렸다.
　다리 건너편에는 수명이 족히 오백 년은 됐음 직한 느티나무가 있다.
　삼명성 사람들이 영수(靈樹)라며 애지중지 돌보는 나무다. 많은 사람들이 느티나무를 찾아와 소원을 빌기도 한다.

느티나무에서는 주악(酒樂)이 한창이었다.

"따라봐라. 잔이 철철 넘치도록 따라봐. 바람이 네 살결처럼 부드럽구나. 이 좋은 날 취하지 않으면 언제 취할까. 하하! 우리 오늘 꼭지까지 취해보도록 하자꾸나. 하하하!"

사내는 상여 행렬은 아랑곳하지 않고 주흥을 즐겼다.

돗자리 위에는 간단하게 준비했다고는 생각할 수 없을 만큼 온갖 산해진미가 가득했다.

이른바 소야연(小野宴)이다.

기루(妓樓)를 찾는 손님들 중에는 날씨 좋은 날, 야외에서 주흥을 즐기고자 하는 손님도 있기 마련이다. 소야연은 그런 손님들을 위한 것으로 손님이 원하는 장소에다가 술상을 차려준다.

보기 드문 일도 아니고, 날씨도 좋은 만큼 사내가 소야연을 즐긴다고 해서 이상할 것은 없다. 사내 한 명에 기녀가 무려 다섯 명이나 매달려 있지만 이것 역시 흔하지는 않아도 가끔은 볼 수 있는 광경이다.

하지만 삼명성 사람들이 영수로 떠받드는 느티나무 밑에서 소야연을 즐긴다는 것은 상식적으로 이해할 수 없다. 청화신군의 장례 행렬이 이 길을 지나간다는 사실은 며칠 전부터 알려져 있으니 예의상으로도 이럴 수 없다.

길 가는 사람들도 청화신군의 장례 행렬 앞에서는 발길을 멈추고 옷깃을 여몄다. 말을 타고 가던 사람들은 말에서 내려 허리를 굽혔다. 논에 물을 대던 농부는 논에서 나와 오체투지(五體投地)했다.

청화신군은 그만한 존경을 받아도 마땅한 사람이다.

"저기…… 청화신군……."

기녀들이 장례 행렬을 보고 주춤거렸다.

술과 노래 속에 묻혀 사는 밤의 요화(妖花)들에게조차도 청화신군은 경외의 대상이었다.

사내가 힐끔 고개를 돌려 장례 행렬을 쳐다봤다. 그러나 그에게 장례 행렬이란 죽은 자를 묻으러 가는, 주위에서 흔히 볼 수 있는 평범한 광경에 지나지 않는 듯했다.

입가에 비웃음을 담고 고개를 돌려 버린 사내가 기녀들을 향해 환하게 웃으며 말했다.

"청화신군이 뭐 어때서? 청화신군은 썩지 않는다던가? 죽으면 썩는 거야. 살아 있을 적에는 신이었을지 몰라도 죽은 후에는 육신을 파먹는 벌레조차도 어쩌지 못하는 무능력한 존재일 뿐이야. 자자, 흥 깨지는 소리는 그만 하고 술이나 따라. 매월(梅月), 네 춤 한 번 더 보자. 옷자락 살랑, 옷소매 살랑. 언뜻언뜻 비치는 속살이 날 색마(色魔)로 만드는구나. 하하하!"

금하명은 술판을 지나쳤다.

생면부지의 사내지만 그가 누구인지는 짐작된다.

아버지에게 검을 들게 하고, 비무판으로 끌어내어 죽음에 이르게 한 자, 백납도(栢拉濤).

비무를 끝낸 자는 떠나는 것이 상례다. 비무를 하던 중에 상대가 죽으면 정중하게 조문을 하는 것이 무인의 예법이다.

백납도는 떠나지도 않았을 뿐 아니라 조문도 오지 않았다.

그는 버젓이 삼명성을 활보하고 다녔고, 무인의 체면을 깎는 행동도 서슴지 않았다.

술에 취해 길거리에서 자는가 하면, 기녀 서너 명을 옆에 끼고 대로를 활보했다. 시비 거는 자는 용납하지 않았고, 반면에 자신은 길 가는 처자를 수시로 희롱했다.

무인들은 그런 자에게 삼명신룡(三明神龍)이라는 별호를 갖다 붙였지만, 삼명성 사람들은 '개망나니 백납도'라고 불렀다.

바로 그다.

그가 아버지의 마지막 가는 길마저 조롱하고 있다.

사람들은 금하명을 쳐다봤다. 청화신군의 가업을 잇는 적자로서 백납도의 이런 행동은 용납할 수 없으니까.

금하명은 사람들이 쳐다보든 말든 묵묵히 걷기만 했다.

"퉤!"

급기야 뒤따르던 노태약이 거칠게 가래침을 뱉어내며 장례 행렬에서 벗어나 백납도에게 갔다.

"이게 무슨 짓인가!"

"응? 어디서 쇠파리가 윙윙거리나? 귀가 간지럽네."

"당장 걷어치우지 못해!"

노태약은 고함을 터뜨림과 동시에 발길로 술상을 걷어찼다.

쨍그랑! 투둑!

"어멋!"

기녀들의 놀란 비명 소리, 그릇 깨지는 소리와 더불어 깨진 술병에서 흘러나온 향긋한 주향(酒香)이 살포시 번져 갔다.

"그것참…… 성깔있는 놈이네."

"뭐라고!"

"가라. 송장 두 구 치우게 할 생각은 없다."

"뭣이!"

노태약은 분노했지만 검을 뽑을 수는 없었다.

지금은 장례 중이다. 무가의 예법에 따라 그의 검은 하얀 천으로 둘둘 말아져 등에 걸머진 상태다. 하지만 이대로 물러설 수는 없었다.
백납도는 무인의 생명이라고도 할 수 있는 자존심을 건드렸다.
"진검 승부를 하자."
"하하! 목숨이 아까운 줄 모르는 친구군. 네 자신에게 물어봐, 청화신군을 능가하는지."
"건방진 놈! 시간은 내일 정오. 장소는 섭호(灄湖). 어떠냐!"
"하하하! 정말 죽으려고 작정했군. 좋아. 받아들이지. 하지만 날짜와 시간에는 문제가 있어. 소위 수제자라는 사람이 사부 장례 기간 동안에 싸워도 되는 건가? 그건 내가 양보하지. 두 달 후 사월 보름 정오로 하지. 사십구제나 지내고 죽으라는 뜻이야. 아! 난 걱정 마, 어디로 도망가지 않을 테니까."
노태약의 불끈 쥔 주먹이 부르르 떨렸다.
"좋다. 사월 보름 정오. 섭호다."
백납도와 노태약의 진검 결투 소식은 청화신군이 땅에 묻히기도 전에 삼명성 사람들 모두가 알게 되었다.

명가(名家)의 장례는 관을 묘지에 안장하고 봉토를 하는 것으로 끝나지 않는다. 금하명이 조기를 무덤에 꽂고, 가족들이 상복을 벗었다고 끝나는 것도 아니다.
장례에 참석한 조문객들을 다시 청화장으로 데려가 술과 음식을 대접해야 한다. 칠 일을 일주기(日週期)로 하여 일곱 번의 제사를 지내야 한다.
청화신군은 무덤에 안장되었지만, 청화장은 송장을 하기 전처럼 북적거렸다. 삼삼오오 무리 지어 술을 마시기도 하고, 한담(閑談)을 나누기도 했다.

　송장을 하기 전과 같은 무거운 분위기는 아니었다. 안타까운 마음에 조문을 온 사람들이니 큰 소리로 떠들지는 못했지만, 청화신군의 죽음을 애도하는 모습은 현격하게 가라앉았다.

　또 하나 뚜렷하게 달라진 점이 있다.

　남아서 술과 음식을 즐기는 사람들은 평범한 사람들이 대부분이고 무인들은 눈에 띌 만큼 줄어들었다.

　구파일방이나 절강성, 호광성같이 먼 곳에서 온 조문객들은 송장을 끝내기 무섭게 발길을 돌려 버렸다.

　"갈 길이 멀어서 이만 가봐야겠습니다."

　"와주셔서 감사합니다. 예서(禮書)는 정신이 수습되는 대로 올리겠습니다. 돌아가시면 장문인께 조문 와주셔서 감사드린다고 말씀 올려 주십시오."

　"노태야에게 무운을 빈다고 전해주십시오."

　"감사합니다."

　능 총관은 떠나가는 무인들을 일일이 배웅했다.

　복건무인들도 총총히 자리를 떴다.

　그들이 청화장에 조문 온 목적은 두 가지다. 하나는 청화신군의 죽음을 애도한다는 순수한 목적이다. 또 다른 하나는 자신들과 직접적으로 연관된 것으로, 청화장이 지금과 같은 세력을 유지할 수 있는지 알고 싶어서다.

　무인들이 송장이 끝남과 동시에 썰물 빠지듯 물러나는 것은 청화장이 계승자로 인정한 금하명의 능력을 이미 파악했다는 뜻이 된다. 또

한 청화신군과 금하명은 비교조차 할 수 없다는 사실도.

청화장은 끝났다!

떠나가는 무인들은 권불십년(權不十年)의 무상함을 느낄 것이다. 자식을 혹은 제자를 제대로 양성하지 못한 무가의 종말을 눈으로 확인했고, 이를 교훈 삼아 자신은 자식들을 더욱 혹독하게 몰아치겠다는 생각을 가질지도 모른다.

청화장에는 뛰어난 고수가 남아 있다. 청화신군의 생존 시부터 무명을 떨친 청화이걸은 가장 대표적인 무인들이고, 무공을 선보인 적은 없지만 능 총관도 무시하지 못할 고수다.

하지만 그들 정도의 고수는 어느 무가에나 존재한다.

청화장을 유지하기 위해서는 청화신군과 같은 절대고수가 존재해야 한다. 그렇지 않는 한은 수십 개의 평범한 무가들 중 하나로 전락하고 말리라.

조문 온 무인들은 백납도와 노태약의 결전을 알고 있음에도 총총히 떠나갔다. 결과를 볼 필요도 없다는 뜻으로, 노태약이 청화신군에게 미치지 못한다는 암중 결론을 확고하게 내린 것이다.

절대고수가 없는 청화장? 앞날은 너무 명확하지 않은가.

'휴우!'

무인들을 배웅하던 능 총관은 남몰래 깊은 한숨을 내쉬었다.

대다수 무인들이 생각하는 것처럼 그의 마음에도 음울한 그림자가 드리워졌다.

금하명은 깊고 깊은 침묵 속에서 헤어 나오지 못했다. 아니, 본인 스스로 더욱 깊은 곳으로 걸어 들어갔다. 마음의 문이 하나둘 닫히기 시작하더니 종래에는 모든 문을 닫아걸어 어느 누구도 간섭하지 못할 세계로 은둔해 버렸다.
　소현부인은 의외로 담담했다.
　"놔둬요. 매미도 울음을 터뜨리려면 껍질을 벗고 다시 태어나야 해요. 하명이도 금선탈각(金蟬脫殼)해야죠."
　하지만 가만히 내버려 두자니 답답한 게 한두 가지가 아니다. 그래도 소위 소장주 신분이고, 청화장의 대소사를 주관할 사람이지 않는가. 무엇보다 사월 보름으로 기약된 노태야과 백납도의 결전에 만반의 준비를 해야 하지 않는가. 직접 싸우지는 못하더라도 대신 나서준 사람이 있으니 해줄 수 있는 것이 없을까 찾아보기라도 해야 하지 않는가.
　"언제까지 이러고 있을 거야?"
　"……."
　"후회하는 거야? 이럴 줄 알았으면 수련을 부지런히 할 걸 하고?"
　"……."
　"정신 차리고 일어나. 모두 너만 쳐다보고 있어."
　"……."
　"산에서 경고한 것 기억나? 난 약한 사람은 질색이야. 무공만 높다고 강한 건 아냐. 마음이 강해야 진정으로 강한 사람이야. 무공이 높은 사람은 꺾을 수 있지만 마음이 강한 사람은 꺾지 못해."
　"……."
　"당장 일어나지 못해!"
　능완아의 말이라면 하늘에 떠 있는 별이라도 따올 금하명이었지만 이번만은 요지부동이었다.
　"능 총관께서 네게 조기를 줄 때, 난 아무 소리도 하지 않았다. 어차피 똑같다고 생각했기 때문에. 이제 청화장은 끝났다. 하지만 끝날 때는 끝나더라도 검이나 들어보고 끝내야 되는 게 아닌가. 검을 들 자신이 없다면 차라리 죽어버리는 것이 낫지 않나. 네가 이러고 있다고 해서 동정해 줄 사람은 아무도 없다. 그만 일어나라."

"사제, 그만둬. 소 귀에 경 읽기야. 이놈은 죽음이 두려운 거야. 살기 위해서라면 백납도 신발이라도 핥을 놈이지."

청화이걸이 조롱을 퍼부었지만 꿈적도 하지 않았다.

"무공을 싫어하는 줄은 알고 있었지만 사부님이 돌아가셨는데도 검을 들지 못하는 못난 놈일 줄은 몰랐군. 길게 살아라. 오래 살아라."

쾅!

문이 거칠게 닫혔다.

귀를 막고, 입을 닫고, 눈을 감아버렸다.

금하명은 망부석이라도 된 듯 침묵 속에 웅크린 채 죽음 저편을 걸어가고 있을 아버지만 쳐다봤다.

'이렇게 가버려도 되는 건가? 겨우 요것밖에 안 되면서 무슨 복건제일검사야. 그러게 내가 말했지, 영원한 강자가 없는 무림에서 강자가 되려고 아등바등거려 봤자 뭐 하냐고. 내 말이 맞았잖아. 이래도 무공을 익히라고 할 거야?'

큭큭! 울음이 터져 나왔다.

상중 내내 울고 또 울었다. 능 총관에게서 아버지가 돌아가셨다는 말을 듣는 순간부터 쏟아지기 시작한 눈물은 송장이 끝난 다음에도 그쳐지지 않았다.

얼굴을 적시지 않는 속울음이다.

마지막 얼굴조차 보지 못했다는 죄책감은 슬픔을 더욱 가중시켰다.
능완아가 찾아왔을 때 말을 들었어야 했다, 그랬다면 질책을 들었을망정 살아생전의 모습은 뵐 수 있었는데.
'난 어떻게 해야 되는데? 무공만 수련하라고 할 것이 아니라 이럴때 어떻게 하라고 일러줬어야 할 것 아냐. 네 마음대로 하라 이거지. 무슨 아버지가 이러냐?'
원망도 하고, 분노도 터뜨리고, 애원을 해봐도…… 죽은 사람은 침묵뿐이었다.
'난 어떻게 해야 되는데…… 내가 할 수 있는 게 뭔데…….'
마음속 물음에 해답을 구하지 못하는 한 그는 한 발짝도 움직일 수 없었다. 깊은 침묵을 깨뜨릴 수 없었다.

❸

금하명은 칠일제를 지낼 때만 잠시 모습을 보였다.
몰골은 형편없었다. 얼굴은 반쪽이 되었고, 몸에서는 지독한 악취가 풍겼다. 하지만 넋이 나간 듯 초점을 잃고 공허하게 허공을 쳐다보는 눈길만은 여전했다. 제를 지낸 후에는 사람을 피하기라도 하듯 총총히 거처로 돌아가 틀어박혔다.
"제길! 언제까지 저런 꼴을 봐야 되는 거야!"
기완이 분통을 터뜨렸다.
청화장 사람들 중에 금하명의 무공을 말하는 사람은 없다. 그의 무공이 형편없다는 것은 모두 알고 있는 터이다. 청화신군이 죽었다고 해서 그의 무공이 하루아침에 증진될 리도 없다.

하나, 그는 소장주다. 청화신군이 없는 지금은 그가 청화장을 이끌어갈 장주다.

무공이 약한 것은 세월이 흐르면 극복할 수 있지만, 희망조차 없는 모습은 잠시도 견디기 힘들다.

기완은 그런 점에서 분통이 터졌다.

"말조심해라. 장주님한테 말버릇 하고는……."

기완도 답답하겠지만 가장 답답한 사람은 역시 능 총관이다.

"쳇! 장주가 장주다워야 장주로 대하지. 지금 사형(師兄)은 손에 물집이 잡히고, 피가 터지도록 검을 휘두르고 있는데, 장주란 작자는 뭘 해야 될지도 모르고 멍하니……."

쫙!

경쾌한 격타음이 터짐과 동시에 기완의 얼굴이 옆으로 휙 돌아갔다.

"말… 조심해라."

기완은 능 총관을 쏘아보다 신경질적으로 자리를 박차고 일어나 나갔다.

"휴우!"

능 총관은 습관처럼 한숨을 쏟아냈다.

지금 그가 할 수 있는 일이라고는 한숨을 내쉬는 일밖에 없었다.

능완아는 푸르디푸른 하늘에 눈길을 주었다.

하늘은 언제 무슨 일이 있었냐는 듯 태연하기만 하다. 유유히 흘러가는 구름은 어제의 구름은 아니었지만 평화롭기는 어제와 다를 바 없었다.

달라진 것은 청화장뿐이다.

답답해하는 기완의 심정도 헤아릴 수 있다. 결전을 앞두고 밤을 꼬박 지새워 검을 휘두르는 대사형도 이해한다. 수습해야 할 일은 많은데 막상 손대려 달려들면 아무것도 할 것이 없는 아버지의 처지도 나쁘게 말하면 한심하기만 하다.

청화장은 구심점을 잃었다.

흔히 사공이 많은 배는 산으로 올라간다고들 하는데, 사공이 없어도 산으로 올라가는 것은 매일반이다.

'답답해. 모두가 답답한 심정뿐이야.'

결단을 내려야 할 때가 왔다.

결단, 일(一). 소야(少爺)를 장주로 옹립한다.

청화신군이 죽는 순간부터 진행되어 온 일이다. 모두 당연하게 여기는 사실이다. 그런데도 소야를 중심으로 뭉치지 못하고 답답해하는 것은 소야가 구심점 역할을 제대로 해주지 못하기 때문이다.

더불어서 소야의 능력도 믿지 못하고 있다. 무인으로서의 능력뿐만이 아니라 장주로서의 능력까지도 의심하고 있다.

지금까지 금하명이 그림에 매달려 무공 수련을 게을리 한 일은 최악의 불신을 낳고 있다. 금하명의 능력이 지금까지 보아온 정도라면 청화장의 앞날은 절망뿐이다. 그래서 답답하다.

'무인이 되기 위해서는 무엇보다 재질이 탁월해야 해. 소야(少爺)는 상승무공을 익힐 희망이 없다고 보아야겠지. 무공에는 평범한 소야를 수련시켜 고수로 만드느니 차라리 사형제들 중 아무나 골라서 처음부터 가르치는 것이 훨씬 빠를 거야.'

그렇다. 금하명의 재질이 무공과 거리가 멀다면 두 번째 결단을 선택해야 한다.

　지금이라도 청화장 장주를 교체해야 한다. 그것만이 청화장이 도산검림(刀山劍林)이라는 무림에서 연소(燃燒)되지 않고 살아남을 수 있는 길이다.

　여기에는 걸림돌이 있다.

　청화신군이 남기고 간 공덕(功德).

　청화신군은 무공보다도 사형제 간의 배분을 중요시했다.

　그것만은 매우 엄격해서 하극상(下剋上)은 단 한 번도 용서한 적이 없다.

　철저한 위계질서 못지않게 내세울 게 또 있다.

　가족 간의 화합이다.

　청화장 식솔은 모두 한가족이다. 무공을 배우려고 입문했든, 부엌에서 잡일을 하려고 들어왔든 청화장 안에서 얼굴을 맞대는 사람들은 모두 평등하다. 질투해서는 안 된다. 사리사욕을 채우는 데 급급해서도 안 된다. 서로 간에 상처는 보듬어주고, 기쁨은 같이 나눌 줄 알아야 한다.

　현재까지는 청화신군의 바람대로 청화장 식솔은 모두 한가족으로 살아왔다.

　노태약이 상중인 금하명에게 일어나라고 호통 친 것은 미워서 그런 것이 아니다. 금하명을 얼마나 아꼈던 대사형인가. 기완이 답답해하는 것 역시 같은 맥락이다.

　그녀 자신이 빙설(氷雪)을 풀풀 날린 것은 금하명이 싫어서가 아니었다. 대삼검을 수련해 내지 못하면 태중혼인을 깨겠다고 말해 왔지만 무공에 전념해 주기를 바라는 마음이 없었다면 할 수도 없는 말이다.

그를 사랑한다.

그를 질책하고 채근한 것은 청화장의 적자로 태어난 이상 청화장을 이어받을 수밖에 없다는 판단 때문이다. 그가 그림을 아무리 좋아한다고 해도 결코 무인의 길에서 벗어날 수 없다는 예감 때문이었다.

할 수밖에 없다면 해내야 하지 않는가.

청화장 사형제들은 금하명이 검을 들기만 하면 신명을 바쳐서 따라줄 충실한 원군이다. 금하명의 무공이 미천해도 청화장을 우뚝 세울 수만 있다면 기꺼이 목숨을 내놓을 사람들이다.

여기까지가 청화신군이 만들어놓고 간 공덕인데…… 이러한 공덕 때문에 금하명을 눌러앉히고 다른 사람을 장주로 앉히기란 하늘의 별 따기가 되어버렸다.

걸림돌은 또 있다. 청화이걸의 무공이 청화신군의 절반에도 미치지 못한다는 것.

장주를 바꾸더라도 청화장이 살길은 요원하다.

더군다나 상황은 최악으로 치닫고 있다.

백납도가 장례 행렬 길목에서 주연을 펼친 것은 청화장 뿌리를 뽑아 버리려는 의도다. 청화신군이 죽고, 제자들이 펑펑 나가떨어진다면 청화장의 명성은 땅에 떨어지게 된다.

완전히 청화장을 몰락시키려는 의도다.

노태약의 도전은 무모했다. 청화장 제자들 중에도 의기있는 사람이 있다는 것을 보여주려는 의도였겠지만, 백납도의 덫에 걸려드는 꼴밖에 되지 않는다.

그렇다면 첫 번째도, 두 번째도 안 된다면 세 번째 결단만 남았다.

금선탈각(金蟬脫殼).

청화신군이 이룩한 것을 고스란히 보존하는 방법은 없다. 두 다리를 잃은 거한은 주저앉는 길밖에 없다. 서 있으려고 바동거릴수록 잘린 부분이 썩어 들어가 종래에는 목숨까지 잃고 만다.

현 청화장의 실정이 그렇다.

청화장주를 잃은 청화장의 운명은 두 다리를 잃은 거한과 다를 바 없다.

두 다리를 잃었다면 아예 털썩 주저앉는 게다. 죽을 수 있다면 완전히 죽어서 전혀 다른 인간으로 새로이 태어나는 게다.

'이대로는 안 돼.'

능완아는 앵두같이 붉고 도톰한 입술을 잘근 깨물었다.

하늘에 떠 있는 구름은 평화로웠다. 인간 세상에는 관심이 없는 듯 무심했다. 너무 무심해서 답답하기 이를 데 없는 마음을 담을 수가 없었다.

능완아는 장서고(藏書庫)에 틀어박혀 두문불출(杜門不出)했다.

청화신군이 죽은 후로는 청화장 무인들도 장서고 출입을 하지 않았다. 지금 혼란스럽기 그지없는 그들 정신은 책을 보고 있을 만큼 한가하지 않다.

사락! 사락!

텅 빈 장서고의 고적함을 책장 넘어가는 소리가 일깨웠다.

장서고에는 온갖 종류의 서적들이 정연하게 꽂혀 있다. 삼고구류(三古九流)의 모든 책이 총망라되었다고는 할 수 없지만 복건성 제일의 서고(書庫)라고 하기에는 부족함이 없다.

그럼에도 장서고는 청화장 무인들에게 환영을 받지 못했다.

소림의 장경각(藏經閣)처럼 무공 비급을 쌓아놓은 곳이 아니기 때문이다. 무공 비급이라고는 단 한 권도 찾아볼 수 없는 서고가 복건제일의 장서고이니 모순도 이만저만한 모순이 아니다.

장서고를 만든 사람은 소현부인이다.

예인이었던 만큼 그녀가 수집한 책들도 예(藝)와 관련된 것이 대부분이다.

오단(五段)으로 짜인 책장(册欌) 하나가 없었다면 도저히 무가의 서고라고 할 수 없다.

청화장 무인들이 장서고에 들르는 것도 오직 그곳에 있는 서적을 보기 위해서였다. 그렇지 않았다면 장서고는 사람의 발길이 닿지 않는 죽은 서고가 되었을 게다.

유일한 무가 책장이라고 하여 일무장(一武欌)이라고 불리는 그곳에는 각 단에 스무 권씩 무려 백여 권이 이르는 책이 쌓여 있다.

과거에 명멸했던 무인들, 또는 현재에 활약하는 무인들의 신상 명세와 활약상을 기재해 놓은 책으로 가히 무림인물사(武林人物史)라고 말할 수 있는 책들이다.

능완아는 몇 번이고 읽어서 머리 속에 각인되다시피 한 책들을 다시 한 번 꼼꼼하게 읽어 내려갔다.

한 권, 두 권…… 시간이 흐름에 따라 독파한 책들이 쌓여갔다.

해가 지고 날이 어두워져도 독서는 끝나지 않았다.

시녀가 들어와 조용히 유등(油燈)을 밝히고 돌아갔다.

머리 속에 들어 있는 내용들이라 다시 읽어볼 필요가 없는 책들이다. 다시 읽는다고 해도 주마간산(走馬看山) 격으로 휘르륵 넘겨 버려도 충분하다.

능완아는 글자 한 자 한 자를 꼼꼼히 읽었다.

장서고에 들어선 지 사흘째, 몸이 화석(化石)처럼 굳어져 갈 무렵 드디어 원하던 부분을 찾아냈다.

'이거야!'

책은 삼혈마(三血魔)가 기재된 부분에서 멈췄다.

청화장은 온실이다. 청화장 문도들은 온실 속의 화초다.

청화장을 대표하는 무공인 청화신군의 대삼검은 적수를 찾아보기 힘든 절공이다. 하지만 화초들이 수련한 대삼검은 나약하기 짝이 없어서 심하게 말하면 검을 수련한 무인들이라고 할 수도 없다.

청화신군의 검에는 죽음이 묻어 있다. 하지만 청화장 문도들의 검은 피를 알지 못한다. 청화장이 반석 위에 올려진 상태에서 검을 잡은 사람들에게는 피가 필요하지 않았다.

세파를 겪어보지 못한 무공은 약하다.

대삼검을 수련한 문도가 많음에도 불구하고 무림에 명성을 날린 무인은 청화이걸 단 두 명뿐이라는 사실이 여실히 증명해 준다.

반면에 백납도의 검은 낭인검(狼人劍)이다. 죽음을 딛고 깨달은 검이다.

그런 검을 익혀야 한다.

대삼검을 수련하는 것보다 죽음이 무엇인지 깨닫는 것이 급선무다.

일명 야수검(野獸劍), 사검(死劍)이라고 부르는 검을.

삼혈마라는 존재는 무림에서도 극히 몇 사람만이 알고 있다. 장서고 무림인물사에 삼혈마가 기재된 것도 아버지인 능 총관이 아니었다면 불가능했을 게다.

그들은 고수가 아니다. 죽음이 두려워 몇십 년이고 몸을 숨기고 도망 다니는 삼류무인들일 뿐이다.

그럼에도 능완아가 삼혈마 부분에서 책장을 멈춘 것은 삼혈마의 무공이야말로 죽음의 무공에 가장 가깝기 때문이다.

너무 죽음에 치우쳐 사파 무공으로 분류된 무공, 고수를 만나면 여지없이 무너지는 이류무공, 하지만 대삼검에 죽음을 덮씌워 줄 무공.

죽음이 무엇인지 알기 위해서는 정심(正心)으로 펼쳐야 하는 대삼검.

'하명, 난 여자잖아. 내가 이러기 전에 날 보호해 줄 정도가 됐어야지. 지금부터 도박을 하려고 해. 후회하지 않을 거야. 할 수 있는 데까지 해보다가 정 힘들면 주저앉을 거야.'

삼혈마에 대한 부분을 다시 읽어본 후, 몸을 일으켰다.

능 총관은 침소에 들기 위해 불을 껐다. 그때, 문밖에서 옥구슬 굴러가는 듯한 음성이 들려왔다.

"아버님, 저예요. 늦었지만 말씀드릴 게 있어요."

"완아냐? 이 시간에?"

"네, 들어가서 말씀드리고 싶어요."

능 총관은 다시 불을 켰다.

그렇잖아도 장서고에 틀어박혀 사흘 동안이나 물 한 모금 마시지 않고 책만 읽는다는 말을 듣고는 내심 걱정하던 차였다.

문이 열리고 능완아가 들어섰다.

다행히도 얼굴은 그리 상해 보이지 않았다. 오히려 붉으스레 화색이 도는 것이 괜한 걱정을 했다고 실소를 머금게까지 했다.

"무슨 일이냐? 시간이 늦었는데 그만 자지."

능완아는 아버지의 얼굴을 빤히 쳐다봤다. 눈에 드리워진 암울한 그림자도 숨기지 않았다. 애처로움과 죄송함이 버무려진 복잡한 그림자였다.

"할 말이 단단히 있는 게로구나."

"아버지."

"말해 봐라."

"삼혈마를 불러주세요."

"뭣!"

능 총관이 너무 놀라 자리에서 벌떡 일어섰다. 두 눈은 경악으로 부릅떠졌다.

"네, 네가 삼혈마를 어떻게!"

음성마저 확연하게 떨려 나왔다.

"죄송해요. 삼혈마에 대한 기억을 되새겨 드리고 싶지는 않지만 어쩔 수 없었어요."

"아, 알고 있었구나."

"네, 알고 있었어요. 궁금하기도 했고…… 휴우! 그래서 조사도 해 봤어요. 죄송해요."

능 총관이 힘없이 털썩 주저앉았다. 머리 속이 하얗게 탈색된 듯 공허한 얼굴이었다.

한동안 말없이 침묵만 지켰다. 유등의 심지 타 들어가는 소리가 들릴 만큼 숨 막히는 침묵이었다.

한참 만에야 입을 열었다.

"많이…… 실망했겠구나."

"아뇨. 전 아버지가 자랑스러워요. 제가 이렇게 살아 있는 것도 다 아버지 덕분이잖아요."

"믿을 수가 없다. 넌 섬서성(陝西省)에 가본 적이 없을 텐데……."
"꼭 가봐야지만 알 수 있는 건 아니잖아요. 지옥야차(地獄夜叉)와 원완마두(猿腕馬頭), 불러주실 수 있나요?"
"확신할 수는 없지만…… 불러보도록 해보마. 그전에…… 삼혈마를 불러달라는 저의가 뭐냐?"
능완아는 자신있게 대답했다.
"왼손이 하는 일을 오른손이 모르게 하라는 말이 있죠? 저에게 꼭 필요한 사람들이라는 것만은 분명해요. 걱정하지 마세요. 제가 알아서 할게요."

어느 문파, 어느 집안 할 것 없이 능력없는 자가 대통을 이었을 경우에는 왕왕 문제가 발생한다. 간혹 능력있는 자가 반기를 드는 경우로, 가벼울 경우에는 골육상쟁(骨肉相爭)이고 심할 경우에는 멸문으로 이어지기도 한다.
청화장주로 내정된 금하명은 지극히 능력없는 장주다.
청화장에서 무공으로 금하명을 제압할 수 있는 사람은 거의 전부라고 해도 과언이 아니다.
그래도 청화장이기에 가능성이 남아 있다. 능력없는 장주라 할지라도 든든하게 밑을 받쳐 줄 사형제들이 존재하기에.
능완아는 청화장 곳곳을 돌아다니며 사형제의 면면을 살폈다.
모두 한가족과 다름없는 사람들이라서 무공이며, 성품이며, 출생지며, 가족 사항 등등 일신에 관한 사항은 손바닥 들여다보듯이 알고 있는 사람들이다.
그 사람들을 분류했다.

머리 속에 네 개의 방을 만들어 분류된 사람들을 집어넣었다.
사방(死房), 죽을 사람들. 굴욕방(屈辱房), 수치를 겪을 사람들. 은방(隱房), 숨을 사람들. 밀방(密房), 내 사람들.
환히 아는 사람들을 분류하기란 쉽지 않은 일이다. 그것은 어미가 자식들을 분류하는 것과 같았다. 첫째는 죽어야 하고, 둘째는 굴욕을 감수해야 하고, 셋째는 숨어 다녀야 하고……
열 손가락 깨물어 아프지 않은 손가락이 있던가.
능완아는 눈에 슬픔을 담고 한 사람씩 분류해 나갔다.

남몰래 머리 속 계획을 정리하고 점검했다.
'남은 일은 실행.'
능완아는 소현부인의 처소로 발길을 옮겼다.
소현부인의 상심(傷心)은 누구도 헤아리지 못한다.
무공을 모르는 여염집 아낙으로 오직 청화신군만 의지하며 살아온 세월이다.
남편의 죽음은 어느 아낙에게나 천붕(天崩)과 다름없겠지만, 특히 소현부인에게는 기둥이 뽑힌 것과 진배없으리라.
초췌한 모습의 소현부인은 능완아가 들어서는 것도 모른 채 넋을 잃은 표정으로 앉아 있었다.
능완아는 잠시 망설였다.
'아직 충격이 채 가시지 않았는데…… 죄송해요. 하지만 이런 일은 서둘수록 좋을 것 같네요.'
결심을 굳혔다.
"어머님, 드릴 말씀이 있어요."

소현부인이 생기 잃은 눈동자를 들어 쳐다봤다.

능완아는 또박또박 걸어서 맞은편에 앉았다. 그리고 소현부인의 눈을 똑바로 쳐다보며 말을 이었다.

"차 한 잔 올릴까요?"

소현부인은 무표정했다. 희로애락(喜怒哀樂)을 잊은 사람이 되어 담담하게 말했다.

"차…… 차를 마셔본 지도 오래됐구나."

능완아는 차를 준비했다.

평소, 소현부인은 차를 무척 즐겼다.

얼었던 대지가 녹아 새싹이 돋아날 때, 쨍쨍 내리쬐던 폭양이 한풀 꺾이는 석양 무렵에, 울긋불긋 단풍진 나뭇잎이 한 잎, 두 잎 떨어질 때, 백설이 만곤곤하게 소복이 쌓였을 때 청화신군과 함께 향긋한 차 한 잔 마시는 것이 소현부인의 유일한 호사였다.

청화신군이 명을 달리한 후에는 차를 마신 적이 없다. 적어도 능완아는 그렇게 알고 있다.

"이런 상황에서 이런 말씀을 드리는 게 죄송하지만, 빠르면 빠를수록 좋을 것 같아서……."

소현부인이 찻잔을 놓고 그윽한 시선으로 쳐다보았다.

아직 혼인은 치르지 않았지만 이미 며느리로 생각하고 있는 정과 사랑이 듬뿍 묻어 나왔다.

"청화장을 떠나야겠어요."

소현부인은 뜻밖의 말일 텐데도 별반 놀라지 않았다. 세상의 어떤 일도 충격이 될 수 없다는 듯 담담하게 받아들였다.

"그분이 전에 이런 말을 한 적이 있단다. 사람이 별의 정기를 받고 태어난다면 넌 지다성(智多星)의 정기를 받았을 거라고."

말을 했을 뿐인데 소현부인의 눈가에 눈물이 그렁거렸다.

사람들은 소현부인을 보고 강골(强骨)의 여인이라고 한다. 성격만으로 논하면 청화장 주인은 청화신군이 아니라 소현부인이라고도 말한다. 끊고 맺음이 분명하고, 악(惡)을 용납하지 않는 강인한 성격 때문에 더욱 그렇게 보였던 것 같다.

그러나 소현부인은 단 한 번도 청화신군의 뜻을 거슬러 본 적이 없다. 내부의 일은 철저히 단속했지만 바깥일에 나서본 적도 없다. 청화신군이 무슨 일을 하던 믿었다. 설혹 청화신군이 역모를 꾀한다고 해도 순종하며 따랐을 게다.

청화신군과 소현부인은 소문난 원앙(鴛鴦)이었다. 단지 생각하는 것만으로도 가슴이 미어지고 그리움이 북받치는 지고지순한 사랑의 결정이다.

"그러……셨어요."

능완아는 눈가에 맺힌 물기를 못 본 척, 고개를 숙이며 대답했다.

"또 이런 말씀도 하셨단다. 청화장에는 일군(一君), 이걸(二傑)이 있다. 청화신군과 청화이걸이다. 하지만 이는 청화장의 화려한 겉모습일 뿐, 실제로 청화장을 움직이는 사람은 일세(一細)와 일지(一智)다. 한 치의 빈틈도 없는 능 총관의 섬세함과 너의 지모(智謀). 그러면서도 청화장 식솔들까지 너를 능 총관의 딸, 당신의 제자쯤으로만 여기고 있으니 얼마나 무섭냐고."

"예쁘게 봐주셨으니까요."

"청화장을 공격하는 사람이 있다면 두 사람만은 반드시 죽여야 한다고 하셨단다. 당신과 너. 그렇지 않고서는 청화장을 무너뜨린 게 아니라고 하셨지."
 사부님 이야기만 나오면 한없이 초라해진다.
 그분은 진정 거인(巨人)이셨다. 무림에서는 본력(本力)의 삼 푼을 숨겨야 한다는 말처럼, 항시 삼 푼 정도는 숨겨왔다고 자신했다. 한데도 사부님은 자신을 정확히 꿰뚫어 보고 있었다. 아니, 사부님과 같은 위치에 올려놓을 정도로 높게 평가했다.
 '좀 더 사셨더라면……. 그러나 이제는… 이제는 늦었네요. 너무 늦고 말았어요.'
 "그분 말씀이 옳은지는 모르겠다만, 네가 청화장을 떠난다니 대들보 두 개가 다 빠진 셈이구나. 깊이 생각하고 내린 결정일 테니 아무 말도 소용없겠지. 가거라."
 "죄송하다는 말씀은 드리지 않을게요."
 "어머니라는 말도 마지막이냐?"
 "그럴 것 같아요."
 "하명이가 많이 상심하겠구나. 어지간히 좋아했는데."
 "이겨낼 거예요."
 소현부인은 창밖으로 시선을 돌렸다.
 편안한 얼굴이었다.
 능완아는 빈 찻잔에 찻물을 따랐다.
 또르륵!
 찻물 떨어지는 소리가 소리없이 무너져 가는 청화장처럼 쓸쓸하게 들렸다.

第二章
재거인정거(財去人情去)
돈이 없으면 인정도 떠난다

재거인정거(財去人情去)
…돈이 없으면 인정도 떠난다

뜬눈으로 밤새우기를 며칠, 금하명은 수척해진 몰골, 흐트러진 몸도 추스를 생각을 하지 않은 채 휘청휘청 걸어서 서가(書架)로 갔다.
 청화신군이 죽고, 자신 역시 발길을 들여놓은 지 오래되었는데도 서적들은 먼지 하나 없이 정연하게 정돈되어 있었다.
 그는 다른 서가에는 눈길도 주지 않고 제일 안쪽 서가로 다가갔다.
 유가(儒家)의 경전(經典)들과 불경(佛經)을 모아놓은 곳으로 무가 사람들은 거의 손을 대지 않는 서가다. 굳이 의미를 부여하자면 희귀한 장서(藏書)를 모아놓은 곳이라고나 할까?
 금하명은 책 한 무더기를 들어내고 안에 숨겨져 있던 물감들을 꺼냈다.
 빨간색, 파란색, 노란색……
 곰팡이가 피어 있는 물감들이 하나둘씩 모습을 드러내며 탁자 위에 올려졌다.

 언제부터인가 금하명은 마음대로 그림을 그릴 수가 없었다. 그림을 그리다가 아버지에게 들키는 날이면 밤을 새워가며 호된 꾸지람을 듣곤 했다.

 누구나 마음만 먹으면 그릴 수 있는 것이 그림이지만, 그에게는 무공 초식을 깨달았을 때 내려지는 부상(副賞)으로만 존재했다.

 검으로도 그려보고, 나뭇가지로도 그려봤다. 하지만 갖가지 색을 붓에 묻혀 하얀 화선지 위에 생명을 불어넣을 때 느꼈던 희열은 맛볼 수 없었다.

 정순(精純)하게 만들어진 상등품(上等品) 물감은 번짐이 없다. 힘을 주어 두껍게 누르면 두껍게, 미풍이 얼굴을 스쳐 가듯 살짝 건드리면 버들가지처럼 흐느적거리고……

 수백 개의 색이 버무려지며 생명을 탄생시키는 오묘함이란!

 딱딱하게 굳어버린 물감을 물로 개었다. 부스러기가 남지 않도록 시간과 정성을 들여 꼼꼼히 풀었다. 그리고 탁자 위에 화선지를 펼친 후, 깊게 심호흡을 했다.

 붓을 들어 물감을 듬뿍 묻힌 것과 동시에 하얀 화선지는 한 폭의 그림으로 재탄생하기 시작했다.

 무엇을 그릴지는 이미 머리 속에 담아놨으니, 생각을 붓에 옮겨 생명을 불어넣기만 하면 된다.

 활짝 피어난 연꽃, 반쯤 피다 만 하얀 봉오리, 넓게 펼쳐진 초록색 연잎. 아! 연잎 위로 기어오르는 자라 한 마리도 있구나. 소금쟁이가 동그란 물결을 만들어놓기도 했고.

 차 한 잔 마실 시간이 채 되지 못해서 깊은 맛이 우러나는 연꽃 그림이 완성되었다.

　금하명은 잠시 완성된 그림을 들여다보았다.

　눈가에 미미한 파랑이 일었다. 미간도 살짝 찌푸려졌다가는 펴졌다. 입에서는 갈증이 치밀어 마른침을 삼켜야만 했다.

　망설임없는 행동은 계속 이어졌다.

　대황촉(大黃燭)을 밝혔다. 그리고 채 물감이 마르지 않은 화선지를 들어 하늘거리는 불꽃 위에 올려놓았다.

　화라락……!

　그림 속의 연꽃이 뜨겁다고 몸부림쳤다. 자라는 금방 새까맣게 구워졌다가 하얀 재로 변해 버렸다. 물 위에서 팔짝팔짝 뛰던 소금쟁이도, 소금쟁이가 그려냈던 물결의 파랑도 더 이상 존재하지 않았다.

　금하명은 아직도 하얀 연기를 뿜어내는 화선지를 탁자 위에 던져 놓고 성큼성큼 걷기 시작했다.

　'사랑은 하나. 둘이 될 수 없다. 사랑은 하나만 존재하는 거야.'

　지난 몇 달은 그의 삶에서 가장 지독하게 괴로웠던 나날들이었다.

　아버지의 죽음이라는 현실을 받아들이기 힘들었다. 아니, 사랑하는 아버지를 잃은 슬픔이 너무 커서 아무 생각도 할 수 없었다. 현실이 어떻다는 것도 깨닫지 못할 만큼.

　남들이 보면 어떻게 한 집에 사나 싶을 정도로 으르렁거리던 부자간이었다.

　남들이다. 남들이 볼 때 그렇다.

　아버지는 금하명을 이해했다. 그림에 남다른 열정을 보이는 자식에게 힘을 실어주고 싶은 마음도 있었으리라. 그러나 불행히도 두 부자는 무림이란 곳과 뗄 수 없는 인연을 맺었다.

금하명은 무인이 되어야 한다.

청화신군이 살아 있을 적에는 해(害)를 입지 않겠지만, 청화신군이라는 보호막이 걷히게 되면 언제 어느 때 누구에게 화를 입을지 모른다. 청화신군이라는 화려한 별호를 얻기까지는 적지 않은 원한도 쌓았으니까 말이다.

청화신군처럼 고절한 무공은 익히지 못한다 해도 자신의 몸뚱이 하나쯤 보호할 만한 무공은 닦아놓아야 한다.

청화신군이 원하는 수련은 그 정도에 불과했다.

금하명도 아버지의 마음을 알고 있었다. 무뚝뚝한 분이라 말로 일러주시지는 않았지만 작은 부분까지 세심하게 신경을 써주셨으니 어찌 모를 리 있는가.

그렇기에 어쩔 수 없이 그림에 빨려 들어가는 자신을 원망한 적도 있다.

버릇없이 툭툭 쏘아붙이기는 했지만 그는 아버지를 사랑했다.

조금 더 시간이 흘러, 아버지의 죽음을 받아들이자 현실적인 문제가 맹렬하게 들이쳤다.

꺾인 아버지의 명예.

비무 중 사망은 복수의 대상이 안 된다. 단순히 무예를 비교하는 것이 비무라지만, 진검(眞劍)을 들고 무공을 펼치는 이상 목숨을 잃을 경우는 항상 존재한다.

백납도가 아버지를 죽였다고 해서 그에게 복수할 명분은 없다.

그가 아버지의 죽음을 거창하게 떠들고 다니고, 자신의 무용담(武勇談)을 한껏 뽐내는 것은 승자의 권리니 뭐라고 할 수도 없다.

분노가 치밀면 비무를 청해서 이기면 된다.

화공은 그림으로 말하고, 요리사는 음식으로 말하듯, 무인은 무공으로 말해야 한다.

잔인하지만 이것이 무림의 법이다.

꺾인 아버지의 명예를 되찾기 위해서는 청화장의 이름으로 비무를 청해서 이기는 길밖에 없다.

너무나 요원한 길이다. 너무 요원해서 끝이 보이지 않는다.

그래도 무인이 되어야 한다면 갈 수밖에.

금하명은 무인의 길을 가기로 작심하기에 앞서서 자신의 자질부터 생각했다.

무인으로서의 자질을 논한다면 무엇부터 짚고 넘어가야 할까?

오랜 세월 동안 포기하지 않고 꿋꿋이 연마하는 집념? 집중력? 인내심? 아니면 선천적인 반사 능력? 강인한 체질?

무인이라면 모두 다 구비해야 할 자질들이다.

금하명은 그중에서도 오직 하나, 사랑만을 생각했다.

그림을 사랑했듯이 무공을 사랑할 수 있을까?

사랑할 수 있다면 무인의 길을 걸을 것이고, 사랑할 수 없다면 포기하는 쪽이 옳다.

아버지의 명예를 회복시키는 일은 자식이 행해야 할 마땅한 도리다. 하지만 돌아가신 아버지도 자식이 사랑하지도 않는 길을 걸어가는 모습은 보기 싫으실 게다.

금하명은 무인의 길을 사랑할 수 있을지 없을지 확신이 서지 않았다. 생각에 생각을 거듭해도 그림만큼 사랑할 자신이 없었다.

그림은 새 생명을 탄생시킨다. 반면에 무공은 생명을 파괴시킨다.

그림에는 평화가 있으나 무공에는 평화가 없다. 그림은 사람을 자유롭게 만드나, 무공은 해가 거듭될수록 깊은 피의 늪에 빠질 뿐이다.
그는 진정으로 무공의 길을 걸어갈 자신이 없었다.
그렇다면 어찌해야 되는가? 몸으로 부딪치며 확인해 보는 수밖에 없지 않은가. 가보고 아니다 싶으면 그만둘지언정 머리 속으로 생각하고 결단을 내릴 문제가 아니지 않은가.
연꽃 그림을 그리면서 그림에 대한 사랑을 가늠해 봤다.
이제 남은 것은 무공에 대한 사랑이 그림에 대한 사랑을 능가할 수 있는지 부딪쳐 보는 것뿐이다.

청화장은 썰렁했다.
수십 걸음을 걷고, 전각을 네 개나 지나왔지만 사람 그림자는 전혀 보이지 않았다.
연무장(練武場)을 가로질러 용호각(龍虎閣)으로 들어섰다.
청화이걸은 보이지 않았다. 바글바글 들끓던 무인들도 모두 다 하늘로 솟아버린 듯 텅 빈 공간만이 그를 반겼다.
으스스하게 느껴지는 한기는 용호각에 사람이 머문 지 오래되었다는 것을 말해 준다.
조양각(助陽閣)도 둘러보았다.
각(閣)이라는 말을 붙일 수도 없을 만큼 작고 검소한 전각이다. 우람한 전각들 사이에 끼어 있어서 왜소하게 보이기까지 한다. 하지만 이곳이 청화장의 대소사를 주무르는 능 총관의 집무실이다.
능 총관은 욕심이 없는 사람이다. 집무실 크기도 집무에 꼭 필요한 만큼만 원했다. 현판(懸板) 글씨도 자신이 직접 쓴 것이며, 전각의 명칭도 본인 스스로 지었다.

"저는 밝음이 아닙니다. 제가 밝음이 되는 순간, 권력이 따라붙게 됩니다. 권력이란 놈은 마물(魔物)이죠. 일단 붙기만 하면 여간해서는 떨쳐 낼 수 없고, 점점 키울 욕심만 내게 만드는 놈입니다. 전 그놈이 무서우니 밝음을 도와주는 것으로 족하렵니다."

능 총관이 조양각에 들어서며 한 말은 유명한 일화가 되었다.
금하명은 문을 밀치며 언제나처럼 조용히 앉아 붓을 놀리고 있을 능 총관을 기대했다. 하지만 조양각도 다른 전각들처럼 차가운 한기만 맴돌기는 마찬가지였다.
넓디넓은 장원에 사람이라고는 단 한 명도 없었다.
장원을 살피고자 전각마다 들른 것은 아니다. 후원(後園)으로 가는 길에 장원이 있어서 들른 것뿐이다.
'모두 어디 갔지?'
의아함이 치밀었지만 깊게 생각하지는 않았다.
내장(內莊)은 일부러 쳐다보지 않았다. 내장의 기둥 하나, 문 한 짝에도 아버지의 숨결이 스며 있는 것 같아서 가슴이 저렸다.
내장을 뛰다시피 지나쳐 후원 문을 밀치고 들어서자, 화사한 꽃들이 그를 반겼다.
어머니는 예인(藝人)답게 후원을 아주 잘 꾸몄다.
문에서부터 전각까지 걸어가는 길에는 자갈을 깔았고, 길 주변에는 키 작은 일년생 화초를 심었다. 화초 뒤에는 여러해살이 꽃들이 각양각색의 자태를 자랑했고, 왼쪽에는 연못이, 오른쪽에는 담쟁이덩굴이 마음을 차분하게 가라앉혀 주었다. 그중에서도 특히 연보라색의 제비꽃은 아버지가 유일하게 좋아했던 꽃이다.
"제비꽃이 활짝 피었네. 아버지도 안 계신데 뭐 하러 피었니?"
금하명은 자조의 웃음을 흘리며 안으로 걸어 들어갔다.
어머니는 없었다. 하지만 다른 전각들처럼 썰렁하지는 않았다. 어머니가 기거하는 내실은 전과는 비할 바가 못 되게 초라해졌지만 깨끗함만은 여전했다.
"어? 매화가 없네?"
어쩐지 방 안이 텅 비어 보인다 싶더니 어머니가 애지중지하던 매화도(梅花圖) 한 폭이 보이지 않았다.
매화도는 가로 넉 자, 세로 두 자 크기로 중작(中作)이며, 그림도 썩 좋지 못했다. 금하명이 봐도 거친 흔적이 곳곳에 드러났으니, 화공의 이름을 걸고 세상에 내놓을 만한 작품은 아니었다.
청화장에 걸릴 만한 그림은 아니다.
그런 그림을 어머니가 애지중지한 것은 단 한 점밖에 남지 않은 외조부의 그림이기 때문이다.
외조부는 청화신군과 어머니의 혼인을 지켜본 후, 매화도 한 폭만 남겨놓고 홀연히 사라졌다. 자식에게 장애가 되지 않겠다며 날개 달린 새처럼 훨훨 떠나가 버렸다.
몇 년 전까지만 해도 간간이 근황을 전해왔는데…….
있을 때는 몰랐는데, 매화도가 없으니 방 안이 더욱 썰렁해 보인다.
잠시 방 안을 둘러본 후 밖으로 나왔다.
아직 폭염이 쏟아질 계절은 아니지만 날씨가 상당히 더워서 가만히 서 있기만 해도 이마에 땀이 송골송골 맺혔다.

"도대체 어디로 가신 거야? 숨바꼭질을 하는 것도 아니고……."
어머니를 찾는 것은 일도 아니었다.
전각을 돌아 뒷담장으로 가자 아궁이 앞에 쪼그려 앉아 있는 어머니가 보였다.
"야! 밥 냄새네. 냄새 한번 구수하다."
소현부인은 상심에서 벗어난 듯 보이는 아들을 담담하게 대했다. 어느 때처럼 포근한 미소만 보낸 뒤, 다시 아궁이로 눈길을 돌린 것이다.
"사내는 좁을 길을 걷는 게 아니다. 들어가 있어라."
"좁은 길이든 큰길이든 길이 있으니까 걷는 거지. 흠! 정말 냄새 한번 좋다. 밥 생각이 없었는데, 냄새를 맡으니 뱃속이 부글부글 끓네. 근데 소소(疏疏)는 어딜 갔기에 어머니가 직접 밥을 하고 계시는 거유?"
어머니는 묵묵히 나뭇가지를 꺾어 불길 속에 던져 넣었다.
금하명의 눈길은 어머니의 손을 좇았다.
우유처럼 뽀얗고 부드럽던 손이었다. 하지만 지금은 까칠까칠하다. 군데군데 나무에 긁힌 상처도 보인다.
도대체 장원에 무슨 일이 있었던 것일까? 깊은 침묵에 잠겨 있는 동안 장원이 몰락하기라도 했단 말인가.
금하명이 움직일 생각을 하지 않고 손을 쳐다보자, 소현부인은 빙그레 웃었다.
"이 정도는 고역도 아니다. 네 외조부와 중원을 유랑할 때는 찬이슬만 피할 수 있어도 감지덕지했지. 여름에는 모기한테 뜯기고, 겨울에는 꽁꽁 얼어붙은 손발을 후후 불면서 밤을 꼬박 지새운 게 하루 이틀이 아니다. 밥 다 됐으니 들어가 있어라."

"소소는……?"

"잊은 모양이구나. 오늘이 사월 보름이다. 마지막이 될지도 모르는데 한솥밥을 먹은 처지로 지켜봐야지. 한 사람 남김없이 모두 보냈다. 정오가 되려면 아직 한 시진 정도 남았으니 너도 가봐라."

금하명은 숨이 막혀왔다.

'노태야!'

섭호는 지도에도 나와 있지 않은 작은 호수다. 가뭄이 들 때는 호수 물도 말라 버려 바닥을 드러내고, 홍수가 져도 결코 넘치는 법이 없는 저수지보다도 못한 호수다.

그래도 삼명성 사람들은 섭호를 사랑한다.

섭호를 빙 돌며 촘촘하게 자리잡은 능수버들은 선경(仙境)이 따로 없다 싶을 만큼 아름다운 광경을 자랑한다.

연인(戀人)치고 섭호를 찾지 않은 사람이 없다. 삼명성 사람치고 섭호를 둘러보지 않은 사람이 없다. 능수버들 아래서 술 한 잔 마셔보지 않은 사내가 없다.

섭호는 발 디딜 틈도 없을 만큼 많은 사람들로 북적거렸다.

섭호 동쪽 끝자락은 사람들이 빼곡히 모여 있어서 땅의 모습이 사라져 버렸다. 바위 위에도 사람들이 앉아 있고, 나무 위에도 과일처럼 주렁주렁 매달려 있었다.

그러나 내딛는 발걸음 소리가 미안할 만큼 조용했다. 삼명성 사람들이 모두 모였다 싶은데 숨소리조차 안으로 삭이는지 옷자락 부딪치는 소리조차 들리지 않았다.

사람들을 뚫고 안으로 들어서는 것은 불가능해 보였다. 한두 사람

정도가 양보를 해준다고 해도 겹겹이 싸인 사람들을 모두 뚫고 들어설 수는 없었다.

금하명은 나무 위로 올라갔다.

그곳에도 편한 자리는 사람들이 죄다 차지하고 앉아 있지만 그나마 한 자리 정도는 날 것 같아서 올라갔다.

자리가 비어 있는 까닭은 금방 알았다.

금하명이 올라간 곳에서는 호숫가가 잘 보이지 않았다. 다른 때 같았으면 환히 보였으련만, 지금은 앞 나무에 올라가 있는 사람들의 등짝밖에는 보이지 않는다.

군데군데 청화장 식솔들이 보였다.

능 총관과 능완아도 찾아냈다. 두 부녀는 사람들이 에워싸고 있는 작은 공지 제일 앞에서 어깨를 나란히 하고 서 있었다.

그들 곁으로 다가설 엄두는 나지 않았다.

사람들이 너무 많이 몰려 있기도 하지만, 호수와 맞닿아 있는 곳에는 벌써 두 사람이 마주 보며 서 있었다.

한 사람은 노태약이요, 다른 한 사람은 백납도다.

금하명은 노태약밖에 보지 못했다. 그의 맞은편에 백납도가 서 있으련만, 백납도의 모습은 사람들에 가려서 보이지 않았다.

"타앗!"

우렁찬 고함 소리가 터져 나왔다. 노태약의 신형도 비호처럼 쏘아져 갔다.

'뇌둔보(雷遁步)…….'

눈에 익은 보법(步法), 청화장의 독문보법이다. 번개처럼 빨라서 움직였다 싶을 때는 벌써 검이 면전에 닿아 있다. 변화도 막측하다. 왼쪽이다 싶으면 벌써 오른쪽으로 빠져나가며 검을 쳐낸다.
 노태약이 어떤 검초를 펼쳤는지는 보지 못했다. 금하명이 본 것은 그가 앞으로 쏘아져 나가는 것뿐, 그 이후의 움직임은 원수 같은 사람들 때문에 볼 수 없었다.
 "아!"
 "이런!"
 몰려 있던 사람들 입에서 일제히 탄식이 쏟아져 나왔다.
 '졌다!'
 금하명은 직감적으로 느꼈다.
 사람들은 개망나니 쪽이라기보다는 청화장 편이다. 아직도 사람들 가슴속에는 청화신군의 그림자가 살아서 꿈틀거린다. 그런 사람들 입에서 탄식이 쏟아져 나왔으니.
 사람들이 바다가 갈라지듯 쫙 갈라지며 길을 열었다.
 "하하하! 똑똑히 봐둬라. 대삼검을 수련한다는 것은 자기 스스로 썩은 고깃덩이가 되겠다는 것과 다름없어! 하하하! 하하하하!"
 금하명은 사람들이 열어준 길로 휘적휘적 걸어가는 백납도의 모습을 지켜봤다.
 그는 끊임없이 앙천광소를 터뜨리며 보무도 당당하게 걸어갔다.

 노태약의 상처는 치명적이다.
 백납도는 검을 든 오른팔을 잘라 버리고, 밑으로 빠지는 검을 돌려 오른쪽 옆구리까지 베어버렸다.
 "힘껏 눌러! 힘껏!"
 능 총관이 부지런히 손을 놀렸다.

잘린 팔에서 시뻘건 선혈이 콸콸 흘러나왔다. 출혈을 막는 것도 급하지만 정작 급한 것은 옆구리 상처다. 쫙 벌어진 옆구리에서는 내장까지 꾸역꾸역 기어 나왔다.

기완은 익숙한 솜씨로 팔에서 흘러나오는 피를 지혈시켰다. 능완아는 준비해 온 광목을 옆구리에 대고 힘껏 눌러 내장이 삐져 나오지 못하도록 했다.

능 총관은 혈도(穴道)를 찍었다.

가슴에 있는 십대요혈을 찍어서 심장이 원활히 돌아가도록 도왔고, 임독맥(任督脈) 중 열두 대혈을 눌러 뇌에 가해지는 충격을 최대한으로 억제했다.

"쿡! 쿨럭!"

노태약이 큰 기침을 했다. 기침을 할 때마다 입에서 검은 피가 솟구쳐 나왔다.

"졌…… 네."

그는 한마디를 힘들게 내뱉고는 혼절해 버렸다.

"여기서는 곤란해! 어서 장으로 데려가! 목숨이 위험해!"

능 총관이 고성을 내지르기 무섭게 청화장 문도 네 명이 들것을 가져왔고, 능완아와 기완은 노태약을 번쩍 들어 들것에 실었다.

"빨리! 빨리!"

청화장 문도 네 명은 들것을 들자마자 치달리기 시작했다.

그 뒤를 청화장 식솔들이 총총히 좇았다.

❷

금하명은 볼이 터져라 밥을 쑤셔 넣었다.
　어머니가 직접 지어주신 따뜻한 밥이지만, 찬물에 말아 물 마시듯 훌훌 쑤셔 넣었다. 반찬은 된장에 고추 두 개. 입 안이 화끈거릴 만큼 매운 고추라서 밥 한 그릇에 고추 두 개면 충분했다.
　"더 들어라."
　"……."
　평소 같으면 농담이라도 했을 터인데, 목이 메어 아무 소리도 할 수 없었다.
　신시(申時)를 훌쩍 넘긴 점심이니 점심이라고 할 수도 없다. 이른 저녁이라고 해야 옳을 것이다.
　금하명은 빈 그릇을 밀쳐 놓고 새로 퍼 담은 밥그릇을 끌어왔다.
　또 먹기 시작했다. 역시 먼저처럼 물에 말아서 입 안으로 꾸역꾸역 밀어 넣었다.
　현재 청화장에서 밥을 먹는 사람은 없다.
　모두 점심을 굶었지만 밥을 찾는 사람은 없다. 초상집 개마냥 어깨를 축 늘어뜨리고 숨소리 한 올 흘리지 않은 채 묵묵히 앉아 있을 뿐이다.
　두 번째 밥도 눈 깜짝할 사이에 사라졌다.
　어머니는 묵묵히 한 그릇을 더 내밀었다.
　금하명은 이번에도 가타부타 한마디 말도 건네지 않고 세 번째 밥을 먹어댔다.
　"큭!"
　밥이 들어가지 않았다.

위장이 포식 상태라서 더 받아들이지 않았다. 그래도 먹지 않으면 안 되는 사람처럼 꾹꾹 씹어 삼켰다.
"목숨은 건졌다."
어머니가 지나가는 말처럼 말했다.
아무 의미도 없는 것처럼, 바람에 흘러온 소문을 말하는 사람처럼 담담하게.
청화이걸 중에서도 수제자인 노태약이 피 범벅이 되어 돌아왔다. 아버지를 해친 백납도와 싸웠다가 반송장이 되어 들것에 실려왔다.
이것은 그의 싸움이 아니다. 청화장을 승계받은 적자, 자신의 싸움이다. 자신이 변변치 못해서 그가 나섰고, 자신 대신 그가 상했다.
이토록 담담하게 말해서는 안 된다. 백납도를 저주하던가, 자신을 질책하든가…… 어떤 형태로든 언성을 높여야 마땅하다.
"차 한잔하겠니?"
어머니는 한없이 차분했다. 어떤 면에서는 소름 끼치도록 냉정했다. 차분한 면에서는 평소 보던 어머니의 모습이지만, 냉정한 측면에서는 낯설기만 했다.
금하명은 세 번째 밥마저 깨끗이 해치운 후 저금을 놓았다.
"지금부터 뭘 할 생각이냐?"
"……."
무공을 수련할 생각이다. 지금까지처럼 마지못해서 하는 수련이 아니라 본격적으로 열과 성을 다해서 해볼 생각이다. 이를 악물고 수련을 해보고, 그래도 그림에 대한 열망만 못하다고 생각되면 그때 그만둘 생각이다.
최소한…… 아버지가 어떤 길을 걸었는지는 알고 싶다. 남들이 무가의 자손이라고들 말하니 어떤 가문에서 태어났는지 알고 싶다.
 하지만 지금은 무인의 길을 가겠다든가 화공의 길을 가겠다고 단정적으로 말할 수 없다. 무인이 될 만한 재목인지조차도 의심스러운 상황이라서 더 더욱 말하기 곤란하다.
 "자리를 털고 일어났으니 어떤 결정이든 내렸으리라고 본다. 화공이 되든 아버지의 뒤를 잇든 둘 중 하나겠지."
 어머니는 말을 끝내자마자 일어서서 화장대로 갔다.
 드르륵……!
 화장대 서랍이 열렸다.
 어머니는 항상 화장대 서랍에 돈을 넣어두었다. 그 돈은 금하명의 손에 쥐어졌고, 최상질의 물감을 구입하는 데 쓰이곤 했다.
 이번에는 다른 물건이 꺼내졌다. 돈이 아니다. 폭은 손가락 세 개를 합쳐 놓은 크기고, 길이는 손바닥 하나 반 정도 되는 목패(木牌) 두 개였다.
 "어렵겠지만, 선택해 줘야겠다."
 "……?"
 오늘따라 어머니가 낯설기만 했다. 아궁이 앞에 앉아서 밥을 짓는 모습도 처음 보는 것이었고, 시녀가 손을 다쳐도 손수 상처를 감싸주던 어머니께서 노태약이 중상을 입었다는데도 담담하게 말하는 모습이며 모든 게 낯설다.
 완전히 다른 어머니를 보는 듯했다.
 "둘 중에 하나만 집어라."
 어머니는 하얀 목패 두 개를 밥그릇 옆에 놓았다. 포근하고 자상한 미소를 머금고.

―현비유인금안한씨신주(顯妣孺人金安韓氏神主)

효자(孝子) 경배(敬培) 봉사(奉祀)

―망자수재금하명지령(亡子秀才琴厦明之靈)

"어머니!"

금하명은 목패를 들여다보고는 깜짝 놀라 어머니를 쳐다봤다.

"……."

어머니는 침묵의 미소로 선택을 강요했다.

여전히 웃는 얼굴…… 하지만 금하명은 지금까지와는 전혀 다른 느낌을 받았다. 어머니의 웃음 속에는 소위 말해서 '여인의 한(恨)' 같은 것이 스며 있었다.

어머니의 이런 모습은 정말 낯설다.

아버지께서 고종명(考終命:명을 다하고 편안하게 죽음)을 맞은 것이 아니라 비명횡사(非命橫死)했다고 해서 한이 맺힌 것은 아니다. 그런 한이었다면 무슨 말이라도 해보겠다.

어머니의 한은 여인의 한이다. 거친 세상에서 선택을 박탈당한 채 음지에서 생활할 수밖에 없었던 한. 무인이었다면 당당히 사내들과 겨룰 수도 있었겠지만, 어머니가 택한 삶은 순종하는 딸, 순종하는 아내였다.

어머니의 내면은 너무 강했으나 억누르는 의지 또한 강했다.

조그만 틈이라도 생기면 분출하려고 꿈틀거리는 내면의 강한 힘을 청화장 안주인이라는 이름으로 참아냈다.

어머니는 지금도 내면을 억누르고 있다.

혼인을 하기 전에는 아버지를, 혼인한 후에는 남편을 따랐고, 지금은 자신을 따르려고 한다. 이른바 삼종지도(三從之道)로 내면의 강렬함을 다독거리고 있다.

'어머니…… 강한 사람이었네. 후후! 여장부였는데…… 아니, 아들을 이렇게 속일 수 있는 거야? 난 남의 어머니가 우리 집에 와 있는 줄 알았잖아. 아버지는 이런 모습을 봤을까? 봤겠지. 봤으니까 청화장 안주인으로 맞아들였겠지. 강하니까.'

어머니의 강인함은 삶의 투쟁에서 우러나온다.

아버지가 계실 적에는 살기 위해 싸울 필요가 없었지만, 이제는 싸워야 한다. 세상과 세상 사람들과. 어떤 때는 어울리고, 어떤 때는 분노를 터뜨리면서.

자식이 무인의 길을 간다면 어머니로서 남을 것이요, 자식이 화공의 길을 간다면 직접 검을 들 것이다.

무공을 모르는 여인이 무공을 수련하여 세상에 나서려면 십 년이 걸릴지 모른다. 백 년으로도 모자랄지 모른다. 하지만 할 것이다. 반드시 해내서 백납도와 싸울 것이다.

금하명은 무인의 길을 시험해 볼 생각이었는데, 어머니는 강요하고 있다.

"말할 게 있으면 말로 하면 되지, 이렇게까지 할 필요가 있나? 좌우지간 강요하는 방법도 가지가지라니까."

어머니의 마음을 편하게 해주려고 평소 말투로 긴장을 풀며 어머니의 신주를 집어 들었다.

어머니는 미소를 풀지 않은 채 말했다.

"후회하지 않겠니?"

"아마 할걸?"

"가장 최선의 승리는 싸우지 않고 이기는 것이다."

"말하고 싶은 게 뭐유?"

"백납도와 싸우지 마라."

"……!"

"아버지는 허점을 보였다. 그러니 백납도 같은 자가 비무를 청해왔지. 누가 비무를 청할 생각도 품지 못할 만큼 커다란 거목이 되어라. 싸우지 않고도 머리를 조아리게 만들어라."

"……."

금하명은 아무 말도 하지 못했다.

어머니의 눈에서는 파란 불길이 일렁거렸다. 오로지 하나의 목표를 향해 일로매진하는 집념의 불길이.

어머니는 상상 이상으로 컸다. 무공을 수련하려는 목적이 아버지의 한을 풀어주는 데 있는 줄 알았는데, 그보다 훨씬 큰 곳에 있었다.

'사람이 하는 일 중에 가장 못할 짓이 사랑하지도 않는 사람과 사는 거 아니우. 난 이제 코가 꿰었네. 사랑하지도 않는 무공이란 놈과 평생을 살게 되었으니. 사랑하지 않아도 사는 법은 있답니다. 오래 살 붙이고 살면 정(情)이라는 놈이 깃든다고. 부부는 사랑으로 사는 것이 아니라 정으로 사는 것이라고. 정이라도 들었으면 좋겠소, 이 무공이란 놈과…….'

금하명의 얼굴빛은 어두웠다.

❸

"나리, 드릴 말씀이…….."

능 총관은 붓을 놀리던 손을 멈췄다.

"무슨 일인가?"

곳간지기는 쉽게 말을 꺼내지 못하고 쭈뼛거렸다.

능 총관이 부드러운 미소를 머금으며 대신 말해 주었다. 그래도 십 년 넘게 청화장 곳간을 맡아온 사람인데 입이라도 쉽게 열 수 있도록 해줘야 하지 않는가.

"어디 갈 데는 봐뒀는가?"

"예? 예예… 그게……."

"봐둔 데가 없다면 잠시 더 머무르게. 사람이 움직일 때는 갈 곳이 확실해야 하는 법일세. 먼저 움직인 다음에 갈 곳을 정한다는 생각은 무책임한 거야."

"저…… 그게……."

"흠! 그렇군. 갈 곳이 있는 게로군. 어딘가?"

"전부터 정가(鄭家)에서 하두(下頭)로 와달라는 말이 있었습니다만 거절하곤 했는데, 요즘 들어 부쩍 성화가 심해서…… 술 한잔 얻어먹다가 술김에 덜컥 약속해 버렸지 뭡니까. 그렇잖아도 속상한 게 한두 가지가 아닌데 저까지 심려를 끼쳐 드려서 죄송스럽기 이를 데 없습니다만, 약속을 해버렸는지라……."

상황이 한눈에 들어왔다.

정가는 상음(上陰)에 뿌리를 내린 만석꾼으로 능 총관도 잘 알고 있다. 해마다 청화장에 쌀 오백 석씩을 기증해 준 대부호인데 모를 리 있는가.

정가에 사람이 없어서 청화장 곳간지기를 빼내갈 리는 만무하다. 오히려 곳간지기가 적극적으로 나서서 자리를 물색했다는 쪽이 더 신빙성있다.

곳간지기라는 자리는 청화장 살림살이를 누구보다도 빨리 꿰뚫어 볼 수 있다. 청화신군이 타계한 후, 청화장 살림이 옹색할 만큼 줄어들고 있다는 사실을 모른다면 곳간지기를 맡을 자격도 없다.

하인들이 자리를 옮기리라는 예상은 했다. 단지 그 시기가 예상보다 빨리 다가왔을 뿐.

곳간지기는 얼마 전까지만 해도 청화신군의 사십구제(四十九祭)를 준비했다.

텅텅 비어가는 곳간에서 떡 만들 쌀을 꺼내며 무슨 생각을 했을지는 익히 짐작된다. 꾸무럭거리다가는 세경도 못 받고, 빈 몸으로 나가는 일이 벌어질지도 모른다는 생각을 했겠지. 한 푼이라도 건지려면 가능한 빨리 움직이는 것이 상책이라고.

"하두라…… 하하! 좋은 자리군. 이제 자네도 사람을 부리는 위치에 섰으니 매사 신중히 행동하도록 하게. 제일 중요한 것은 신의(信義)일세. 사람을 부리는 자가 신의를 잃으면 모든 걸 잃는 걸세."

"명심하겠습니다. 저…… 이런 말씀 드리기는 뭐하지만……."

"세경 말인가?"

"저 그게…… 네. 죄송합니다."

"반년치면 되겠나?"

"아이구! 그렇게 많이 주시면…… 살림도 넉넉치 않은데……."

"가져가도록 하게. 장주님이 운명하시지 않았다면 논이라도 몇 마지기 떼어주었을 텐데, 미안하네."

"죄, 죄송합니다."

곳간지기가 거듭 머리를 조아리다 물러갔다.

'흠……!'

능 총관은 답답했다. 어려울 때일수록 윗사람은 태연 침착해야 한다는 사실을 알고 있기에 한숨조차 크게 내뱉을 수 없었다.

다시 붓을 들어보았지만 장부(帳簿)는 더욱 답답하기만 할 뿐이다.

세상이 어쩌면 이리도 야박한지…….

사람이 어려우면 도와주는 것이 인지상정인데, 실상은 정반대다. 있을 때는 온갖 물건을 바리바리 싸 들고 찾아왔으면서도 없다 싶으니 발길을 뚝 끊어버린다.

청화장 살림은 곤궁하다 못해 쌀독에 거미줄이 날 지경이었다.

청화신군이 복건무림에 우뚝 서 있을 때는 넉넉하다고 사양하는데도 쌀이며, 돈이며 강압하다시피 들고 왔던 사람들이 일제히 등을 돌려버렸다.

그중에는 조문을 와서 자발적으로 지속적인 지원을 약속했던 사람들도 있었다. 그들도 노태약이 백납도에게 패한 순간부터 청화장과의 인연을 끊어버렸다.

한 가닥 기대를 가지고 있던 노태약이 무너지자 재기 불능으로 판단하고 손을 뗀 것이다.

수입(收入)의 대부분을 기증에 의존하던 청화장으로서는 상당한 타격이었다.

이런 게 세상 인심이다.

청화신군이 축재(蓄財)의 귀재(鬼才)였다면 몇 대에 걸쳐서 편히 먹고살 재산쯤은 쉽게 모았으리라. 하지만 청화신군은 그렇지 못했다.

곳간에는 쌀과 나물이 넘쳐 나는데도, 그는 늘 삼찬(三饌)만 가지고 끼니를 때웠다.
그렇게 해서 모은 재물은 헐벗은 민초를 위해 기꺼이 내놓았다.
추수철에는 네 개나 되는 곳간이 온갖 재화로 사람 들어갈 틈도 없을 만큼 빼곡해지고, 봄이면 텅텅 비어 무공 수련도 할 수 있을 정도로 썰렁해지곤 했다.
청화장에 남은 것이라고는 넓디넓은 청화장 건물들뿐이다.
능 총관은 장부에 기재할 것이 없었다. 그가 붓을 들어 하는 일이라고는 기증을 해주던 부호들의 이름을 삭제하는 것뿐이다. 한 명씩, 한 명씩…….
'휴우! 이제 말씀드려야겠군. 더 이상은 청화장을 유지할 수 없어. 이대로는 밑 빠진 독에 물 붓기야.'
정말…… 청화장의 몰락은 생각보다도 훨씬 빨리 다가왔다.
곳간지기 한 명쯤은 없어도 그만이다. 문제는 그가 청화장을 벗어나려고 한다는 것이다. 이러한 이탈 행동은 급속히 확산될 것이고, 조만간 걷잡을 수 없는 지경에 이르리라.

사람이 강한지 약한지는 어느 순간이 되면 단번에 드러난다.
소현부인이 그런 경우다. 단 한 번도 언성을 높인 적이 없고, 청화신군이 하는 일이나 능 총관이 하는 일에 간섭한 적도 없었으며, 정작 필요한 물품도 시녀들이 알아서 챙겨주어야 할 정도로 말없는 사람이 소현부인이었다.
"청화장을 정리해야겠습니다."
"안 돼요."

소현부인의 단호하게 잘라 말했다.

능 총관은 놀라지 않았다.

소현부인의 맺고 끊음은 익히 알고 있는 바다. 망설임없는 결단력과 굳은 의지는 소현부인의 모든 것이다.

소현부인은 청화신군이 없는 청화장에서 제일 큰 어른으로 군림했다. 본인 자신이 그 위치를 포기하지 않았을 뿐만 아니라 다른 사람이 넘보는 것도 용납하지 않았다.

물론 처음에는 소현부인의 생소한 모습에 당혹스러웠던 것도 사실이다. 하지만 시간이 지나면서 어쩌면 이것이 소현부인의 진정한 모습이 아니었을까 하는 생각을 갖게 되었다.

소현부인의 이런 기질은 어디서 나오는 것일까?

소현부인은 무림과는 전혀 상관이 없는 세계에서 살아왔다. 그녀의 아버지는 볼품없는 떠돌이 화공으로 매 끼니를 걱정해야 하는 동가숙서가식(東家宿西家食) 생활을 했다.

금하명의 그림 문제가 불거졌을 때, 가장 가슴앓이가 심했던 사람도 소현부인이었다. 금하명이 무인인 청화신군의 피보다는 예인(藝人)인 자신의 피를 더 많이 이어받은 것 같아서.

청화신군도 소현부인의 마음을 알기에 금하명을 심하게 다그치지 않았다. 자신의 입장에서 보면 무공 수련을 게을리 하는 자식이 고울리 없지만, 소현부인의 입장에서는 그림을 좋아하는 자식이 뿌듯할 수도 있을 테니까.

소현부인은 집안이나 환경, 신분, 서로 몸담고 있던 세계가 전혀 다른 곳으로 시집을 왔지만 무가 출신의 여인보다도 더 훌륭하게 적응해 냈다.

그녀는 청화장에 들어선 순간부터 일절 그림을 그리지 않았다. 아버지를 능가하는 재녀(才女)가 그림에 손을 대지 않는 것은 무인이 검을 놓고 은거하는 것과 같은 고통이었을 터인데, 용케도 참았다.

소현부인의 지독함은 거기서부터 시작되었는지도 모른다.

능 총관은 소현부인의 강인함을 새삼 느꼈지만, 세상이란 의지만 있다고 살아갈 수 있는 곳은 아니다.

"장을 유지하기가……."

"지원이 끊어졌군요."

"그렇습니다."

"얼마나 끊어졌나요?"

"……."

"모두 다 끊어졌나요?"

능 총관의 눈가에 이채가 스몄다.

그는 소현부인이 절반쯤 끊어졌냐고 물어올 줄 알았다. 그런 정도로 생각하고 있기에 청화장을 유지하려는 것이라고. 한데 자신만큼이나 정확하게 청화장 사정을 꿰뚫어 보고 있지 않은가.

"휴우! 어쩔 수 없죠. 사람을 내보내세요."

"지금 사정도 어렵지만 앞으로도 나아진다고 볼 수 없습니다. 지금이라도 장을 팔아서 돈을 마련하는 것이……."

"그건 안 돼요. 청화장을 판다는 것은 청화신군을 파는 것과 마찬가지예요. 우리가 모두 떠나고, 돌보는 사람이 없어서 황폐해져도 청화장은 존재해야 돼요. 마당이 잡초로 뒤덮이고, 처마마다 거미줄이 늘어져도 청화장은 살아 있어야 해요."

능 총관은 할 말을 잃어버렸다.

소현부인의 의지가 너무 단호해서 어떤 말도 파고들 틈이 없었다.
"그건 그렇고…… 하명은 언제까지 내버려 둘 생각이십니까?"
"무작정 계란을 깨뜨린다고 병아리가 나오는 것은 아니죠. 병아리를 얻으려면 스스로 껍질을 깨고 나올 때까지 기다려야 해요. 껍질 안에서 썩든, 껍질을 깨고 나오든 모두 제 스스로 알아서 해야죠. 우선은 내버려 두세요."
"무공에 흥미가 없는 듯한데…… 청화신군의 진전을 고스란히 이어받을 수도 없을 테고 말입니다."
능 총관은 하기 힘든 말을 했다.
청화신군이 죽은 마당에 소현부인이 가장 믿을 수 있는 사람은 금하명이리라. 하지만 그는 청화신군만큼 뛰어난 기재가 아니다. 그림이라면 몰라도 무공 부문에서는 상당히 뒤떨어진다.
무공만 고집한다면, 그는 폐인이 되고 만다.
능 총관은 자신이 하지 못한 말까지 미루어 짐작해 주기를 바랐다.
소현부인의 대답은 단호했다.
"그것도 자신이 알아서 하겠죠."

청화장은 무인과 무공으로 이루어진 곳이다.
하인과 시녀들을 모두 내보내도 겉옷 하나 벗은 것에 지나지 않는다. 하지만 무인들은 다르다. 그들 한 명 한 명이 살점을 이루고 있으니 그들이 떠난다는 것은 살점이 떨어져 나가는 것과 같다.
"부모님이 위독하시다니 급히 가봐야겠습니다."
이유는 많았다.
형이 혼인을 한다, 수해(水害)에 집이 휩쓸렸다, 부모님이 송사(訟事)

를 당해 어렵다…….

어떤 이유에서든 청화장을 떠난 무인들은 돌아오지 않았다.

당당하게 심정을 피력하는 문도도 상당수에 이르렀다.

"대삼검은 뛰어난 검공이지만 연속 패배만 했습니다. 사람들이 이제 대삼검은 삼류무공으로 전락했다며 수군거리더군요. 어떤 무공이든 수련하기 나름이라는 것은 알고 있지만 기왕이면 좀 더 나은 무공을 수련하고 싶습니다. 파문(破門)을 부탁드립니다."

'이건 이상하다!'

능 총관은 고개를 갸웃거렸다.

이상해도 너무 이상했다. 청화장처럼 피보다 진한 정(情)으로 엮어진 문도들이 당장 곤란하다고 등을 돌릴 수 있단 말인가? 그것도 한두 명도 아니고 무더기로?

처음 한 명이 떠났을 때는 그럴 수도 있겠거니 하고 생각했지만 하인들이 떠나가듯 냉정하게 등을 돌리는 문도들을 보면서 의아한 마음을 품지 않을 수 없었다.

무림문파에서 패배는 병가지상사(兵家之常事)다. 이기기만 한다면 얼마나 좋으랴만은 절대강자가 존재하지 않는 곳이 무림이니 패배는 숙명적으로 다가온다.

그렇기에 패배가 곧 멸문으로 이어지는 경우는 흔치 않다.

오늘은 패배했을망정 내일은 이길 수 있는 곳이니까. 패배한 무공일지라도 수련 정도에 따라서 승리할 수 있으니까.

단 한 번의 패배에 문도들이 썰물 빠지듯 빠져나가는 것은 패배한 당사자가 장주이기 때문이다. 단지 패배만 당했다면 절치부심(切齒腐心)하며 더욱 수련에 매진할 수도 있는 일이나, 가장 강한 고수의 죽음은 희망마저도 빼앗아 버린다.

오죽하면 자청하여 파문을 요청할까.

어느 문파에 입문한다는 것은 죽는 순간까지 그 문파에 소속된다는 것을 의미한다. 문파가 멸문할 경우, 살아남은 문도는 무인으로서의 생명이 끊어졌다고 봐도 좋다.

그들이 계속 무인의 길을 걸으려면 고달픈 낭인의 길을 택해야 한다. 망한 문파의 문도를 제자로 받아들일 문파는 중원 천지에 없으니까. 또한 문파와 같이 생명을 끊지 못한 비겁자라는 오명도 함께 지니고 다녀야 하니까.

청화신군은 자신만 죽은 것이 아니라 청화장 무인들의 생명까지도 같이 가지고 간 것이다.

더욱이 노태약까지 혼수상태에서 벗어나지 못하고 있으며, 기완은 술에 절어 있다.

어느 모로 보나 청화장에는 희망이 없었다.

'아무리 그렇더라도……'

무림을 횡행하길 사십여 년. 그동안 온갖 부침을 보아왔지만 이토록 급격하게 무너지는 문파를 본 적이 없다. 그렇다고 떠난다는 사람을 말릴 처지도 아니었다.

"원하는 바를 이루게."

능 총관이 해줄 수 있는 말은 그것뿐이었다.

한 명, 두 명 떠나가고 보름이 지날 무렵, 청화장에 남은 사람은 채 스무 명도 되지 않았다.

그들이 떠날 날도 멀지 않았다. 아무 대책도 수립하지 못한 채 이 상태를 이어가면 겨울이 오기 전까지 남아 있는 사람은 손가락으로 헤아리게 될지도 모른다.
 청화장은 아침부터 저녁까지 쓸쓸한 바람만 맴돌았다.
 한낮의 찌는 듯한 더위는 쓸쓸함 위에 사뿐히 내려앉아 일어설 기력마저도 짓눌러 버렸다.
 능 총관도 할 일이 없어졌다.
 하루가 어떻게 지나갔는지도 모를 만큼 바쁠 적도 있었지만, 지금은 일거리를 찾으려고 해도 할 일이 보이지 않았다. 그래도 그는 몸을 부지런히 움직였고, 몇 번이고 뒤적인 곳간을 또 찾았다.
 청화장 살림 사정은 최고의 고비를 맞이했다.
 네 개의 곳간은 텅 비어 있어서 쥐들조차도 떠나가 버렸다.
 부자는 망해도 삼 년을 간다는데, 청화장은 반년도 못 돼서 극악한 상황에 처해 버린 것이다.
 모두 청화신군이 비무를 하러 가기 전에 제세구민(濟世救民)을 하느라 양식을 모두 풀어버린 까닭이다. 덕분에 가난한 양민들은 춘궁기(春窮期)를 편히 넘겼지만, 청화장에는 쌀 몇 가마니만 남았다.
 '겨울을 넘기기 힘들겠어.'
 능 총관은 답답했다.
 쌀이 없으면 소나무 뿌리로 연명하면 된다. 나무라도 해서 팔면 목구멍에 풀칠이야 하지 못하랴. 무공이 부족하면 눈에 불을 켜고 수련할 일이다. 하나 희망이 없으면 잠시도 서 있기 힘들다.
 청화장이 그랬다.
 '모래로 이뤄진 청화장…… 그랬어. 모래로 이뤄진 청화장이었어. 하하하! 그토록 튼튼해 보이더니…….'

第三章
유난동당(有難同當)
어려움이 있으면 같이 감당한다

유난동당(有難同當)
…어려움이 있으면 같이 감당한다

 능완아는 보름여간이나 노태약의 침실에서 벗어나지 않았다. 잠도 탁자에 엎드려 잤고, 식사도 혼수상태에서 깨어나지 못하고 있는 노태약을 쳐다보며 했다.
 "당해도 너무 심하게 당했어. 백납도 그놈…… 아주 죽이려고 작정한 거야. 독수(毒手)도 이만한 독수가 없어."
 기완이 발갛게 충혈된 눈으로 노태약을 쏘아보며 말했다.
 능완아는 묵묵히 솜에 약초 즙을 묻혀 상처를 닦아냈다.
 상처는 처음에 비하면 많이 아물었지만 아직도 입을 쩍 벌린 채 붙지 않았다. 그나마도 능완아의 정성스런 간호가 있었기에 이만큼이나마 아물 수 있었다.
 "완아, 이제 그만 해. 사형은 끝났어."
 "……."

능완아는 대답하지 않았다. 아니, 대답했다. 활활 불타는 눈길로 기완을 쏘아본 후 시선을 거뒀다.
 그만하면 대답은 충분하다. 그녀의 의지가 아직 노태약이 끝나지 않았다고 말했으니까.
 "그만 해. 현재 청화장에서 백납도와 싸울 수 있는 사람은 없어. 사형이 싸운 것은 너도 봤잖아! 계란으로 바위 치기야!"
 "죽을 용기가 없는 거겠죠."
 능완아의 음성은 차갑기 이를 데 없어서 한기가 풀풀 날렸다.
 "하하하! 하하하하! 죽을 용기? 그런 건 죽을 용기라고 하는 게 아냐. 죽을 수 있는 자리라면 얼마든지 죽어. 상대가 안 되는 줄 알면서 미련하게 덤비는 것은 개죽음이야. 알았어? 죽을 용기가 아니라 개죽음이라고!"
 "그래서 기 사형께서는 어떻게 하실 생각인데요?"
 "……"
 "무공을 더 수련한 후에 싸우겠다는 말은 하지 마세요. 비겁한 자의 변명에 불과하니까요. 그런 말을 한 사람치고 검을 든 사람은 본 적 없어요."
 "……"
 "말해 보세요. 어떻게 하실 건데요?"
 "후후후! 후후후후!"
 기완이 허탈하게 웃으며 일어섰다.
 그는 능완아의 추궁에 한마디도 대답하지 못했다.
 청화장 무인들 간에 무공 서열을 매기자면 맨 앞에 설 사람은 단연 청화신군이다. 두 번째는 대다수의 사람들이 노태약이라고 말하겠지만 잘못된 말이다. 무공을 드러낸 적이 없는 사람, 능 총관이다. 진신 무공을 드러내지 않아서 그렇지 그야말로 숨은 고수다.

세 번째는 노태약이다.

노태약은 청화신군의 진전을 거의 이어받았다.

기완은 네 번째다. 노태약과 함께 청화이걸로 추앙받고 있기도 하다. 세 번째와 네 번째…… 한 단계밖에 차이가 나지 않지만 기완은 서열을 바꿔볼 엄두를 내지 못했다. 둘 사이에는 상당한 차이가 있으니까. 열 번 비무를 해보면 열 번 모두 졌으니까.

청화신군이 죽고 노태약이 당했다.

하물며 그들보다 못한 사람에게 무엇을 강요하는가.

"후후후! 후후후후후……!"

기완은 연신 웃음을 흘리며 힘없이 걸어나갔다.

"잔인…… 했어."

혼수상태에서 헤어나지 못하던 노태약의 입이 열렸다. 기완이 방을 나선 후에도 한참이나 지나서.

"깨어났군요! 그럴 줄 알았어요. 반드시 깨어날 것이라고 믿었거든요. 언제부터 깨어 있었어요?"

능완아가 환한 미소를 지으며 말했다.

"아까부터. 기완이 들어올 때부터."

노태약은 눈을 뜨지 않았다. 꼭 감은 눈가로 가는 눈물이 흘러내렸다. 음성은 이제 막 혼절에서 깨어난 사람답지 않게 또렷했다. 의식이 분명한 것이다.

능완아가 눈가의 눈물을 닦아주며 말했다.

"어쩜 그럴 수 있어요? 애간장이 다 녹고 있는데. 정말 미워요. 하지만 용서할게요. 깨어났으니까요."

"기완은……."

"그만요. 말은 그만 하고 우선 쉬세요. 푹 쉬셔야 기력을 찾죠."

노태약은 말을 멈추지 않았다.

"기완은 널 마음에 두고 있어. 하명이와 태중혼인을 한 사이라 말을 하지 못할 뿐이지."

"휴우! 고집불통이군요, 쉬시라는데."

"기완 말대로 난 이제 끝났어. 대삼검은 우수검(右手劍)이야. 오른팔을 잃었으니……."

"아뇨. 누가 그래요? 우수검으로 익혔으니 우수검이 된 거예요. 좌수검으로 수련하면 돼요."

"끝났다니까! 쿨럭! 쿨럭!"

노태약이 고함을 지르다 말고 급한 기침을 쏟아냈다.

기침을 터뜨릴 때마다 검은 선혈이 토해져 나왔다. 그러나 할 말이 남은 듯 가슴을 쥐어뜯으면서 말을 이었다.

"남은 희망이 있다면 기완이에게…… 기완이…… 이제 날 버리고…… 쿨럭쿨럭! 기완이를…… 이제 청화장에는…… 기완이밖에는…… 날 그만 괴롭히고."

능완아는 마른 헝겊으로 입가에 묻어나는 검은 피를 닦아냈다.

"내가 쉽게 포기하지 않는 것 알죠? 푹 쉬어요. 기력이 쇠해서 약한 마음이 드는 거예요. 사형은 청화장에서 제일 강한 무인이에요. 또 백납도를 꺾을 수 있는 유일한 사람이고요."

"난……."

"백납도와 싸워봤으니 그자의 검을 가장 잘 알잖아요. 다음에 안 당하면 되는 거예요. 백납도를 꺾으려고 노력조차 하지 않는 사람은……. 휴우! 아픈 사람에게 너무했네요. 우선은 푹 쉬세요."

능완아는 노태약을 침상에 눕혀주었다.

능완아가 피 묻은 헝겊들을 대야에 담아 나간 후, 기완이 살그머니 방문을 열고 안으로 들어섰다.

노태약은 죽은 사람과 다를 바 없었다. 숨이 너무 미약하여 금방이라도 끊어질 듯 위태로웠다.

기완이 침상 옆으로 다가와 앉았다.

"사형, 내숭은…… 그만 눈을 뜨는 게 어때?"

"……."

"완아 앞에서는 눈을 떠도 내 앞에서는 눈을 뜨지 못하겠다는 건가? 사형, 아직도 완아에게 미련이 남은 거야? 후후! 난 완아에게서 시선을 뗀 적이 없어. 그러니 사형의 시선이 머무르는 것도 알고 있고. 이러지마, 사형. 사형도 사형이 끝났다는 걸 알잖아. 지금은 완아가 정신이 없어서 그렇지 조만간 현실을 깨닫게 될 거야. 그때가 되면 비참해지는 건 사형이야."

"……."

"완아는 욕심이 많아. 강한 사람이 아니면 거둘 수 없어. 태중혼인? 홍! 하명이는 완아를 감당하지 못해. 사형도 완아가 얼마나 쌀쌀하게 대하는지 알잖아. 하물며 사부님이 돌아가신 지금은 하명이를 지켜줄게 아무것도 없어. 전에는 사형이 강했으니 어쩔 수 없이 물러섰지만, 이제는……. 사형, 날 이해해 달라고는 하지 않겠어. 알고 있을지 모르지만 난 완아 없이는 살 수가 없어. 너무 사랑해. 내 욕심을…… 원망해 줘."

기완은 누워 있는 노태약의 등 밑으로 손을 밀어 넣어 명문혈(命門穴)을 짚었다.

손끝에 약간의 진기만 담으면 노태약은 죽는다.

타살이라는 증거는 어디서도 찾을 수 없으리라. 착골분근수(錯骨分筋手)로 명문혈을 비틀었다가 놓으면 어떤 흔적도 남지 않는다.

그러나…… 그러나 기완은 손에 힘을 가하지 못했다.

눈썹이 바르르 떨렸다. 충혈된 눈을 부릅뜨고 입술을 악물었지만 그것뿐이었다. 마음을 독하게 먹으려고 해도 차마 자신의 손으로 사형의 목숨을 끊을 수는 없었다. 사형이 살아 있는 한 자신이 완아를 차지할 수 없다는 것을 잘 알면서도.

"후후후!"

기완은 가늘게 웃으며 손을 빼고 말았다.

그때, 지금까지 죽은 듯 누워 있던 노태약이 입을 열었다.

"착골분근수…… 펼치지 그랬니."

기완은 놀라지 않았다. 정신이 돌아왔다는 것을 알고 있기라도 하는 듯 태연하게 말했다.

"그렇잖아도 흔들리는 마음이오. 채근하지 마시오. 정말 실수를 펼칠지도 모르니까."

노태약이 눈을 떴다. 그리고 신지 맑은 눈빛으로 기완을 쳐다보며 말했다.

"너도 알고 있었구나."

"후후후! 모른다면 바보 멍청이지. 무공은 약해도 바보는 아니오."

"하하하! 그렇지. 바보가 아니지."

"후후후!"

노태약과 기완은 마주 보며 웃었다.

능완아가 진심으로 마음을 열어준 상대는 금하명뿐이었다.

금하명은 능완아 같은 미녀가 반할 만한 사내다. 한 가지 일을 초지일관(初志一貫) 파고드는 집념이 무섭고, 부러질지언정 휘어지지 않는 강인한 심성이 두렵다.

사내에게 두려움을 줄줄 아는 사내는 여인에게는 매력적인 모습으로 비치리라.

금하명이 그림에 파묻혔기에 망정이지 무공에 몰두했다면 지금쯤 청화이걸이 아니라 청화삼걸이 되어 있을지도 모른다. 무공이든 그림이든 한곳에 몰두할 수 있는 인간은 다른 것을 선택했을 때도 무섭게 파고들 가능성이 많다.

능완아는 노태약이나 기완에게 한 번도 눈길을 준 적이 없다. 그녀가 베푸는 친절은 단지 사형에 대한 정리(情理)일 뿐이다.

하지만 이미 마음속을 파고든 여인을 포기하기란 쉽지 않았다.

능완아는 늘 '강해야 한다'는 말을 입에 달고 살았으니 어쩌면 금하명을 버리고 무공 강한 사내를 택하지 않을까 하는 헛된 기대마저 가지곤 했다.

"하명이 놈, 자신이 얼마나 행복한 놈인지나 알까?"

"모를 거요. 태어나면서부터 하명이 곁에는 완아가 있었고, 완아 곁에는 하명이가 있었으니까. 왜, 공기의 소중함을 망각하는 것처럼 말이오."

"그렇겠지. 그들에게는 질투날 만큼 끈끈하게 맺어진 인연도 당연한 거겠지."

기완이 침상에 등을 기대며 털썩 주저앉았다.

"이제야 고백하는데, 나 벼락 맞을 생각을 했소."

"……."

"사부님이 돌아가셨을 때, 이놈의 머리가 어떻게 됐는지 글쎄 어쩌면 태중혼인이 깨질 수도 있지 않을까 하는 생각이 들지 않겠소? 사랑의 판도가 다시 짜인다면 가장 빨리 떨어져 나갈 사람은 금하명이다. 청화장이 무너졌으니 금하명의 무공 증진도 머나먼 낯선 나라의 이야기가 되고 만다 하고 말이오. 후후! 방금 전까지만 해도 그렇소. 사형만 없어진다면 완아를 얻을 수 있지 않을까 하고. 후후후! 정말 벼락 맞을 생각이지."

"너…… 만이 아니다."

"그럼? 사형도?"

"내가 백납도와 싸운 건…… 청화장을 위해서만은 아니지. 백납도만 꺾으면 완아를…… 후후후! 정말 벼락 맞을 사람은 나였어. 그러니 이런 대가를 치른 거겠지."

"그래도 사형은 원이 없을 거요, 극진한 간병이라도 받았으니까. 후후후! 정신을 차리고도 눈을 뜨지 않은 게 그 때문 아니오. 조금이라도 더 따뜻한 마음을 받고 싶어서."

두 사형제는 입을 닫았다.

마음속 말은 세상을 꽉 채우고도 남는데, 입으로 토해낼 말은 한마디도 없었다.

향 한 자루 탈 시간쯤 흐른 후, 기완이 먼저 말했다.

"완아가 사형을 지극 정성으로 간병했소. 그런데 정신이 들자마자 좌수검 운운하며 복창을 터뜨렸소. 이걸…… 사형은 어떻게 받아들였소?"

"일어나라는 것이겠지. 팔 병신이 되었는데도 강요는 여전해."

"난 떠나라는 소리로 들었소. 그토록 원하던 모습을 보여줬으니 이걸로 만족하고 떠나라. 백납도를 꺾을 수 있다고 자신했을 때 돌아와라. 청화장에 짐이 되지 말고. 사형, 미안하지만…… 그래도 난 완아가 밉지 않네."

"하하하! 그래야지. 완아만한 미인이 요구를 하는데 미울 리 없지. 다른 사람도 아니고 하명이를 도와주라는데. 하하하! 기완, 난 완아의 요구를 들어주려는데 네 생각은 어떠냐?"

"사형……."

"오늘 밤에 떠나자. 아주 좋은 곳을 알고 있어. 무공 수련하기에는 딱 알맞은 곳이야. 내 몸이 이러니 네가 준비 좀 해줘야겠다."

"정말 괜찮겠소?"

노태약은 말하기 힘든 듯 눈을 감아버렸다.

능 총관은 멀어져 가는 사두마차를 묵묵히 지켜보았다.

청화장의 주인인 청화이걸이 남의 눈을 피해 야반도주하듯이 빠져나가고 있다.

능 총관은 청화이걸이 안쓰러웠다.

청화신군이 살아 있었다면 얼굴에 함박꽃을 피우고 있을 젊은 영웅들이 밤이슬을 맞으며 기약없는 길을 떠나고 있으니.

저들로서는 선택의 여지가 없다.

노태약은 폐인 취급당할 것이고, 기완은 명목상 청화장의 최고수라는 위치에 섰기 때문에 백납도와 싸우지 않을 도리가 없다. 그가 계속 삼명성에 머무른다면.

잘해야 노태야 짝이 나는 것이고, 심하면 목숨을 잃는다.

떠나는 것도 좋으리라. 저들을 살리는 유일한 방법이니까.

그때, 능 총관은 딸이 옆으로 다가서는 기척을 느끼고 고개를 돌려 쳐다봤다.

"보고 있었구나."

"네. 걱정 마세요. 사형들은 돌아올 거예요. 지금보다 배는 강해져서."

"그렇겠지."

능 총관은 고개를 끄덕였다.

가을철 독사는 독이 잔뜩 올라서 맹독을 뿜어낸다. 저들이 그렇다. 철저하게 무너진 만큼 독이 올라 있다. 저들은 독을 열정으로 바꿀 줄 아는 자들이니 다시 돌아왔을 때는 깜짝 놀랄 만큼 무섭게 성장했을 것이다.

능완아가 아버지를 쳐다보며 말했다.

"아버지는 어떻게 하시겠어요?"

"뭘…… 말이냐?"

"계속 청화장에 남아 계실 거예요?"

"그게 무슨……? 넌 그럼?"

"예, 맞아요. 청화장을 떠나려고요."

"……"

능 총관은 뚫어지게 쳐다보는 것으로 말을 재촉했다.

생각없이 행동할 딸이 아니다. 아니, 너무 생각이 깊어서 탈이다. 이제 갓 방년(芳年)이 지났을 뿐인데, 세상을 우습게 아는 것도 근심스럽다.

"백납도에게 가려고요."

능완아는 방긋 웃으며 흔들림없이 대답했다. 도무지 거침이라고는 찾아볼 수 없는 자신있는 말투였다.

"뭣!"

능 총관은 진정으로 놀랐다.

그러고 보니 가벼운 경장(輕裝) 차림. 싸움을 할 때 거치적거리지 않도록 소매와 발목을 검은 끈으로 졸라맸다. 검은 검집에 들어가 있으나 숨을 쉴 수 없을 만큼 차가운 예기(銳氣)를 뿜어낸다.

눈빛은 맑으나 힘이 들어가 있다. 입술은 부드럽고 도톰하나 꽉 다물려 굳센 의지를 표현한다. 얼굴빛은 긴장과 흥분으로 딱딱하게 굳어져 있다.

결전에 임하는 모습이며, 준비를 단단히 한 흔적이 역력하다.

'역시!'

능 총관은 가슴이 덜컥 내려앉으면서도 한편으로는 뿌듯한 마음이 치밀었다.

사람들은 청화장 제일 강자로 청화신군, 두 번째 강자로는 노태약을 꼽는다. 세 번째도 고정되어 있다. 청화이걸인 기완이다.

잘못된 판단이다. 청화신군이 제일 강자라는 점에는 이의가 없다. 하지만 두 번째 강자로는 노태약과 더불어서 능완아를 꼽아야 한다. 고슴도치도 제 자식이 귀엽다는 식의 사랑타령이 아니다. 무인의 한 사람으로서 딸의 무공을 세세히 파악했기에 할 수 있는 말이다.

자신도 무공을 드러내지 않는 편이지만 딸은 더욱 드러내지 않는다.

이런 점은 무명(武名)을 얻기에는 힘들지만 치명적인 암격(暗擊)을 가하는 데는 더없이 좋다. 무공이 높으면 높을수록 더욱더.

노태약조차 상대가 되지 않은 백납도지만 능완아의 암격에는 무사하다고 자신할 수 없게 된다.

암격이란 정당한 비무를 원하는 상대에게는 사용해서는 안 되는 방법이고, 백납도 같은 고수에게는 통하지도 않을 일이지만, 청화장을 위해 검을 들었다는 것만으로도 기특하지 않은가.

능 총관은 미소를 지으며 말했다.

"백납도란 자는 성품은 경망되나 무공만은 일품이다. 장주님을 쓰러뜨린 자야. 노태약을 일검에 무너뜨린 자다. 또 백납도 같은 자를 무너뜨리려면 정정당당하게 검 대 검으로 겨뤄야 한다. 암격으로 쓰러뜨려서는 오명(汚名)만 뒤집어쓸 뿐이야. 이 이야기는 여기서 접자."

"그렇기에 가려는 거예요. 이제는 인정해야 돼요. 청화장은 끝났어요. 재기를 하려고 해도 할 만한 사람이 없어요. 저 사람들요? 다시 돌아오면 놀라울 만큼 강해져 있겠지만, 백납도를 쓰러뜨릴 수 있다고는 보지 않아요. 백납도가 그 정도에 불과했다면 사부님이 쓰러지지도 않았겠죠. 사부님이 누구죠? 복건제일의 무인이에요. 복건에서는 신으로 군림하던 사람이에요. 그런 사람을 쓰러뜨린 사람은 누구죠? 백납도. 이제는 백납도가 신이에요. 노 사형, 기 사형은 사람을 쓰러뜨리는 것이 아니라 신을 쓰러뜨려야 할 거예요."

"아무리 그래도 네 무공으로는 어림없다. 암격도 힘들어. 성공한다 해도 누차 말하지만 오명만 뒤집어쓸 뿐이고."

"호호호! 누가 백납도를 공격한다고 했나요?"

능 총관은 뭔가 이상한 예감이 들었다.

자신의 생각과 딸의 생각이 미묘하게 다르다는 느낌…… 가슴이 떨리는 불길한 느낌…….

"네…… 말뜻을 이해하기 어려……."

"싸워요? 호호호! 내 무공으로요? 아! 그래서 제 무공으로는 안 된다고 하셨군요. 호호호! 아네요. 잘못 아셨어요. 전 백납도와 싸우려 가는 게 아니라 내 사람으로 만들려고 가는 거예요. 그 사람이라면 청화장 못지않은 대문파를 만들 수 있어요. 청화신군이 이룩하지 못한 복건제일가도 이룩할 수 있죠."

머리 속에서 천둥이 쳤다. 마른번개가 육신에 내리 꽂혔다. 말을 해야겠는데 입이 얼어붙어 말이 새어 나오지 않았다.

불행히도 불길한 예감은 적중했다. 여식은 백납도와 겨루려는 것이 아니라 청화장을 버리고 그에게 가려는 거다.

딸의 입에서 이런 소리가 흘러나올 적에는 사전 조율이 철저히 끝나 있을 터이다. 자신이 모르는 사이에 백납도와 만났고, 둘 사이가 상당히 진척되었을 게다.

백납도가 필요로 한 것은 무엇일까?

딸의 미모도 탐나겠지만 청화장 총관의 여식이라는 배경이 욕심날 게다.

능완아가 그에게 간다면 청화장은 걷잡을 수 없이 무너진다. 지금도 무가로서는 존립 자체가 위태로울 만큼 무너졌지만, 딸이 행동을 취한 다음에는 사람들 마음속에 간직되어 있는 신망(信望)마저 물에 씻기듯 사라질 게다.

사람들이 청화장에 대한 기대를 접어버리면…… 그 후는 일사천리로 진행된다. 아무리 개망나니 백납도라 해도 삼명성에 터전을 잡게 될 것이고, 청화장을 잊은 사람들은 백납도를 의지하게 될 것이다.

딸의 행동은 간단치 않다. 그나마 근근이 버티고 있는 청화장의 뿌리를 단숨에 뽑아버리는 행동이다. 또한 딸은 그런 점을 알고 있으면서도 백납도에게 가려고 한다.

딸이 필요한 것은 그의 무공, 그리고 무림에서의 명성.

딸은 너무도 위험하고 종래에는 불행이 예상되는 유희(遊戱)를 벌이려 한다.

"널 동냥젖으로 키웠다. 네가 울 때마다 가슴이 찢어졌지. 아마도 살아오면서 가장 힘든 시간이었을 게다. 하지만 후회는 하지 않았다. 후회를 할 틈도 없었지, 널 사랑하기도 바빴으니까. 지금 넌…… 처음으로…… 후회하게 만드는구나."

"같이 가시지는 않겠죠?"

"하하하!"

웃음이 터져 나왔다. 청화신군이 죽었다는 비보를 들었을 때처럼 가슴이 뻥 뚫려 허허로운 바람이 맴돌았다. 가슴에서 새어 나오는 것은 쓸쓸한 바람, 입에서 터져 나오는 것은 의미없는 웃음.

"그냥 해본 말이에요. 아버지가 저를 알듯이 저도 아버지를 알아요. 오죽하면 전각 이름을 조양각이라고 지으셨을까. …아마도 오늘이 우리 부녀 간…… 마지막 만남이 되겠네요. 그렇죠?"

"……."

능완아는 걸음을 내디뎠다. 그녀가 내딛는 발걸음의 의미가 의절(義絶)이라는 것을 알면서도 떼어놓았다.

언제나 이런 식이다. 결정하면 물러서는 법이 없다. 그러면서도 지금까지 난관다운 난관 한 번 겪어보지 않았으니 운이 좋다고 해야 할까? 머리가 비상한 탓이라고 해야 할까.

능 총관은 걸어나가는 딸의 등 뒤에다 힘없이 말했다.

"하명…… 하명은 어떻게 할 생각이냐?"

능완아의 발걸음이 잠시 멈칫거렸다. 그러나 이내 걸음을 떼어놓으며 말했다.

"그림이나 그리라고 하세요. 그 편이 하명에게도 좋을 거예요. 참! 하명 이야기가 나왔으니, 그를 만나면 한마디 전해주세요. 이 사람…… 질투가 무척 심해요. 무슨 말인지 아실 거예요."

"……"

능 총관은 아무 소리도 하지 못했다.

머리 속이 텅 비어 아무 생각도 떠오르지 않으니 무슨 말을 할 수 있으랴. 단지 하나, 떠나서는 안 될 사람이 떠났다는 생각밖에는. 딸이 잘못된 행동을 하고 있다는 생각밖에는…….

이 밤, 많은 사람들이 떠나고 있다.

노 사형과 기 사형이 떠났다. 간다는 말 한마디 남기지 않고 밤도둑처럼 이슬을 맞으며 떠나갔다.

가슴이 아려온다.

결코 그렇게 떠나서는 안 될 사람들인데 떠났다.

능완아도 떠났다.

청천벽력이다. 아버님이 돌아가셨다는 소식을 들었을 때만큼 큰 충격이 밀려온다. 그녀만은 항상 옆에 있을 줄 알았는데.

그녀가 택한 사람은 백납도.

앞머리가 없어서 대머리가 될 가능성이 농후한 자. 지금도 반쯤은 대머리라고 해야 할 자. 얼굴 윤곽이 두껍고 거칠며, 예의라고는 눈곱만큼도 찾아볼 수 없는 자.

그런 자에게 갔다.

얼굴 표정, 행동 하나까지 생생하게 기억나는데 정작 그녀는 가고 없다.

가슴이 찢어진다.

이제야 알 것 같다. 그녀를 얼마나 사랑했는지. 그녀가 없는 빈자리가 얼마나 허전한지.

'큭큭! 가네. 그래도 안아보기까지 한 사이인데 인사 한마디쯤은 나누고 가야 되는 것 아닌가? 넌…… 똑똑하니 잘살 거야. 잘 가. 잘 가라. 빌어먹을! 정말 잘 가.'

금하명은 어둠 속에서 배웅했다.

무인의 길이 어떤 길인지는 모르지만 노태약을 보니 대충은 짐작할 수 있다. 그야말로 한 치 앞도 볼 수 없는, 하지만 한 발만 삐끗하면 천 길 나락으로 떨어지고 마는 죽음의 길이다.

오늘 죽을지 내일 죽을지 모를 처지에 사랑까지 걸머지고 간다는 것은 사치다.

이제 정말 사랑이 하나가 되었다.

아직 완전하게 마음을 비우지는 못했지만, 그러려면 앞으로도 몇 년쯤은 고생해야겠지만 오로지 무공만을 생각할 수 있게 되었다. 무공에 대한 사랑으로 마음을 온전히 메울 수 있게 되었단 말이다. 빌어먹을 세상아!

능 총관도 떠났다.

이해한다. 능 총관의 심정을 백번 이해할 수 있다.

그는 떠날 마음이 없었을 게다. 목숨을 다하는 날까지 청화장에 남아서, 단 몇 사람밖에 남지 않아도 총관으로서 할 일을 수행하려고 했을 게다.

하나, 능완아가 백납도를 찾아간 마당에 아비 된 자로서 청화장에 남아 있을 염치가 없었으리라.

떠날 생각이 없었던 능 총관은 혈혈단신 맨몸으로 훌쩍 떠나갔다. 애병조차 조양각에 놓아두고 휘적휘적 걸어서 어둠 속으로 스며들어 갔다.

능 총관이 독백처럼 중얼거린 마지막 말이 가슴을 휘젓는다.

"미안합니다, 형수님."

금하명은 능완아가 원망스러웠다.

보여줄 것이 있으니 나오라고 했는가. 숨죽이고 조용히 지켜보라고만 했는가.

잘 봤다. 모두 떠나는 모습…… 정말 잘 봤다.

'지금은 가고…… 나중에들 만나지. 나중에 만나면 내 술 한잔 살게. 그래도 명색이 청화장 장주인데, 술 한잔 건네야지. 오늘 하지 못한 이별 인사는 그때 나누기로 하고. 나중에 하지. 나중에 보자고. 나중에.'

금하명은 담에 등을 기대고 그림자조차 사라져 버린 어둠을 꿰뚫어 봤다.

하늘은 맑았다. 총총히 붙박인 별들이 생기를 또렷하게 드러냈다. 달빛은 꼭 능완아의 눈썹을 닮았다. 부드럽게 휘어진 곡선이, 가만히 떠 있기만 해도 주위를 환하게 밝히는 모습이.

❷

 퍽! 퍽……! 우지직……!
 능 총관은 도끼를 힘껏 휘둘렀다.
 제법 굵은 참나무가 힘없이 꺾어졌다.
 '빌어먹을! 빌어먹을!'
 세상에 대한 울분은 안으로 삭이면 삭일수록 커져만 갔다. 잊으려고 노력할수록 더욱 또렷하게 되새김되었다. 육신을 극한의 상황으로 몰아넣어 혹사시켜도 분노는 멈춰지지 않았다.
 '이래서는 안 돼! 이러면 안 되는 거야!'
 퍽! 퍽! 우지끈!
 거목 한 그루가 난타를 당한 끝에 나뒹굴었다.
 내공을 싣지 않은 도끼질이다. 부법(斧法)과는 상관없는 막무가내 도끼질이다.
 무인이 아니더라도, 한낱 나무꾼에 불과해도 결을 따라 도끼질을 해야 한다는 정도는 알고 있다.
 능 총관은 결을 찾지 않았다. 점(點)을 찾지도 않았다. 위, 아래, 왼쪽, 오른쪽…… 도끼에 맞지 않은 곳은 무조건 때렸다. 그래도 참나무는 몇 번 찍히지 않아서 밑동을 잃고 쓰러져 버렸다.
 '잘못된 거야. 자식을 잘못 가르쳤어!'
 쾅! 쾅! 우지직!
 마음에서 터져 나온 분노는 도끼에 실렸고, 분노를 실은 도끼는 애꿎은 나무에 분풀이했다.

그러던 어느 한순간, 미친 듯이 도끼를 휘두르던 능 총관의 손길이 뚝 멎었다.

"이거이거 이러다가 나무란 나무는 모조리 잘려 나가는 것 아냐? 산이라도 개간할 작정이우?"

힘없는 걸음걸이, 권태로운 눈길, 모가 난 성품을 숨기지 않는 말투.

능 총관은 이런 사람을 한 사람 알고 있다. 그리고 그가 걸어오며 능글맞게 말하고 있다.

"숯을 만들려는 것도 아닐 테고…… 참나무만 골라서 패는 이유가 뭐유?"

"귀한 걸음을 하셨군."

능 총관이 이마에 흐르는 땀을 닦아내며 말했다.

"귀한 걸음인가? 그렇지, 귀한 걸음이지. 이런 산은 질색이니까. 물이 있나, 경치가 아름답길 하나. 그렇다고 그렇게 딱 짚어서 비꼴 건 뭐유? 이럴 때는 반갑다는 인사부터 해야 되는 것 아니우? 서로 얼굴 못 본 지 두어 달은 된 것 같은데. 찾느라고 무척 애먹었네."

"용건이 뭐냐?"

능 총관은 냉랭하게 말했다.

그에게 분노를 안겨준 세상 사람들 중에는 금하명도 포함된다. 비중으로 따지자면 딸자식에 대한 배신감만큼이나 크다.

뿌리가 튼튼한 나무는 바람에 흔들리지 않는 법이다. 큰 뿌리가 잘려 나가도 작은 뿌리가 나무를 지탱해 주고, 세월이 지나면 큰 뿌리를 대체하게 된다.

금하명이라는 작자는 도대체 어떻게 된 놈이 가전무공(家傳武功)조차 제대로 이어받지 못했단 말인가. 아무리 장주가 변괴를 당했다고 해도 그렇지 청화장 같은 대가문이 하루아침에 몰락할 수 있단 말인가. 금하명이 장주의 반이라도 따라갔다면 이렇듯 두 손 놓고 무너지는 꼴은 보지 않아도 되지 않았는가 말이다.

아니다. 모두 괴변이요, 변명이다. 장주가 죽고 소장주가 덜떨어졌다면 자신이라도 꿋꿋하게 버텨줘야 했는데, 그렇게 하지 못한 자책감이 그를 괴롭히는 것이다.

이럴 경우, 아무것도 할 수 없는 것이 총관의 한계이기도 했다. 청화장을 대변하는 검법인 대삼검이 사라진 청화장은 존재 가치가 없어지니까. 자신의 무공이 아무리 강한들, 설혹 백납도를 이길 수 있다 해도 청화장의 무공이 아닌 이상 의미가 없으니까. 하물며 백납도를 이길 자신도 없는 처지에 무엇을 하랴.

"어느 날 문득 정신을 차려보니 모두 떠나고 없네?"

금하명이 잘린 나무 밑동에 등을 기대며 앉았다.

"야채를 많이 먹어야 뼈에 피가 잘 돈다고, 말도 안 되는 야채 타령을 하던 왕 아주머니도 없어. 총아(聰兒)를 자신보다 더 아끼던 장 아저씨도 없고. 그러고 보니 총아도 없어졌네? 팔아먹을 것 같았으면 한 번이라도 더 타게 해주지. 자식, 다음 주인은 잘 만나야 되는데…… 그놈을 타고 들판을 달리면 뼈까지 얼얼 얼어버리는 것 같았는데."

능 총관은 금하명 옆에 앉았다.

해가 기울고 있다. 여름 해라서 서녘으로 기울면서도 뜨거운 폭염을 뿜어내고 있다. 청화장이 저랬으면…… 기울 때는 기울더라도 마지막으로 안간힘이라도 써볼 수 있었으면…….

이제는 모든 기회가 사라져 버렸다.

기회? 개나 물어가라고 해라.

청화장은 껍데기만 남았다.

소현부인은 이런 경우를 예측했을까? 그래서 청화신군이 죽은 순간부터 손수 밥도 짓고, 걸레질도 하고, 장작도 팬 것일까?

"앞으로 뭘 할 생각이냐?"

"그림이나 그릴까 했는데……."

능 총관은 갑자기 울화가 치밀었다. 얼굴을 마주하고 있었다면 뺨이라도 갈겨주고 싶었다. 이런 나약한 자식이 복건제일고수의 적자(嫡子)란 말인가.

능 총관은 울화를 억눌렀다. 뺨이라도 때리려면 몸을 돌려야 하는데 그마저도 귀찮았다. 또한 때릴 가치도 없었다. 때린다고 해서 달라질 것도 없고.

모두 욕심이다. 금하명에게는 화공의 길밖에 달리 선택할 길이 없었을 게다.

"잘 생각했다."

"그런데 어머니께서 가만 놔두지 않는 거야. 당신을 죽이고 그림을 그리던가, 검에 맞아 죽으라는 거야. 세상에 그런 어머니가 어디 있나? 전부터 의심쩍었는데…… 아무래도 난 다리 밑에서 주워온 자식 같다니까. 구박이 이만저만이 아니라서."

능 총관은 울분과는 전혀 다른 기분, 착잡함을 느꼈다.

금하명의 말에서 그가 무인이 되려고 한다는 것은 짐작할 수 있다. 금하명은 어머니 핑계를 댔지만 그가 아는 금하명은 강압이나 협박 때문에 행동을 할 사람이 아니다. 그럴 것이라면 벌써 대삼검을 깨우치고도 남았다. 청화신군의 채근이 오죽했는가. 그런데도 꿈쩍도 하지 않던 금하명이다.

금하명은 본인 스스로 마음을 다잡았다. 무공을 수련하기로, 무인이 되기로.

 하지만 늦었다. 지금에 와서는 어떤 수련을 해도 청화신군을 능가하지 못한다. 다른 것은 차치하고 자질이 미치지 못하는데 더 말할 게 무에 있는가. 백납도에게 패한 청화이걸 정도만 되어도 대만족해야 할 판이다.

 금하명은 죽었다가 깨어나도 백납도를 상대하지 못한다. 어설프게 무공을 수련했다가는 목숨만 빨리 잃게 된다. 청화신군도 백납도에게 당하고 말았는데, 자식마저 그의 손에 죽게 만들 수는 없지 않은가.

 "무공은 네게 맞지 않아. 포기해라."

 금하명은 능 총관의 말을 무시하고 자신의 말만 늘어놓았다.

 "그래서 어쩔 수 없이 무공을 수련하기는 해야겠는데, 손 놓고 있던 걸 하려니 영 안 되네. 이럴 때 누가 도와주면 어디가 덧나?"

 "포기해라."

 "어머니가 가만 안 놔둔다니까."

 "무공을 가르쳐 달라는 소리냐?"

 "누가 무공을 가르쳐 달라고 했나? 아버지도 백납도에게 졌는데, 그보다 못한 아저씨 무공을 배워서 뭐에다 쓰게."

 "……!"

 능 총관은 금하명을 쳐다봤다.

 금하명이 자신을 찾아온 목적은 단 하나뿐이다. 무공을 가르쳐 달라는 것. 그 외에는 생각할 수 없다. 그런데?

 "이건 칠화 선생님께서 귀에 딱지가 앉도록 한 말인데…… 산수화를 치는 데는 혼(魂)이 가장 중요하다고 하셨거든. 기법(技法)을 배우는 자는 소성(小成)할 것이고, 혼을 깨닫는 자는 대성한대나 어쩐대나……그 노인네, 음성이 어찌나 카랑카랑한지."

금하명은 귀를 후볐다.

"훌륭하신 분이군."

능 총관은 고개를 끄덕였다.

칠화 충현 선생은 금하명의 그림 선생으로 소현부인이 직접 지목한 화공이다. 화공들 사이에서는 꽤나 이름이 알려진 자였지만, 솔직히 능 총관에게는 관심 밖이었다. 무인이라면 모를까 화공을 머리 속에 담아둘 만큼 한가하지 않았다.

"무공도 마찬가지 아닐까 싶더라고. 초식이니 어쩌니 하는 것은 나중에도 배울 수 있는 것이고, 지금 당장 필요한 것은 무인의 혼인 것 같단 말씀이지. 한데 그놈의 혼이란 게 어떻게 생겨먹었는지 한 번이라도 봤어야 알지."

"넌 그럼……?"

"그놈의 혼이란 게 몸속 어딘가에 있다는데, 본 적도 없고 꺼내는 방법도 모르겠고…… 아저씨가 도와줘."

"하하하! 웃기는 놈. 무인의 혼이라…… 말은 거창하게 잘하는군. 쉽게 말하면 무인이 무공을 대하는 자세. 장주님께 직접 무공을 하사받은 자로 아직까지 무공을 대하는 자세도 모른단 말이군. 병기를 어떤 마음으로 잡아야 하는지도 모르고. 네 스스로 무인이 갖춰야 할 소양을 모른다고 시인했으니 더 더욱 멀리해야겠구나. 돌아가라. 네가 무인이 되고자 하는 한 난 너와 할 이야기가 없다."

금하명이 태연스럽게 말했다.

"노 사형이 싸우는 걸 봤는데…… 아! 난 조금밖에 못 봤지. 워낙 뒤에 있어서. 뭔 사람들이 그렇게 많이 몰렸는지. 좌우지간 싸움 구경이라면 사족을 못 쓴다니까."

"……."

"아주 잠깐, 순간적인 움직임밖에 못 봤는데…… 알 것 같더라고. 구경하던 사람들도 모두 짐작했을 거야. 노 사형이 질 거라는걸. 공격을 하고 검에 맞은 것은 짐작을 확인시켜 준 것뿐이고…… 사실은 이미 싸움을 하기도 전에 졌던 거지."

"뭐라고!"

금하명이 능 총관을 쳐다보며 피식 웃었다.

"왜 이러시나? 그건 아저씨도 이미 짐작했을 텐데. 그러니까 들것이며 뭐며 바리바리 싸 들고 갔지."

능 총관은 큰 충격을 받았다.

'이것이…… 핏줄인가! 견자가 아니라 복건제일무인인 청화신군의 핏줄이란 말인가.'

둔기로 뒷머리를 얻어맞은 충격이었다.

금하명은 무인의 기도를 읽어냈다. 정확한 판단이나 예감이 아니다. 본능적으로 파악한 느낌이다. 절대고수가 읽어냈다면 전혀 이상한 일이 아니지만 청화이걸도 상대하지 못하는 금하명이 읽어낸 것은 선천적으로 투기(鬪氣)를 지니고 태어났다고 봐야 한다.

금하명은 나약한 화공이 아니다. 싸움꾼이다.

금하명이 말을 이었다. 능 총관은 묵묵히 듣기만 했다.

"그래서 난 다시 시작하려고. 아버지는 엉터리였다니까. 싸울 준비도 안 되어 있는 사람에게 무공은 가르쳐서 뭣 하나? 그건 나도 마찬가지고. 마음속에 투지를 심지 않고는 아무것도 안 될 것 같더라고."

금하명의 말은 더 이상 귀에 들어오지 않았다.

그림에 얼마나 집착했는지 알고 있다. 그러한 정열을 무공으로 돌릴 수만 있다면 어떤 형태의 무인이 되었든 간에 무림에 적을 둘 수는 있을 것 같다. 더군다나 금하명은 한눈에 상대의 기도를 파악해 내는 싸움꾼의 기질을 타고났다.

'해볼 만해!'

능 총관은 불현듯 딸이 떠올랐다.

"삼혈마를 불러주세요."

삼혈마의 무공이 즉살(卽殺)의 무공이다. 초식이랄 것도 없는, 오로지 죽음만을 겨냥한 무공이다. 하나 진정한 싸움꾼이라면 가장 선호할 무공이기도 하다.

상대를 죽이거나 내가 죽거나 하는 사생결단(死生決斷)의 각오가 없으면 펼칠 수 없는 무공이니까.

능완아가 삼혈마에 대한 기억을 끄집어내지 않았다면 실전에 버금가는 비무로 투지를 격발시키는 방법밖에 없었다. 금하명이 말한 무인의 혼이 투지를 말하는 것이라면. 자신이 금하명을 지도하기로 작정했다면.

삼혈마의 무공을 집약시키면 금하명은 전사(戰士)로 변신한다.

그 후는 모른다. 숱한 싸움을 하게 될 거고, 삶과 죽음의 경계를 넘나들 게다. 강적을 만나 죽을 수도 있고, 상대를 죽인 후 투지에 기름을 부어 넣을 수도 있다.

문제는 삼혈마의 무공이 그리 고강하지 않다는 데 있다.

정심하게 무공을 수련한 자에게 걸리면 단 일 초에 목숨을 잃을 수도 있다.

'그것까지 생각할 필요가 없겠지. 정심한 무공이라면 대삼검이 있으니까. 네가 원하는 것이 무인의 혼이라면 삼혈마의 무공을 집약시켜 주는 것으로 충분할 터.'

다시 딸이 생각났다.

딸은 무엇 때문에 삼혈마를 불러달라고 했을까? 딸은 청화이걸에 버금가는 무공을 지녔으니 삼혈마의 무공이 필요치 않을 텐데. 직접 삼혈마와 검을 겨눠도 지지 않을 무공인데.

그것도 생각하지 않기로 했다.

'백납도에게 간 놈…… 삼혈마가 절대적으로 필요해도 줄 생각이 없다. 후후! 네게 고마워해야겠구나, 덕분에 삼혈마를 다시 떠올렸으니. 지금 삼혈마의 무공이 절대적으로 필요한 사람은 하명. 삼혈마의 무공이 약이 될지 독이 될지는 모르겠다만…… 무인의 혼이 필요하다니 그 정도는 줄 수 있겠지.'

능 총관은 꾹 다물고 있던 입을 열었다.

"굉장히…… 힘든 길이다."

"그럴 것 같더라고."

"성취가 느린 길이다. 평생 삼류무인에서 벗어나지 못할지도 모르고. 그럼 넌 폐인이 되는 거야."

"무공을 가르쳐 달라는 게 아니니까. 아저씨 말이 무공의 길을 말하는 거라면…… 칠화 선생님은 육순(六旬)에서야 그림이 뭔지를 알았다고 했는데, 설마 그 정도까지는 안 가겠지."

"네가 말한 무인의 혼은 엄밀히 말하면 사부라는 존재가 필요없다.

무작정 산을 뛰어다니거나, 죽을 둥 살 둥 절벽을 기어오르면 그만이지. 몸을 극한으로 혹사시키면 깨달을 수도 있어. 굳이 나보고 혹사시켜 달라고 찾아온 이유가 뭐냐?"

"무인의 혼이 그런 건가? 몸을 혹사시키면 얻을 수 있다? 그럴 것 같기도 했는데…… 그런데 그건 아무래도 독종이 될지언정 무인의 혼을 깨닫지는 못할 것 같더라고. 무인의 혼이 무엇인지는 본 적이 없으니 모르겠고, 하지만 독종은 아닐 것 같아. 뭔지도 모르겠고, 알 수 있는 방법도 모르겠고. 도통 모르는 것 천지니 뭐 어떡해. 알 만한 사람을 찾을 수밖에."

"후후후!"

능 총관은 잘게 웃었다.

무인의 혼을 설명할 수 있는 방법은 없다. 삼류무인이라고 해도 스스로 설정한 무인의 혼이 있을 것이고, 절대고수도 마찬가지다. 또한 어느 것이 옳다 그르다 말할 수도 없는 문제다. '무인의 혼'과 같이 모호한 화두는 아예 생각조차 안 하는 무인도 있다.

능 총관이 정의한 '무공을 대하는 자세'도 능 총관만의 생각이다.

그 문제는 금하명 스스로 풀어 나가야 한다. 풀어 나가는 과정을 일러줄 수 없다. 그것 역시 본인 스스로 깨닫고 실행해야 한다.

능 총관이 도움을 줄 수 있는 부분은 무인의 혼과 같이 거창한 것이 아니라 금하명의 내부 깊숙이 틀어박혀 있는 투지를 일깨워 주는 정도에 불과하다.

'해보는 거야.'

결심을 굳혔다.

"난 첫걸음만 떼어줄 수 있을 뿐이다."

"아저씨는 이래서 탈이야. 신중해도 너무 신중하다니까. 돌다리는 그만 두들기고, 밥 있으면 한술 뜹시다. 이거 손님 대접이 이렇게 엉망이어서야. 끼니때가 되었으면 밥 먹자고 해야 되는 것 아닌가?"

능 총관은 벌떡 일어서서 걸어가는 금하명을 멀거니 쳐다봤다.

타닥! 타닥……!

촛불이 무심하게 타올랐다.

이글거리는 태양이 벌겋게 달궈놓은 대지는 한밤중이 되어도 좀처럼 식을 줄 모르고 뜨거운 지열을 푹푹 쏟아냈다.

웨엥……!

귓가에 모기의 날갯짓 소리가 들렸다.

검고 커다란 산모기가 뒷덜미를 물어뜯고는 잔뜩 통통해진 채 멀리 날아갔다.

능 총관은 뜨거움도 간지러움도 잊은 채 생각에 몰두했다.

세상에 대한 분노는 언제 그런 일이 있었는가 싶도록 잊혀져 버렸다. 그토록 육신을 혹사해도 잊지 않았는데 신기하게도 조금도 생각나지 않았다. 대신 그의 머리 속을 맴도는 생각은 단 하나, 무인의 혼이었다.

'무인의 혼…… 무인의 혼…….'

능 총관은 같은 말을 되뇌고 또 되뇌었다.

사람들은 능광 하면 '청화장 능 총관'으로만 알고 있다. 조용하고 차분한 성격에다가 일 처리가 꼼꼼해서 청화장 같은 대가문의 총관으로는 가장 적합한 인물이라는 소리도 종종 한다. 그렇기에 '능 총관' 하면 장부(帳簿)를 떠올리지 병기를 떠올리지는 않는다.

그가 상당한 고수라는 점을 잊어버린 것이다.

더욱이 체형(體形)이나 성품과는 전혀 어울리지 않는 병기, 부(斧)가 그의 독문병기(獨門兵器)라고는 꿈에도 생각지 않는다.

멀리 중원 북쪽에서 살인을 밥 먹듯 즐기던 살인마가 능광이었다면, 부광쇄두(斧光碎頭)라는 끔찍한 별호가 능광을 지칭하는 말이었다면 사람들 표정이 어떻게 변할까?

정말 오랜 세월 동안 무공을 드러내지 않고 살아왔다.

그가 청화장에 몸을 의탁한 것은 두 가지 이유 때문이었다.

첫 번째는 거칠 것 없던 무림행(武林行)에 제동이 걸렸기 때문이다.

천상천하(天上天下) 유아독존(唯我獨尊)이라고 자부하던 부법이 연이어 참패를 당했다.

살인마라는 악명이 높아질수록 그의 앞에 나타나는 고수들은 강해져 갔다. 세상이 넓다는 느낌이 들었을 때는 이미 늦어서 몸을 빼려야 뺄 수 없는 처지가 되고 말았다.

부광쇄두라는 별호를 안겨준 부법은 여지없이 파해(破解)되었다.

쥐새끼처럼 숨어 다니기에 급급했다. 어쩌다 마주친 자들은 어김없이 그의 육신에 큼지막한 상흔을 새겨놓았다.

그의 부법은 천상천하 유아독존이 아니었을 뿐만 아니라 초강고수의 반열조차도 넘보지 못하는 초라한 수준이었다.

두 번째는 어린 핏덩이를 잃고 싶지 않았기 때문이다. 자신이 저지른 업보 때문에 사랑하는 여인이 희생되었으면 족하다. 핏덩이만은 무슨 일이 있어도 지키고 싶었다.

멀리 남쪽으로 내려와 죽은 듯이 살았다.

무림에는 미련이 없다, 눈곱만큼도.

유난동당(有難同當) 121

과거는 모두 잊어버리고 오직 딸아이가 아름답게 자라는 모습을 지켜보며 흐뭇한 미소를 지었다.

그런 딸이었는데…… 이제 완아는 그가 제어할 수 없는 곳으로 갔다. 어리게만 보아왔는데, 제 스스로는 다 컸다고 생각했는지 거침없이 험로로 뛰어들었다.

은혜를 입은 장주도 죽고 없다. 남은 식솔이라도 건사해 주는 것이 도리지만, 그럴 만한 정신적 여유가 없다. 무림에서 살아갈 수 없는 사람들이니 차라리 청화장을 팔아버리고 무림을 떠나는 편이 나을지도 모르고.

그가 무림에 남아서 할 일은 없다.

그런데 금하명이 찾아왔다.

능광 자신도 무인의 혼 따위는 생각하지 않았는데, 무림에 대해서 알지도 못하는 어린 놈이 무인의 혼을 들먹이며 무림에서 산전수전 다 겪은 사람을 건드렸다.

'무인의 혼…… 무인의 혼…….'

금하명의 코 고는 소리가 들려왔다.

태평스럽게 잠자는 모습만 보면 정말 무인의 혼을 염두에 둔 놈인가 의심스러울 정도다.

밤이 지나고 새벽이 밝아올 무렵, 능 총관은 무인의 혼에 대해서 명확한 정의를 내렸다.

금하명을 보며 생각했던 것처럼 싸움에 있어서만은 절대 물러서지 않는 임전무퇴(臨戰無退)의 기상이라고.

그런 생각을 가진 무인은 절대 오래 살지 못한다.

그런 부분은 생각하지 않기로 했다. 금하명이 알아서 해야 할 몫이지 않은가.
 '일깨워 주지. 무인의 혼이라 했지? 후후후! 무인의 혼을 일깨워 달라고 했던 말…… 후회하게 만들어주지, 뼈저리게.'
 어떻게 가르칠 것인가는 삼혈마를 떠올릴 때 이미 굳어져 있었다.
 무림에 호흡유내외지분(呼吸有內外之分), 권술무내외지별(拳術無內外之別)이라는 말이 있다. 호흡에는 내가(內家)와 외가(外家)의 구분이 있으나 권술에는 내외의 구분이 없다는 말이다.
 무공에서 외적인 단련은 내적인 단련으로 이어진다.
 지독하게 혹사시킬 것이다. 철저한 싸움닭으로 변신시켜 주리라.
 그럴 자신은 있다. 무공을 전수해 주는 것도 아니고 싸움닭의 기세를 심어주는 것인데 못할 리 있을까. 하지만 그것만으로는 부족하다. 싸움닭이 됨과 동시에 싸울 수 있는 무기도 다듬어야 한다.
 능 총관은 외공(外功) 전수도 구상했다. 외공은 싸움닭이 되는 과정에서 자연스럽게 습득할 수 있는 공부니까. 그렇다. 머리끝부터 발끝까지 날카롭게 곤두선 칼로 다듬으면서 외공도 전수시키는 거다.
 외공…… 외공이라면 어떤 것이 좋을까?
 능 총관은 날이 새는 것도 모르고 생각에 잠겼다.

❸

 "다녀올 데가 있다. 한 달이나 두 달쯤 걸릴 게다."
 능 총관은 검 한 자루만 달랑 들고 집을 나섰다.
 "나더러 이 돼지우리 같은 곳에서 두 달이나 있으란 이야기유? 이야기할 사람 한 명 없고 할 일도 없고…… 먹을 것은 있소?"
"여름 산은 온 천지가 먹을거리다. 굶어 죽지는 않을 거야. 가볼 데가 있으면 갔다 와도 좋고, 없으면 말고."
"웬만하면 아침이나 들고 가시지."
"혼자 챙겨 먹어라. 그럼 난 간다."
능 총관이 기약없이 떠나는 사람처럼 훌훌 떠나 버렸다.
금하명도 미련을 갖지 않았다. 오히려 귀찮은 사람이 떠나서 홀가분하다는 듯 늘어지게 기지개를 켰다.
"한 달이나 두 달이라…… 그럼 가을이 지날 무렵에나 오겠군. 안됐어, 여기 볼품은 없어도 가을 단풍은 제법일 것 같은데."
혼자 중얼거리며 얇은 끈을 꺼내 소매와 발목을 묶었다.
아침 생각은 없었다. 배가 고파서 죽을 지경이어도 먹을 수가 없었다. 참나무를 얼기설기 쌓아놓은 곳에 불과한 움막에는 먹을거리가 전혀 없었으니까.
"자고로 잠자리는 편해야 한다고 했지. 옛사람 말을 좇아서 나쁜 건 없어."
제일 먼저 할 일은 그래도 비바람은 피할 수 있는 움막을 만드는 일이다.
다행히 도끼와 검이 있으니 균형만 잘 잡으면 하루 이틀 사이에 썩 괜찮은 집이 만들어질 것 같았다.
식량도 구해야 한다.
능 총관은 사냥을 했다. 움막 같지도 않은 움막을 본 사람이라면 한눈에 알 수 있다. 제대로 벗기지 않아서 쇠파리가 들끓는 짐승 가죽들이 움막 주변에 여기저기 널려 있으니까.

금하명은 사냥할 생각이 없었다. 살아 있는 생명을 죽이는 행위에 심한 거부감을 가져서 사냥이라고는 한 번도 해본 적이 없었다. 아버님에게 쫓겨서 산속에 처박혀 있을 때도 짐승을 잡은 적이 없었다. 움직이기가 귀찮으면 벽곡단을 씹어 먹었고, 벽곡단이 물리면 약초나 산나물을 캐서 씹어 먹었다.

능 총관은 여름 산에는 먹을거리 천지라고 했지만, 틀린 말이다. 산에는 봄, 여름, 가을, 겨울 사시사철을 날 수 있는 음식이 있다. 그것도 식성에 따라 골라 먹을 수 있다. 겨울에는 먹거리가 귀한 것은 사실이지만 조금만 눈을 크게 뜨고 찾아보면 씀바귀나 겨울딸기처럼 배를 채울 수 있는 게 얼마든지 있다.

'일상(日常)이 무공이다. 이제부터 하루 십이 시진, 어느 순간에도 정신을 놓아서는 안 된다. 나의 삶이 무공이니 일상 또한 무공이 되어야 한다.'

능 총관의 분노는 많은 나무를 시체로 둔갑시켜 놓았다.

금하명은 잘라진 나무를 가져다가 움막 짓기에 적당한 크기로 잘랐다.

탁! 파악! 탁! 파앗!

도끼를 휘두를 때마다 참나무 모서리가 깨끗이 잘려 나갔다.

'도끼질만큼 팔 근육을 단련시켜 주는 건 없지. 후후! 오랜만에 해 보네. 이것도 꽤 재미있는데······.'

금하명은 도끼질에서 재미를 찾으려고 애썼다.

세상에서 가장 무서운 적은 누구인가? 백납도인가? 그일지도 모른다. 하지만 백납도를 정확히 파악하지 못한 현재로서는 함부로 단정 지을 수 없다.

무공이 강한 무인은 상대하기 곤란한 무인은 될 수 있어도 가장 무서운 적은 될 수 없다.

가장 무서운 적이란 무공에 미친 자다. 수련 벌레라는 말을 듣는 자도 아니고, 무공에 탁월한 재질을 지닌 자도 아니다. 무공에 재미를 느껴서 무공을 수련하지 않으면 세상 사는 재미가 없는 자. 그런 자야말로 가장 무서운 적이다.

가장 무서운 적이 누구인지를 알았으니 자신 또한 그런 자와 필적할 자가 되어야 하지 않는가.

주색에 몰두하다 보면 난봉꾼 소리를 듣는 것이고, 노름에 미치다 보면 노름꾼 소리를 듣게 된다. 무인이라는 소리도 그렇게 들어야 한다. 무공을 익힌 자라서 무인이 아니라, 다른 사람을 때려눕혀 무위를 뽐낸 결과로 얻은 소리가 아니라, 무공에 미치다 보니 어느 날 문득 누군가가 무인이라고 불러줄 때. 무인은 그렇게 탄생되어야 한다.

그런 면에서 청화장 소장주 시절은 큰 도움이 된다.

청화신군은 자식이 걸음마를 떼기 전부터 무공을 가르쳤다.

권각을 내지르고 육신을 단련하는 수련은 아니었지만 귀로 듣는 말 한마디 한마디가 모두 무공이었다. 무림에 관련된 무언(武言)이었다. 무림의 비사(秘事)였고, 기인이사(奇人異士)의 행적이었다.

걸음마를 뗀 이후에는 직접적인 무공 수련에 들어갔다.

철이 들 무렵에는 소장주의 신분임에도 불구하고 허드렛일을 해야만 했다. 손에 도끼를 들고 장작을 팼다. 물동이를 지고 물을 길러왔다. 연무장을 수십 바퀴씩 뛰며 땀을 흘리기도 했다.

기본공 수련은 더욱 가혹했다.

주먹에서 피가 마를 날이 없었다. 권고(卷藁)를 치고 또 쳐서 주먹에서 흘러나온 피가 권고를 물들였다. 팔목을 강화시키기 위해 거석(据石)을 들어 올렸고, 각법(脚法)을 수련하기 위해 쇠신을 차올렸다.

종이 찌르기, 모래 찌르기, 손아귀를 단련하기 위한 쇠그릇 돌리기…….

육신을 철갑으로 만들기 위해 이루 헤아릴 수 없는 방법이 동원되었다.

무공은 동(動)이었고, 무공을 원치 않는 자에게 무공의 세계는 지옥이었다.

그림은 정(靜)이다. 아니다. 그렇게 단정 지을 수 없다. 붓을 들어 화선지에 대는 순간부터 정은 동으로 변한다. 하지만 마음을 가라앉혀야만 이룰 수 있는 세계인 것만은 틀림없다. 들뜬 마음으로는 낙서밖에 안 된다.

그림을 좋아하는 사람에게 천국이란 멀리 있는 것이 아니라 화선지 위에 있었다.

억지로 강행된 무공은 금하명을 일정 수준까지 단련시켜 주었다. 하지만 자발적인 의지가 결여되었는지라 진척이 매우 느렸다. 그림을 알게 된 이후에는 그나마 배웠던 초식도 잊어버렸다.

이제부터 다시 시작한다.

무공을 재미있는 유희로 생각해야 한다. 육신이 단련되어지는 과정을 지켜보며 뿌듯한 마음이 치밀어야 한다. 권각의 파괴력을 좀 더 높이기 위해서 생각을 거듭하고, 머리를 쥐어짜 내도 재미를 느낄지언정 피곤함을 느껴서는 안 된다.

재미있는 일을 하는 사람은 피곤함을 느끼지 못한다. 육신이 고달파도, 다른 사람이 보기에 저러다 죽지 싶어도 정작 어떤 일에 재미를 느끼는 사람은 피곤함을 모른다.
 피곤함이란 강압된 마음이 흘려보내는 신호에 불과하다.
 하기 싫은 일을 할 때 피곤함은 더욱 빨리 느껴진다. 마음은 하기 싫다고 말하는데 머리는 해야만 한다고 말하니 피곤한 게다. 해야 할 일을 하지 못했다는 강압된 마음이 피곤함이라는 신체 반응으로 표출된 거다.
 휘익! 빠악! 휘익! 파앗!
 지금 휘두르는 도끼는 집 지을 나무를 자른다. 편히 쉴 공간을 마련하는 도끼질이다. 얼마나 즐거운가. 저녁까지 움막을 완성하지는 못하겠지만, 은은한 참나무 향을 맡으며 잠들 수 있으니 즐겁지 아니한가. 무의미하게 하루를 보내는 것보다 움막 한 채라도 지어놓으면 하루를 산 보람이 있지 않은가.
 도끼를 휘두를 때마다 근육에서 생명이 솟아난다.
 군건히 땅을 밟고 있는 두 발에서도 힘이 샘솟고, 비틀어졌다가 곧게 펴지는 허리는 기름칠을 한 것처럼 부드럽다.
 이마에 송골송골 땀이 맺혔지만 아랑곳하지 않았다. 왜 땀이 흐르는지, 얼마나 흐르는지 신경 쓸 필요가 없다.
 아침을 굶고 점심까지 굶었지만 배고픈 줄도 몰랐다. 한여름의 이글거리는 햇볕이 뜨겁게 작열했지만 더운 줄도 몰랐다.
 사방을 뺑 둘러 벽을 쌓을 수 있는 분량이 되었다. 잘하면 지붕까지 엮을 수 있을 것 같다.
 금하명은 그제야 도끼질을 멈췄다.
 능 총관이 잘라놓은 나무를 다듬은 것에 불과하지만 일정한 크기로 잘라내는 것은 나무를 자르는 것과 동일한 힘을 필요로 했다.

"자, 이제는 오공(午功)을 시작해 볼까?"

금하명은 높이 솟아 있는 산봉을 쳐다봤다.

높이가 삼백여 장에 이르니 정상적인 사람이라면 한 시진이나 한 시진 반 정도 소요되어야 오를 수 있는 산봉이다. 왕복으로는 두 시진에서 세 시진이 걸린다.

잠깐이지만 머리 속에 유운보(流雲步)가 스쳐 지나갔다.

뇌둔보(雷遁步), 추광보(追光步)와 더불어 청화신군의 삼대보법 중 하나다.

유운보는 보법을 펼치면 신형이 구름 흐르듯 유연하다고 해서 붙여진 명칭이다. 진기(眞氣)를 최대한 아낄 수 있어서 백 리를 달려도 숨 한 올 흐트러지지 않는 절정보법이란다.

금하명은 고개를 내둘렀다.

초심을 잊었는가. 미숙하지만 보법을 사용하면 훨씬 수월하게 오를 수 있다. 하지만 지금은 보법을 수련하는 것이 아니지 않는가.

무인의 혼…… 혼을 수련해야 한다.

금하명은 천천히 뛰기 시작했다.

육신의 힘만으로 산을 치달려 올라야 한다. 숨이 턱에까지 닿아도 멈추지 말아야 한다. 힘으로, 의지로 산봉에 올라서 근육과 내장의 긴장감을 최고조로 끌어올려야 한다.

만공(晩功)은 해질 무렵부터 시작했다.

딱! 딱! 따악……!

목도로 나무를 후려쳤다. 목도가 바람을 가를 때마다 나무껍질이 한 움큼씩 떨어져 나갔다.

청화장 무인들은 하루 세 차례 수련한다.

이른 새벽에 하는 조공(朝功), 오후에 하는 오공, 저녁에 하는 만공.

무공 단계에 따라서 수련하는 내용은 천차만별이지만 수련 시간만은 반드시 지킨다.

금하명이 만공으로 택한 목도 치기는 기본공(基本功) 중급(中級)으로 판명받은 무인들이 수련한다.

직접적으로는 팔목의 근력을 강화시켜 주지만 간접적으로는 순간 판단력이나 반사력을 향상시켜 준다.

금하명이 이미 겪어본 과정 중에 하나다.

당시는 목각을 상대로 사 년 정도 목도를 쳐댔다. 하지만 판단력이나 반사 신경을 향상시킨다는 생각은 추호도 없었고, 팔목의 근력을 강화시킨다는 생각도 없었다. 그저 시키는 대로 하라니 했을 뿐이다.

지금은 다르다. 목도를 후려칠 때마다 손에, 팔목에 전해지는 둔탁한 느낌을 감지한다. 강하게 때리면 때릴수록 손아귀도 찢어질 듯 아파왔지만 오히려 상쾌한 쾌감이 느껴진다.

딱!

손아귀가 쓰렸다. 손 껍질이 벗겨지고 있는 현상이다. 그래도 목도를 멈추지 않았다.

딱! 딱! 딱……!

능 총관은 움막이 환히 내려다보이는 산등성이에서 한나절을 꼬박 보냈다.

'변했어.'

느낌은 확실했다. 금하명을 대하자마자 달라졌다는 것을 알았지만 어떻게 얼마나 변했는지는 몰랐는데, 하루를 지켜본 결과 기대 이상으로 변했다는 것을 확인했다.

과거의 금하명에게서는 정교함은 엿보였지만 열의는 찾아볼 수 없었다. 청화신군의 피를 이어받아서인지 설렁설렁 무공을 수련해도 어느 정도는 따라왔다.

물론 그 정도로는 터무니없이 부족했다. 수많은 사람이 무림에 입문하고 무공을 수련한다. 또한 입문하는 수만큼의 사람들이 죽거나 중도에서 포기한다.

입문한 사람들 중 무림에 나서는 사람은 채 일 할도 되지 않는다.

무공에 대한 감각이 탁월한 몇몇 사람만이 살아남는 것이다.

그렇다고 그들 모두가 최고수가 되는 것도 아니다. 무림에 발을 들여놓으면 치열한 생존 경쟁을 벌여야 한다. 무공이 높든 낮든, 무림을 헤쳐 나온 세월이 어떻든 죽는 순간까지 끝나지 않는 경쟁이다.

어떤 무인은 삼류무인으로 전락한다. 어떤 무인은 초고수가 된다.

시작할 때는 모두가 뛰어난 무인들이었지만 세월이 지나면서 우열이 분명하게 갈린다.

금하명은 뛰어나기는 했지만 무림에 나서면 삼류무인조차 되지 못할 수준이다. 무공을 배우지 않은 사람과는 얼마든지 싸울 수 있지만, 무인을 상대로는 지극히 몸을 사려야 한다.

청화장에서 요구하는 무인은 뛰어난 사람들 중에서도 극히 뛰어난 사람이다.

노태약이 그런 부류였고, 기완도 가능성이 돋보였다. 능완아도 탁월한 재질을 갖춘 무인이다.

금하명은 아니다. 그는 무공을 수련했지만 무인이라고 할 수 없다.

이것이 변하기 전의 금하명이었다.

변했다.

나무를 패는 모습에서 열의를 읽을 수 있었다. 산을 뛰어오르는 모습에서는 집념을 봤다. 목도를 휘두르는 모습에서는 광기(狂氣)가 엿보였다.

금하명의 체력으로는 산을 올라갔다 내려오면 사지가 무력해질 게다. 진기를 사용했다면 몰라도 육신의 힘만으로 벌인 산행은 사람을 무척 지치게 만든다.

더군다나 금하명은 뛰기까지 했다.

청화장에서 기본공을 수련한 덕분에 체력이 강해지기는 했지만 체력만 가지고는 곤란하다. 강렬한 의지가 내포되어 있다는 편이 옳을 게다.

그런 몸으로 움막을 지었고, 만공에 들어갔다.

광기다. 육신을 혹사시키지 않고는 잠을 이루지 못하는 한을 지닌 사람만이 벌이는 광기다.

그렇다고 미친 것 같지는 않다.

그럼 무엇인가? 무공을 수련해야 한다는 절실한 사명감을 가진 사람, 혹은 무공 수련이 재미있어서 도저히 그만둘 수 없는 사람. 이런 부류들만이 광기를 터뜨릴 수 있다.

'이만하면 됐어.'

능 총관은 마음을 놓았다.

금하명이 무공을 수련한다고 했을 때 반신반의했는데, 두 눈으로 직접 보고 나니 비로소 안심이 된다.

이제는 확실히 말할 수 있다.

금하명은 과거를 떨쳐 버리고 진정한 무인의 길을 걷기 시작했다.

무인의 혼을 깨닫든 말든 상관없다. 정도(正道)를 걷든 사도(邪道)를 택하든 신경 쓰지 않는다. 무공을 배운 후, 백납도와 싸울지 꼬리를 내릴지도 관심 대상이 아니다.

진심으로 무공을 수련하고자 하는 자가 있으니 가르쳐 볼 만하지 않은가.

열의는 불꽃처럼 타올랐다가 사그라질 수 있다.

한 달이 걸릴지 두 달이 걸릴지 능 총관 자신도 모르지만, 다시 돌아왔을 때도 금하명이 지금 상태대로 수련에 몰두하고 있다면 진정으로 가르쳐 볼 만하다.

삼혈마의 무공을 집약시켜 주되 어느 정도 성취를 얻을지는 미지수다.

그것도 그리 중요하지 않다.

세상에 존재하는 무공은 모두 뛰어나다. 하찮은 무공이 있을 수 없고, 절정의 무공 또한 있을 수 없다. 습득한 무공을 어느 깊이까지 수련하느냐에 따라서 절정과 삼류로 갈릴 뿐이다.

금하명은 아무것도 그려지지 않은 백지다.

그곳에 어떤 그림을 그리느냐는 이제 능 총관의 몫이 되었다. 청화신군이 그림을 그리려고 했으나 그리지 못하고 끝났다.

그것을 계속 이어 나가서 완전치 못한 그림을 완성시켜 달라고 했으면 불가능할지도 모르지만, 그려진 그림을 모두 지워 버리고 백지 상태에서 다시 시작한다면 해볼 만하다.

능 총관은 그림을 그린다. 금하명은 그려지는 대로 따라와야 한다. 조금이라도 삐뚤게 따라오면 그림이 망쳐질 것이다. 서툴게 그린 그림

또한 망쳐질 것이다.
 그리는 사람이나 따라오는 사람이나 정신을 하나로 모아야 한다.
 '다녀오마.'
 능 총관은 비로소 마음을 놓고 발길을 옮겼다.
 딱! 따악! 따악!
 그의 귓가로 나무를 후려치는 목도 소리가 스쳐 지나갔다.

第四章
일회생(一回生), 이회숙(二回熟)

처음 할 때는 서툴러도
두 번째 할 때는 익숙해진다

일 회생(一回生), 이 회숙(二回熟)
…처음 할 때는 서툴러도, 두 번째 할 때는 익숙해진다

'진작 저렇게 했으면……'

능완아도 금하명을 봤다.

확실히 과거의 금하명과는 많이 달랐다.

진정으로 무공 수련에 몰두하는 모습이 정말 보기 좋다.

항상 이런 모습을 원해왔다. 한 번이라도 진심으로 수련에 몰두하는 모습을 보고 싶었다.

금하명은 노태약이나 기완과는 다른 기질을 지닌 사내다.

겉으로 보기에는 부드럽기 이를 데 없다. 말을 툭툭 내뱉지만 행동 하나마다 깊은 정이 묻어 나온다. 가식도 없다. 그가 말하는 것은 바로 그의 마음이다. 마음과 행동이 다르지도 않다. 그래서 금하명을 아는 사람들은 언제든 반긴다.

속마음을 들여다보면 더욱 매력있다. 주관이 뚜렷하고, 자신의 생각에 어긋나는 부분은 절대 받아들이지 않는다. 오죽하면 아버지가 무공 수련을 강요했어도 뜻을 이루지 못했을까.

항거하는 방법에는 문제가 있다. 천륜(天倫)이나 인륜(人倫)을 거슬리지 못하는 약점이 있다. 그림에 그토록 미쳤으면서도 무공 수련을 따라 했던 것도 같은 맥락이다.

그에게는 강인함과 더불어 부모의 뜻을 거역하지 못하는 나약함도 있다.

그래서 더욱 좋다.

그림에 대한 열정을 무공으로 돌려놓기만 하면 누구보다도 뛰어난 무인이 되리라는 걸 믿어 의심치 않는다.

신체적인 요건은 청화신군의 체질을 이어받아 극상(極上)이다. 몸의 균형이 잘 잡혀 있고, 유연성, 민첩성…… 무엇 하나 부족하지 않다.

육 척에 가까운 키에 시원시원한 이목구비(耳目口鼻). 아니다, 소현부인의 모습까지 곁들어져서 윤곽이 뚜렷하다.

무공만 강했다면 결코 떨어지는 일이 없었을 텐데.

"저자가 청화신군의 아들인가?"

백납도가 물었다.

"뛰어난 사람이에요."

능완아는 흘러내리는 머리카락을 쓸어 올리며 말했다.

"그렇게 보이는군. 좋은 재목이야."

"몇 년 안에 도전해 올 사람이죠."

"하하! 송장 한 구 더 늘 뿐이야."

"방심하면 안 될걸요? 그토록 자신있게 말하려면 금하명이 누구인지부터 확실히 알아야 해요. 오망(晤芒) 덕중(悳重) 선생에게 물어보는 게 제일 빠르겠네요."

"오망? 그런 무인도 있었나?"

"호호호! 충고 한마디 하죠. 앞으로는 모르는 게 있으면 입 꾹 다물고 있어요, 무식이 탄로나지 않게."

"내가 무식했나 보군. 말해 봐, 오망 덕중이 누군지."

백납도는 전혀 화를 내지 않았다. 자신의 실수를 솔직히 인정했고, 늘 배우려는 자세를 견지했다.

개망나니 백납도에게도 이런 면이 존재했다.

"오망 덕중 선생은 뛰어난 학자죠. 글씨라면 중원 천지에서 모르는 사람이 없어요."

"글씨라…… 내가 약한 부분이군."

"글씨 중에서도 특히 해서(楷書)에 뛰어났는데, 금하명을 맡은 지 반 년 만에 돌려보냈어요. 앞으로는 본인 스스로 정진해야 할 부분만 남았다면서."

"문재(文才)군."

"그때 나이 열한 살이었죠."

"……."

"문재라서가 아니라 집념이 일궈낸 승리예요. 글씨, 그림…… 금하명은 언제나 승리자였어요. 패배를 모르는 승리자. 그런 사람이 이제 무공에 눈을 돌린 거예요."

"후후후!"

백납도는 가늘게 웃었다.

"몰랐을 때는 관심이 갔는데, 약간이나마 알고 나니 관심조차도 없어졌어. 첫째, 패배를 모르는 승리자는 약한 법이야. 한 번 꺾이면 일어서기 힘들지. 난 청화신군을 치기까지 열두 번이나 생사고비를 넘겼어. 의원이 치료를 거부할 만큼 중상이었지. 후후후! 둘째, 문재와 무재는 가는 길이 달라. 집념은 같을 수 있어도 성장에는 한계가 있어. 내게 도전할 만큼 성장할 수는 있어도 날 이기기는 힘들 거야."

능완아는 금하명을 지켜보며 백납도의 말을 듣다가 흠칫거렸다.

뱀처럼 차가운 손이 어깨 위로 둘러지며 강하게 끌어당겼다. 다른 손은 앞쪽으로 뻗어와 가슴을 주물러 댔다.

"손 치워요."

백납도는 손을 치우지 않았다. 오히려 더욱 강한 힘이 느껴졌다.

"네 말을 듣고 또 하나 느낀 것이 있지. 저 금하명이라는 자…… 금하명을 말하면서 강한 긍지를 나타내더군. 내가 욕이라도 하면 가만있지 않을 것 같았어. 그 정도면 보통 사이가 아닌 것 같은데. 몸도 허락했나? 둘이 한 이불 뒤집어쓴 사이야?"

'저질!'

불쾌함이 울컥 치솟았다. 하지만 그런 생각은 오래 머물지 못했다. 그녀는 '강간(强姦)'이라는 말을 떠올려야만 했다. 백납도는 항거하지 못할 힘으로 끌어안았다. 가슴을 만지는 손에 무지막지한 힘이 가해져서 멍울이 맺히는 듯 아팠다. 그가 내뿜는 숨결은 더웠고, 몸에서는 욕정이 묻어났다. 그녀가 원하든 원하지 않든 욕정을 풀고야 말겠다는 몸짓이 뚜렷했다.

그녀의 얼굴은 넓고 단단한 가슴으로 끌어당겨졌다. 며칠은 묵었음직한 땀 냄새가 숨을 막아왔다.

"호오! 인상을 쓰는군. 아픈가? 그렇군. 처녀군. 아직 사내를 몰라. 그렇지?"

'욕정을 느끼고 있어.'

능완아는 당황하지 않았다. 백납도의 욕정을 감지한 순간 불안감이 썰물처럼 빠져나갔다.

욕정에 물들면 냉철하게 생각할 힘을 잃게 된다. 냉정한 이성을 잃어버리는 것은 무인에게는 치명적인 약점이다. 또한 욕정과 같은 종류는 한 번에 끝나는 것이 아니라 마음 한구석에 단단히 틀어박힌다는 점에서 더 큰 무서움이 있다.

몸을 탐하는 욕정은 무서우나 마음까지 얻으려는 욕정은 무서울 게 없다.

"손…… 치워."

"같이 복건제일의 무가를 만들자고 하지 않았나? 그런 말을 할 때는 몸도 허락한 거지? 똑똑히 들어둬. 난 동반자는 필요없어. 복건제일의 무가는 내가 만든다. 내 곁에 머물려면 복종하는 법을 배워야 해. 내게 여자는 노리개에 불과해. 가지고 놀다가 귀찮으면 팽개치는 노리게. 알아들었나! 마지막 기회를 주지. 노리개가 되고 싶지 않으면 지금이라도 말해, 물러서 줄 테니."

찰각!

소매 속에서 기묘한 음향이 터져 나왔다.

"손 치워. 노리개가 되고 싶지 않으면 말하라고 했지? 말하지. 난 너 같은 놈은 옷깃도 만지기 힘든 여자야. 그래, 복건제일의 무가는 네가 만들어. 개망나니라는 소리는 들었지만 고쳐서 쓸 수 있으려니 했는데 뼛속까지 지저분한 놈이었군."

능완아의 손에 소도(小刀)가 들려졌다. 소도는 정확하게 백납도의 명치를 겨냥했고, 벌써 한 치쯤 파고들어 가 옷에 핏물이 배어 나왔다.

조금만 더 힘을 가한다면 자루까지 파고들어 갈 순간이다.
　백납도는 당황하지도 분노하지도 않았다.
　"넌 기묘한 여자군. 묘한 방법으로 욕정을 자극하고, 묘한 방법으로 빠져나가. 이것 아니면 저것밖에 선택할 수 없는 상황에서 제삼의 방법을 찾아내고."
　"우선 손부터 치워!"
　성난 음성과는 다르게 얼굴에는 화사한 미소가 피어났다.
　백납도는 가슴을 만지던 손을 치웠다. 하지만 그 손은 어깨에 둘려졌고, 다른 손과 함께 힘껏 껴안는 데 사용되었다.
　"이 정도야 괜찮겠지?"
　"……."
　"좋아. 네 말대로 하지. 약속대로 오 년 동안은 건드리지 않지. 넌 처녀니까, 그 정도는 참아줄 수 있어. 하지만 너도 명심해 둘 게 있어. 지금 이 순간부터 넌 내 여자야. 또 한 가지. 내가 어떤 상황이 되었든 내 여자가 날 배신하는 건 용납하지 않아. 네가 내 곁을 떠나는 순간은 죽었을 때뿐이야."
　능완아가 웃으며 말했다.
　"숨 막혀요. 땀 냄새도 나고."
　백납도는 팔을 풀지 않았다. 오히려 눈에 이글이글 타오르는 불길을 담고 금하명을 쏘아보았다.
　"저놈이 부럽군, 그대 같은 여자가 사랑했던 놈이라니."
　"질투하는군요."
　"마음을 추스르고는 있지만 질투가 나는 건 사실이지. 아! 걱정할 건 없어. 질투에 눈이 멀어서 죽여 버릴 정도로 한심한 놈은 아니니까.

나 같으면 그대 같은 여자가 지켜보고 있었다면 곁도 안 돌아보고 무공 수련에 전념했을 텐데, 저 친구는 소 잃고 외양간 고치는군."

백납도는 눈빛을 갈무리했다. 그리고 비로소 안고 있는 팔에 힘을 풀었다.

"자식 된 도리로 아버지 대신 검을 잡는 건 당연한 거지. 하하하! 하지만 저놈은 아냐. 독이 올라 있지만 독기만으로 무공이 높아지는 건 아니지. 하하하!"

"아까 말했을 텐데요? 뛰어난 사람이라고."

"그게 싫어. 아직도 네 가슴에는 저놈 그림자가 남아 있어. 오 년 동안 저놈 그림자를 지워 버리는 데 주력하도록. 그게 내 여자가 할 일이야."

백납도가 씩 웃었다.

백납도는 강한 자였다.

"난 대삼검을 파해하는 데 십 년 세월을 보냈다. 대삼검을 파해하기 위해 목숨을 열두 번이나 내놨어. 이제는 대가를 받을 차례지. 청화신군을 꺾었으니 청화장이 누렸던 부귀영화도 내가 갖는 게 순리지."

역시 그랬다. 백납도가 삼명성을 떠나지 않고 있을 때부터 부귀영화를 탐내리라 생각했다. 그에게 청화장의 모든 것을 줄 생각이며, 준비도 마쳤다.

"복건제일무가를 만들자고? 하하! 복건제일무가는 이미 만들어졌어. 아무 곳에나 집만 지으면 복건제일무가가 되는 거야. 왜? 청화신군을 꺼꾸러뜨린 내가 지었으니까."

그 말은 맞다. 백납도는 청화신군을 베는 순간부터 복건제일무인이 되었다.
 "한데 청화장 신망이 의외로 두텁더군. 청화신군이 꺼꾸러졌는데도 청화장만 쳐다보고 있어. 난 생각했지. 무너뜨릴 바에는 철저하게 무너뜨려야 한다고. 희망을 갖지 못하게 말이야. 무조건 쳐 죽이면 무식한 놈이라고 할 테지만, 사람은 간사한 거야. 하하하! 몇 놈만 더 죽이면 돈이고 계집이고 듬뿍듬뿍 갖다 바칠걸?"
 청화장이 누렸던 신망과 부귀영화는 일 년 안에 안겨주기로 했다.
 그 정도는 얼마든지 할 수 있다. 정작 큰 문제는 청화신군이 무너짐으로써 이제 백납도가 복건무인들의 목표가 되었다는 점이다. 많은 무인들이 자신의 무공을 중명하고자 백납도를 찾을 것이다. 청화장 문도들도 쓰러진 명예를 되찾고자 검을 갈 것이다.
 오 년. 오 년 동안 도전해 오는 무인들을 모두 꺼꾸러뜨린다면, 죽지 않고 살아 있으면 몸을 주기로 했다.
 "좋아. 받아들이지. 약속 잊지 마라. 너를 어느 정도는 알 것 같군. 여자이면서 야심도 크고 독하기도 하고 말이야. 명심해 둘 점은 내게 검을 돌리지 말란 거야. 큰 실수니까."
 너무 자신만만하다. 음모를 아는가? 맹수의 왕인 사자도 덫에 걸리면 속절없이 무너진다는 것을 아는가? 일 년 안에 청화장이 누렸던 모든 것을 백납도에게 안겨줄 수 있듯이, 그만한 세월이면 백납도를 꺼꾸러뜨리기에도 충분하다.
 그러지 않을 뿐이다. 정도(正道)란 말 그대로 바른길이다. 백납도가 무공으로 청화신군을 꺾었듯이, 무공으로 백납도를 꺾어야 한다.
 백납도는 무공으로 자신을 지켜야 한다. 그를 노리는 사람들도 무공으로 가라앉혀야 한다.

"궁금하군. 볼품없게 전락해 버린 놈인데 계속 지켜보겠다는 이유가 뭐지? 아직도 미련이 남아 있나?"

대삼검 때문이다. 비록 패배한 대삼검이지만 아직도 복건제일검이라는 생각에는 변함이 없다. 이건 오로지 대삼검만 수련해 온 청화장 문도 모두의 자긍심이기도 하다.

한데 문제가 있다. 청화신군에게는 비초(秘招)가 있다. 대삼검이 아니라 대사검(大四劍)이 되어야 할 마지막 초식. 그걸 알고 있는 사람은 오직 금하명뿐이다.

"후후후! 사람을 바보로 아는 건 나쁜 버릇이지. 청화신군에게 비초 따위는 없었어. 무언가 내가 알아서는 안 될 다른 사연이 있다는 생각이 드는군. 좋아, 좋아. 검을 거꾸로 들지 않는 한 봐줄 수 있지. 일일이 신경 쓰기에는 이 돌머리가 한계에 부딪치거든. 신경 쓰는 걸 워낙 싫어해서 그러고 싶지도 않고."

백납도에게도 인간적인 매력은 있다. 그런 사내가 곁도 돌아보지 않고 오직 무공만 수련했다. 목표를 정하고 돌진하는 힘이 은연중에 느껴진다.

"하나만 묻자. 청화신군을 죽인 나. 청화장을 배신하고 달려온 너. 그놈에게는 둘 다 때려죽여도 시원치 않은 연놈에 불과하지. 네 말대로 대사검이라는 것을 얻은 후라면…… 놈을 죽일 수 있나?"

죽이지 않는다. 청화장을 잃었다는 것이 무엇을 의미하는지 살아가는 동안 절절하게 느껴야 한다. 하지만 그가 검을 내게 겨눈다면 그때는 용서치 않을 거다.

"하하하! 그럴 줄 알았어. 놈이 죽는 건 원치 않는군. 여자의 속은 알다가도 모르겠단 말이야. 미련이 남아 있는 것 같기도 하고, 마지막

배려 같기도 하고, 그동안 말을 듣지 않았으니 처절한 고통을 맛보라는 표독한 마음 같기도 하고. 어쨌든 금하명이란 놈이 궁금해지는군. 어떤 놈인지 내 눈으로 직접 보고 싶은데, 가능하겠지?"

오늘 봤다.
그를 본 인상은 '좋은 재목' 이라는 거다. 몇 년 안에 도전해 올 자라는 대목에서는 강한 자신감을 드러냈다.
경망됨과 강자의 경계를 마음대로 넘나드는 사람.
백납도를 어느 정도는 알 것 같다.
"그만 가요."
능완이는 몸을 일으켰다.
딱! 따악!
어둠 속에서는 벌써 한 시진째 목검 두들기는 소리가 울려 나왔다.

❷

시간의 흐름은 망각되었다.
해가 뜨고 지는 것은 의미가 없었다. 날이 밝거나 어둠으로 물드는 것도 눈으로 볼 수 있고, 없고의 차이만 있을 뿐이다.
시간은 삶에서 사라져 버렸다.
시간과 더불어서 공간도 사라졌다.
비가 오는 것과 오지 않는 것은 몸이 축축해지는 것과 축축해지지 않는다는 차이 이상의 의미는 없다. 나뭇잎이 붉고 노랗게 물드는 것도 의미가 없고, 아침저녁으로 서늘해지는 정도는 생각 거리조차 되지 않는다.

존재하는 것은 손에 들린 목도와 나무. 산을 뛸 때는 호흡과 어지럽게 펼쳐지는 산길만이 전부다. '폭포 차기' 대신으로 선택한 개울물 뛰기를 할 때도 어제보다는 촌각(寸刻)이라도 시간을 단축시키겠다는 일념밖에 없다.

체계적인 무공 수련이 아니다. 일정한 체력을 유지하고 있는 그에게는 효과가 미미하다. 이런 수련보다는 초식 수련이 더 낫지 않을까? 내력(內力)을 수련하는 쪽이 상승 경지로 올라서는 지름길일 텐데…….

자신의 의지와는 상관없이 불쑥불쑥 찾아오는 회의는 스스로도 어쩌지 못했다.

하지만 그런 생각이 들수록 육신을 가혹하게 몰아쳤다.

회의가 무엇인가? 현실을 비관하는 데서 찾아오는 마음의 도피이지 않은가. 현실에 만족한다면 결단코 찾아오지 않을 요물이다.

그럼 현실에 만족하지 못한다는 것은 무엇인가. 자신이 수련하는 일에 짜증이 치밀기 때문이다. 절대적인 믿음이 없고, 재미 또한 반감되었다는 의미다.

이런 종류의 생각은 무공에 미친 자가 할 생각이 아니다.

아직도 무공에 미치려면 멀었다. 무인의 길을 가기 위해 가장 선급한 문제로 생각했던 '무인의 혼'은 모습을 드러낼 생각도 하지 않는다. 평생을 수련해도 완벽하게 닦지 못할 것이 무인의 혼이지만 기둥을 세우게끔 초석이라도 만들어놓고 싶었는데, 그것조차도 멀었다.

육신을 몰아쳤다. 마음을 채찍질했다.

회의가 치밀 때마다 마음에 하나의 질문을 던졌다.

병에 걸려 하루밖에 살지 못한다면 무엇을 할 것인가.

대답은 여러 가지였다.

삼명으로 돌아가 어머니를 뵈어야 한다. 능완아를 만나 얼굴이라도 보고 싶다. 이왕 죽는 몸이니 이판사판으로 백납도와 마지막 결투라도 벌이자.

그리고 한 가지 말을 덧붙였다.

'미친놈.'

미친놈이다. 아직도 그런 생각을 하고 있으니 미친놈 소리를 들어도 싸다.

무공이 아니라 화공의 길을 걷고 있다면 서슴없이 한 가지 답을 내 놨을 게다.

뼈를 가는 심정으로 한 폭의 그림을 완성하겠다. 그랬다가 찢어버리는 한이 있더라도 평생을 담은 그림 한 장을 그리겠다.

어머니도 그림을 보고 나면 자신을 이해해 줄 것이다. 능완아도 그림으로 만날 수 있으니 눈으로 본 것과 같다. 백납도도 좌절시킬 수 있다. 그가 가는 길은 무인의 길이요, 자신이 걸은 길은 화공의 길이지만 적어도 이 분야에서만은 그에게 좌절감을 안겨줄 수 있다.

그림이다. 그림을 그리려는 마음을 가졌을 게다.

무공도 같은 생각이 들어야 한다. 누구에게 보이는 무공은 아니지만 지금까지 수련한 무공들을 총체적으로 종합하려는 시도 정도는 해봐야 한다.

어설픈 망나니의 손짓이라도 상관없다. 일검에 나가떨어질 허점투성이의 무공인들 무슨 상관인가.

지금까지 부단히 수련한 결과라면 떳떳하게 내놓을 수 있지 않은가.
이런 생각이 들었어야 한다.
학업에 열중하는 유생(儒生)이라면 책 하나라도 더 읽으려고 노력해야 할 것이며, 농사를 짓는 농부라면 조금이라도 더 알찬 열매를 맺도록 잡초를 뽑아야 한다.
이것이 자신의 일에 혼을 심은 인간의 모습이다.
확실히 무공은 그림보다 재미없다. 그림에는 쉽게 미쳐지는데, 무공은 좀처럼 미쳐지지 않는다.
'아직 멀었어. 하지만 그만둬서는 안 돼. 알겠어, 금하명! 그만두더라도 무공이 무엇인지는 알고 그만둬야 해. 무공이 무엇인지 알았을 때에서야 그림과 비교해 볼 수 있는 거야. 넌 지금 그림은 알고 있되, 무공은 알지 못해. 이런 상태에서 둘을 비교한다는 것은 말도 안 되잖아? 뛰어. 뛰엇! 가슴이 터져도 좋으니까 이를 악물고 뛰란 말이야, 이 게으름뱅이야!'
정신없이 뛰고 또 뛰었다. 돌부리에 걸려 발톱이 부서져 나가도 뛰었다. 나뭇가지에 찔려 살점이 뭉텅 떨어져 나가도 뛰었다. 호흡이 가빠 심장이 터질 것 같고, 세상이 샛노랗게 변해도 뛰었다. 다리가 무거워 당장이라도 주저앉고 싶지만 이를 악물었다.
'상쾌함이 기다리고 있어. 이 고통을 이겨내면 상쾌해져.'

능 총관은 멍한 표정으로 산곡(山谷)을 내려다봤다.
깊은 산중이 오색으로 물들어 있어도 벌거벗은 사내의 발악은 쉽게 목격되었다.
"미…… 쳤군!"

능 총관은 자신도 모르게 중얼거렸다.

귀재란 자들을 많이 봤다. 일명 문일지십(聞一知十)이라는 천재들이다. 끈기 하나는 칭찬해야 할 자들도 많다. 재질은 분명히 떨어지는데 한시도 쉬지 않는 불굴의 의지로 무공을 수련해 낸 자들.

청화장 총관으로 있다 보면 온갖 사람을 알게 된다. 그리고 진정 탐나는 후기지수(後起之秀)도 만나게 된다.

하나, 자신이 직접 목도하고 있는 광인(狂人), 금하명 같은 자들은 보지 못했다.

이건 무공에 미쳐도 보통 미친 것이 아니다. 저런 무식한 방법으로 수련을 한다면 한 달도 되지 못해서 탈진해 죽을 것이다. 아니, 정말로 머리에 이상이라도 생겨서 미쳐 날뛸 것이다.

죽거나 미치지 않고 이겨낸다면 이야기는 달라진다.

저만한 집념이라면 혼자서 수련을 해도 일정 경지에는 올라설 수 있다. 무공을 전혀 모르는 자라도 말이다. 보법을 모른들 어떠랴. 초식을 모르면 어떤가. 내력을 수련하지 않으면 또 어떤가.

일순간 터져 나오는 폭발력은 뛰어난 보법을 제압할 것이다. 반쯤 미쳐서 수련한 목도는 그 자체가 굉장한 쾌검이 되어 펼쳐지리라. 정심하게 다듬은 내력에는 비할 바 못 되지만, 우직하게 힘으로만 몰아붙여도 어느 정도는 버틸 수 있다.

금하명은 사부가 필요없을 정도였다.

"미친놈…… 저만한 열정이 있는 놈이…… 어떻게 그 세월을 참았나. 조금만 일찍 저런 모습을 보였다면 신군께서도 편히 눈감으실 수 있으셨을 텐데……."

능 총관은 고개를 내두르며 산을 내려갔다.

금하명은 능 총관의 느닷없는 출현에 당황했다.

"아무리 인적없는 산속이라고 해도 그렇지 백주대낮에 벌거벗고 날뛰는 이유는 뭐냐?"

금하명은 급한 대로 나무 뒤에 몸을 숨겼다.

"나타나도 꼭 귀신처럼 불쑥 나타난다니까. 옷이나 갖다 줘요."

"내가 네 시비도 아니도 시동도 아닌데 심부름을 해줘야 할 이유가 있나?"

"참 말도 많네. 갖다 주기 싫으면 관두고."

금하명이 나무 뒤에서 불쑥 나타났다.

'음……!'

능 총관의 마음속에서 저절로 감탄이 터져 나왔다.

금하명의 몸은 지난 두어 달 동안 몰라보게 달라졌다. 피부는 햇볕에 그을려 구릿빛으로 빛났고, 근육은 힘줄 하나하나가 살아서 꿈틀거렸다. 가슴은 바위처럼 단단해졌고, 배에 있던 군살도 사라졌다. 다리는 껍질을 벗겨놓은 소의 다리를 보는 것 같다. 근육이 팽팽하게 당겨져 금방이라도 천 리를 뛸 것만 같다.

그가 감탄을 하는 동안, 금하명은 움막 안으로 들어가 옷을 입고 나왔다.

"아무도 없는 산속에서 옷을 입을 필요도 없고."

"그래서 벗었다?"

"처음에는 신발만 벗었는데…… 맨발로 땅을 밟는 감촉도 좋고, 발바닥도 단련시킬 수 있고."

"그래서 벗었다?"

일회생(一回生), 이회숙(二回熟)

"그놈의 벗었다는 소리 좀 그만 할 수 없소?"

"벗긴 벗었잖아."

"뛰다 보니 땀이 옷에 배이는데, 아침이면 냄새가 나서 입을 수가 있어야지. 갈아입을 옷도 없고, 매일 빨 수도 없고."

"흠! 그래서 벗었군."

"제길! 말거리 하나 단단히 잡혔네. 그러나저러나 뭘 준비해 오겠다고 내려가더니 왜 빈손이오?"

"빈손인가?"

"그럼 뭘 들고 있소?"

"기다려 봐, 내가 지옥야차(地獄夜叉)로 보일 테니까."

능 총관이 움막에 도착한 때는 해가 막 지고 난 다음이었다. 즉, 세상이 어둠에 물들기 시작할 무렵이다. 그 어둠이 지나고 날이 밝기 무섭게 지옥야차가 찾아왔다.

"저 사람은 누구요?"

금하명은 새벽같이 나타난 사람을 쳐다보며 물었다.

키가 사 척(四尺)이나 될까 말까 한 난쟁이다. 더군다나 허리가 굽은 곱사등이다. 얼굴은 굵은 주름이 뒤덮였고, 보통 사람들보다 두 배는 큰 눈과 주독(酒毒)에 찌든 딸기코가 한눈에 들어온다. 입술은 언청이처럼 찌그러졌고 머리카락은 지저분한 회색 빛.

워낙 독특한 인상이라서 한 번만 보면 영원히 잊지 못할 사람이다.

능 총관이 그와 평대를 하는 것으로 봐서 나이는 어림잡아 쉰 이쪽저쪽으로 보였다.

상당히 기분 나쁜 자이기도 했다.

그는 금하명을 마치 벌레 보듯이 힐끔 쳐다보았을 뿐, 한마디도 건네지 않은 채 묵묵히 토굴만 파댔다.

"전에는 지옥야차(地獄夜叉)라고 불렸지."

"이름 한번 거창하네."

"후후후!"

"정말 기분 나쁘게 웃네. 속 시원히 말해 보슈. 나만 모르게 무슨 일인가 진행되고 있는 것 같은데, 그게 뭐유?"

"곧 알게 돼. 너무 알려고 하지 마라. 알아봤자 좋을 것도 없어. 한동안은 고생할 테니 푹 쉬어두는 게 좋을 거다."

능 총관은 곱사등이에게 다가가 몇 마디 말을 주고받았다.

곱사등이가 알아들었다는 듯 고개를 끄덕였다. 그리고는 또 금하명을 힐끔 쳐다보고 기분 나쁘게 씩 웃었다.

지옥야차가 말을 걸어온 것은 해가 중천에 걸렸을 때였다.

"끌끌! 이놈아, 내가 그 유명한 지옥야차다."

"난 한 번도 들어본 적이 없으니 유명한 것 같지는 않은데……."

"뭐야!"

"뭐 하나 물어봐도 될지 모르겠네."

"안 돼."

"……!"

"키키키! 미치겠지? 곧 죽을 놈이니 불쌍해서 봐줬다. 그래, 물어봐. 뭐가 궁금한데?"

금하명은 기가 막혀서 헛바람을 찬 후, 물었다. 괴인은 짓궂은 편이지만 악의는 없어 보였다.

"지옥야차라는 그 별호 말인데요. 생긴 것 때문에…… 그러니까 내 말은 모습이 그래서…….."

"썩을 놈. 돌려서 말하지 않아도 돼. 그러니까 내가 난쟁이에다 생긴 것이 이 모양이라서 지옥야차로 불리냐 이거지?"

"꼭 집어 말하면…… 그렇죠."

"그렇게 묻는 놈들은 반드시 죽였지. 내 외모를 놀리는 놈들도 죽였고, 지옥 끝까지라도 따라가서. 그래서 지옥야차라고 불리는 거지. 낄낄! 그럼 이제 네놈 운명도 알겠네?"

"에이, 허풍도 심하네. 어느 정도 적당했으면 믿었을 텐데."

그때, 능 총관이 어린아이 몸통만한 단지를 들고 오며 말했다.

"허풍이 아니다. 끙! 이리 와서 이것 좀 받아. 나이 든 사람이 무거운 걸 들고 오면 빨리 와서 받기라도 해야지."

금하명은 단지를 받으러 가면서도 지옥야차에게서 눈길을 떼지 못했다.

그에게서는 무인다운 냄새가 풍기지 않았다. 살벌한 살기도 없었고, 신법이 민첩해 보이지도 않았다. 큰 눈은 술에 찌들어 흐리멍덩했고, 어린아이처럼 가는 손목과 발목에서는 어떤 힘도 엿보이지 않았다.

물론 외적인 면모로 무공 여부를 판단할 수는 없다.

하지만 직감이라는 것이 있지 않은가. 무공을 깊이 숨겨놨어도 무인이라면 무인을 알아보는 눈이란 게 있다.

지옥야차는 둘 중에 하나다. 미숙한 무공으로는 알아보지 못하는 절정무인이거나 무인이 아니거나.

지옥야차는 무인의 냄새를 풍기지 않는 무인이다. 그러므로 절정무인이다. 청화신군도 무인의 냄새를 감추지 못했는데, 그럼 얼마나 강한 무인이란 말인가. 또 능 총관은 어떻게 해서 이런 사람을 알고 있는 것일까.

여러 가지 의문이 머리 속을 복잡하게 헝클어놓았다.

"엇!"

금하명은 단지를 받아 들다가 상상 이상으로 무거워 하마터면 떨어뜨릴 뻔했다.

주의를 기울였다면 충분히 받을 수 있는 무게였지만 지옥야차에게 신경을 쓰느라 미처 주의를 다하지 못했다.

"쯧! 젊은 놈이 그렇게 힘이 없어서 어디다 쓰나? 이거 꼭 내가 손을 써야 되는 거야?"

지옥야차가 누런 이를 드러내며 웃었다.

단지에 든 것은 냄새가 나지 않는 꿀이었다.

"꿀은 백약의 으뜸이야. 몸보신하고 싶으면 떠먹어."

'적어도 오십 년은 묵었다!'

금하명은 꿀의 진가를 단번에 알아봤다.

산에서 나는 약초와 산나물을 모조리 구분할 수 있는 그다. 산에 사는 동물도 거의 알고 있다. 깨알만한 벌레에서부터 호랑이, 곰까지 눈으로 보지 않은 동물이 없다.

꿀을 알아보지 못할 리 있는가.

단지에 들어 있는 꿀은 지옥야차의 머리 색깔처럼 지저분한 회색 빛이다. 벌의 유충, 혹은 벌집까지 같이 넣어서 삭혔는지 부유물도 섞여 있다.

부유물이라고 할 수도 없다. 꿀은 묵처럼 단단하게 굳어가는 중이어서 떠 있다는 표현은 맞지 않다.

손을 집어넣어 한 움큼 떠서 입속에 털어 넣었다.

냄새는 없는데, 입 안에서는 꿀 특유의 그윽한 향기가 번져 간다.

'좋은 꿀이야. 극상품이군.'

배고픈 김에 잘됐지 않은가.

금하명은 아예 꿀로 배를 채울 작심을 했다. 한데,

"음……!"

갑자기 현기증이 핑 돌았다. 배도 아파왔다. 속이 바늘로 찌르는 듯 쿡쿡 쑤시다가는 내장이 뒤집힐 때처럼 극한 통증을 불러왔다.

체력 약한 사람이 너무 과하게 꿀을 복용했을 때 나타나는 현상!

'말도 안 돼!'

말이 된다. 식은땀이 절로 솟는 것만 봐도 알 수 있다. 세상이 빙글빙글 돌고, 끊임없이 복부를 찢어대는 통증은 실제다.

"무식하게 처먹더니. 이놈아, 유밀(乳蜜)을 그렇게 처먹는 놈이 어디 있어. 손가락으로 찍어서 맛만 봐야지. 옷이나 벗어. 너 옷 벗는 것 좋아한다며?"

금하명은 지옥야차가 무슨 말을 하는지 새겨들을 정신도 없었다. 어지러운 것은 참을 수 있는데, 창자가 끊어질 듯 아파오는 복통에는 정신을 차릴 수가 없었다.

다행스럽게도 세상에 존재하는 꿀은 부작용이 없다.

체질에 따라 꿀이 나쁜 경우는 있어도, 체질만 맞는다면 부작용을 걱정할 필요는 없다.

금하명은 꿀이 맞는 체질이었다. 지금 일어나는 현기증이나 복통은 약효가 지나쳐서 발생하는 일시적인 현상이다.

지옥야차의 말 중에 두 마디만은 분명하게 들었다.

하나는 자신이 복용한 꿀이 유밀이라는 것이다.

꿀은 향기를 지니고 있는데, 유밀은 향기가 없다. 아니다. 향기를 숨기고 있다. 인간의 후각으로는 감지하지 못하지만 유밀을 만드는 벌, 흑벌은 맡을 수 있다.

금하명이 아는 지식은 여기까지였다. 흑벌을 설명해 놓은 책도 없을뿐더러 눈에 띈 적이 없는 벌이라서, 사람들은 흑벌이 있는지조차 알지 못한다.

또 한 마디 알아들은 말은 옷을 벗으라는 것.

금하명은 옷을 벗었다.

"쯧! 같은 사내끼리 아랫도리는 뭐 하러 가리나?"

지옥야차는 고차(袴衩)를 와락 벗겨 내렸다.

기이한 행동은 계속 이어졌다. 능 총관과 지옥야차는 큰 붓으로 유밀을 찍어 금하명의 전신에 바르기 시작했다.

"지, 지금 뭐 하는……."

"가만있어, 이놈아. 지옥을 보고 싶다며? 금방 보여주지. 낄낄! 한마디만 명심해. 숨을 크게 쉬지 마라. 아니, 아예 쉬지 마. 어쩔 수 없을 때만 아주 가늘고 길게 쉬어. 참고로 말해 주는데, 이 유밀강신술(乳密强身術)을 시술받는 건 천에 하나 있을까 말까 한 행운이야. 유밀이 워낙 귀하거든. 그런데 그게 행운이 아니란 말이지. 내가 지금까지 유밀강신술을 펼쳐 준 놈이 네 놈인데, 네 놈 다 지옥으로 갔거든. 그럼 불행인가? 히히! 네놈은 어떤지 모르겠네."

지옥야차는 유밀을 바르며 끊임없이 말을 늘어놓았다.

능 총관과 지옥야차는 전신에 빠짐없이 유밀을 바른 후, 즉시 한지로 몸을 감싸기 시작했다.
　한지는 꿀 바른 몸에 닿자마자 풀에라도 닿은 듯 찰싹 달라붙었다.
　살이란 살에는 모두 한지가 달라붙었다. 발바닥에도, 손가락에도, 머리카락까지 빠짐없이 달라붙었다. 두 눈까지 한지로 덮씌우져 답답하기도 했다.
　금하명은 잠시 아버지의 모습이 떠올랐다.
　관 속에 드러누워 있는 아버지의 모습과 자신의 모습이 다를 바 없었다.
　그 위로 또 꿀이 발라졌다.
　꿀을 바르고, 한지를 붙이고, 다시 꿀을 바르고…….
　무려 다섯 번에 걸쳐 한지를 붙이자, 뜨거운 불 곁에 다가선 듯 전신이 후끈거렸다. 살갗이 간질거리기도 하고, 뜨겁기도 하고. 말로 표현할 수는 없지만 기분이 좋은 편은 아니었다.
　"됐네."
　지옥야차가 능 총관에게 말했다.
　능 총관은 금하명을 번쩍 들어 어딘가로 데려갔다.
　'이런……!'
　금하명은 자신이 어디로 이동하는지 느낌으로 알아냈다.
　지옥야차가 반나절 동안 만들어놓은 토굴이다. 모양이라고는 전혀 고려치 않고 파놓은 토굴이라서 짐승도 머물지 않을 정도로 조잡했다.
　"결가부좌(結跏趺坐)를 틀어라, 한지가 찢어지지 않도록 조심해서."
　능 총관의 음성은 긴장으로 굳어 있었다.
　'이게 도대체 무슨 귀신 놀음이야?'

입을 벌려 말을 하고 싶었지만 그럴 수도 없다. 입 위에도 한지가 발라져 있으니까.

능 총관의 말대로 지극히 조심스럽게 결가부좌를 틀고 앉았다.

능 총관은 한지가 찢어지면 큰일이라도 나는 사람처럼 바짝 긴장해서 금하명의 행동을 하나하나 일러주었다.

"조심! 그래, 이제 천천히 다리를 올려. 조심하라니까! 천천히. 더 천천히!"

하루에도 수십 번씩 틀고 앉는 것이 결가부좌인데, 보옥을 다루는 것보다 더 신중했다.

"두 손을 내려줄 거야, 무릎 위로. 움직이려고 하지 마라. 내가 알아서 내려줄 테니."

능 총관은 한쪽 팔씩 천천히 내려놓았다.

이윽고 완전히 앉게 되자, 능 총관이 마지막으로 당부했다.

"이건 단순한 유희(遊戲)가 아니다. 돌이킬 수 있는 일도 아니고. 이제 넌 선택의 여지가 없어. 죽느냐 사느냐의 기로에 선 거야. 명심, 명심, 각골명심해서 들어라."

능 총관은 긴장이 지나쳐 가늘게 떨기까지 했다.

'도대체 무슨 일을 벌이는 겁니까?'

정신이 하나도 없었다. 자신에게 벌어지는 일이 궁금하기도 하려니와 유밀을 복용한 후유증도 아직 가시지 않았다. 어떻게 된 일인지 현기증이 더욱 치밀어 토하기라도 하면 시원할 것 같았다. 더군다나 끊임없이 창자를 찢어대는 복통이라니.

"절대 큰 숨을 쉬지 마라. 가급적이면 숨을 참고, 정 어쩔 수 없을 때만 조식(調息)하듯이 가늘고 길게 내쉬어라. 들숨도 급하게 들이키지 말고 조심해야 한다. 물론 몸도 움직여서는 안 되고."
 '그것참! 그 말은 알아들었으니까 무슨 일인지나 말해 줘요. 이거야 원 답답해서 살겠소?'
 "몸의 각 부위에 벼락 맞은 듯한 충격이 올 게다. 끔찍할 거야. 그래도 몸을 움직여서는 안 된다. 차라리 기절할 수 있으면 해라. 기절해서 하늘에 운을 맡겨보는 것도 괜찮겠지. 기절을 할 수 없다면 참아야 한다. 참으면 살고 참지 못하면 죽는다."
 '정말 맘에 안 드네. 무슨 일인지나 알려달라니까!'
 결국 금하명은 아무 소리도 듣지 못했다.
 능 총관은 금하명이 듣고 싶은 말은 입도 벙긋하지 않고 토굴을 빠져나갔다.
 척! 투둑! 쓰윽……!
 두 사람이 부지런히 움직이는 소리, 그리고 무엇인가 쌓이는 소리.
 '토굴을 막고 있어.'
 보이지는 않지만 느낌으로 알 수 있다. 능 총관과 지옥야차는 무엇에 쫓기기라도 하는 사람들처럼 부지런히 토굴을 막고 있다.
 "됐어. 이제 불 피워."
 지옥야차의 음성이다.
 화섭자 켜지는 소리가 들리고…….
 '읍!'
 하마터면 능 총관의 당부도 잊고 기침을 토해낼 뻔했다.
 지금 뭐 하자는 건가? 사람을 토굴 안에 가둬놓고 연기를 피워 넣다니. 너구리라도 잡겠다는 건가?
 빠져나갈 곳이 없는 연기는 금방 토굴에 가득 찼다.

도저히 견딜 수 없다. 숨이 막혀서 살 수가 없다. 사람을 이런 지경에 몰아넣고 움직이지 말라니.
 그러나 움직이지 않았다. 고함을 지르지도 않았다. 산을 치달리며 터득한 인내가 다시 한 번 발휘되었다.
 '고통을 즐기는 거야, 견딜 수 있을 때까지. 견딜 수 있으니까 한 거겠지. 방법이 존재한다는 것은 누군가 견딘 사람이 있다는 것. 견뎌보지. 와봐. 얼마나 지독한 고통인지. 이 정도로는 너무 약하잖아?'
 그때, 귓가로 미약한 소리가 들려왔다.
 웨에엥……!

❸

 곤충의 날개 소리는 지독히 역한 냄새와 함께 다가왔다.
 오래된 물에서 풍기는 비릿함 같기도 하고, 한여름에 생선 자판에서 풍기는 냄새 같기도 한데 숨을 쉴 수 없을 만큼 역겨웠다.
 웨에엥! 웨엥!
 소리는 점점 커졌다. 아니, 많아졌다. 처음에는 한두 마리가 몸 주위를 배회하는 것 같았는데 삽시간에 수십 마리로 늘어났다. 수백 마리일지도 모른다. 크기도 알 수 없고 소리의 세기도 알 수 없지만 한 무더기가 주위를 날아다니는 것만은 틀림없다.
 '버, 벌이닷!'
 금하명은 긴장했다.
 볼 수도 없지만 굳이 볼 필요도 없었다. 곤충들의 날개 소리를 구별

할 만큼 해박한 지식을 지닌 것은 아니지만 직감으로 느낄 수 있다.
　어렸을 적에 벌에 쏘여본 적이 있다.
　굉장히 큰 말벌에게 팔뚝을 쏘였는데, 처음 얼마 동안은 따갑기만 했다. 하지만 곧 살이 발갛게 익으면서 퉁퉁 부어올랐다. 그리고 미칠 듯이 가려워졌다.
　가려운 것이 아픈 것보다 지독할 때가 있다는 것을 그때 깨달았다.
　주위를 날아다니는 벌은 보통 벌이 아니라 흑벌일 것이다. 흑벌이 유밀 냄새를 맡고 토굴 안으로 날아들었다. 아니다. 그런 정도가 아니다. 유밀을 지옥야차가 가져왔으니 흑벌 또한 그가 가져왔을 게다.
　도대체 흑벌이란 놈은 어떻게 생긴 것일까?
　이름처럼 검게 생긴 놈인가? 말벌처럼 커다란 놈인가? 유밀을 남기는 것으로 보아서는 꿀벌의 한 종류인 것 같은데…… 사람들 눈에 띈 적이 없는 놈이니 보통 벌은 아닌 것 같고.
　어둠 속에서 벌에 둘러싸여 있는 느낌은 썩 좋지 않았다. 일종의 공포심을 유발했고, 금방이라도 뛰쳐나가고 싶은 답답함도 안겨줬다.
　'말벌로 생각해야 돼. 그럼 처음 쏘일 때 무척 아프겠군. 눈물깨나 흘리겠어.'
　어렸을 적이라 얼마나 아팠는지는 기억에 없다. 좌우지간 펄쩍 뛸 만큼 아팠던 것만은 확실하다. 말벌에 쏘인 후, 쿵쾅쿵쾅 뛰던 모습이 생생하니까.
　웨웽!
　벌 한 마리가 귓가를 맴돌았다. 다른 벌들도 몸 가까이로 달려들었다. 어떤 놈은 벌써 몸 위에 앉아 유밀을 빠는 듯했다. 몸 위로 한지가 다섯 겹이나 쌓여 있지만 꼬무락거리며 기어가는 다리의 느낌이 맨살에 앉은 것처럼 전달된다.
'미치겠군. 쏘려면 빨리 쏘기나 하지.'
지옥야차와 능 총관이 이를 악물며 참으라고 했으니 틀림없이 쏘기는 쏠 텐데…….
금하명은 자신이 한 말을 금방 후회했다. 사실은 후회하고 자시고 할 정신도 없었다.
웨엥!
어깻죽지 부근에 있던 벌의 동태가 심상치 않다고 감지했을 때는 이미 늦었다.
'아아아악……!'
비명을 토해내고 싶었다. 이를 악물고 참았지만 자신의 귀에 비명 소리가 들리는 듯했다.
통증은 무지막지했다. 팔이 떨어져 나가는 듯한 통증, 순식간에 마비되어 자신의 팔이 아닌 듯한 느낌, 머리끝부터 발끝까지 벼락이 관통하여 모든 생각과 느낌을 일시에 정지시키는 충격.
벌겋게 달군 인두 수십 개가 일시에 살에 닿는 통증이었다.
'아프다. 너무 아프다.'
견뎌내야 한다는 생각도 들지 않았다. 무공이고 뭐고 다 때려치우고 지옥소굴에서 빠져나가고 싶다는 생각밖에 들지 않았다. 자신은 움직일 정신도 없으니 제발 누군가 나타나서 꺼내줬으면 하는 바람만 간절했다.
그 순간, 금하명은 기적적으로 아버지의 얼굴을 떠올렸다. 자신이 떠올렸다기보다는 아버지가 스스로 나타나셨다.

관 속에 누워 있는 얼굴이다. 핏기가 가신 창백한 얼굴에 귀신이 찾지 못하라고 오색 물감을 칠해놓은 얼굴.

아버지는 말이 없었다. 분통하다거나 이길 수 있었다거나, 아니면 뒷일이라도 부탁해야 하거늘 생명 잃은 나무토막이 되어 타인에게 육신을 맡겼다.

죽어서 시신이 되는 순간, 아버지는 무인이 아니었다. 동네 꼬마가 부지깽이로 쑤셔도 꼼짝하지 못하는 돌덩이에 불과했다.

'죽으면 끝이야. 죽을 수 없어. 죽으면 썩는 게 육신. 아낄 필요가 없다. 팔 하나 떨어져 나간다고 아쉬워할 것 없다. 죽으면 팔이 아니라 온몸이 썩는다. 살아 있을 적에 부지런히 놀려야 해. 아낌없이 써야 해. 난 이 몸을 써야 해. 여기서 이대로 죽을 수는 없어.'

금하명은 참았다.

하지만 첫 번째 고통은 이후에 닥친 고통에 비하면 조족지혈(鳥足之血)이었다.

허벅지가 떨어져 나간다. 발뒤꿈치에 강침 수십 개가 틀어박힌다.

좋다. 다른 곳은 얼마든지 쏴라. 물어뜯어라. 하지만 부탁하건대 제발 심장만은 쏘지 마라. 자칫하면 심장 마비로 죽을 수도 있잖니.

벌은 가슴 한복판을 쐈다.

금하명은 더 이상 버티지 못하고 꿈틀거렸다. 지옥야차와 능 총관이 그토록 큰 숨을 쉬지 말라고 누누이 당부했건만, 뱃속에서부터 솟구친 큰 숨을 눌러 참기에는 고통이 너무 컸다.

"캬악!"

입을 막았던 한지가 찢어져 나갔다.

벌들이 일시에 달려들었다. 이렇게 많았나? 도대체 어디를 쏘인 것인가? 어디가 아픈 것인가? 모공(毛孔)이 몇 개인지 헤아릴 수 있나? 만약 헤아릴 수 있다면 벌이 몇 마리인지, 쏘인 곳이 몇 군데인지 말할 수 있겠는데.

웨엥! 웨에엥! 웨에……

"컥!"

급기야 죽음을 그리워하는 비명이 새어 나왔다.

차라리 죽어버렸으면…… 당장이라도 죽을 수만 있다면…….

"비명!"

능 총관은 앉은 자리에서 벌떡 일어났다.

"바, 방금 비명 소리. 비명 소리였어!"

"그게 뭐 어쨌다고?"

지옥야차는 팔베개를 한 채 드러누워 잠을 청했다.

"자네 말대로라면 흑벌이 사정없이 쏘아댈 것 아닌가?"

"그럴 테지."

"지금 그걸 말이라고……!"

"정말 사람 귀찮게 하네. 그래서 미리 말했잖아, 비명을 지르면 안 된다고. 크크크! 그래도 많이 참은 거야. 다른 놈들은 흑벌을 들여보내자마자 비명을 질러댔으니까. 이만큼 참았으면 적어도 십여 방은 쏘였다는 말인데…… 낄낄! 그것만 해도 초인적인 인내심이지. 내가 본 놈들 중에서는 제일 오래 참았어. 지독한 놈이네. 어떻게 참았지? 한 방만 쏘여도 길길이 날뛰게 되는데."

능 총관은 다리에 힘이 풀리는지 풀썩 주저앉았다. 그리고 멍하니 토굴을 쳐다봤다.

일회생(一回生), 이회숙(二回熟)

잘못 생각한 것일까? 성공한 적이 없는 유밀강신술을 펼친 것이 정말 잘못된 행동일까?

유밀강신술은 사천(四川) 당문(唐門)의 입을 통해서 세상에 공개되었다. 단 하루면 금강불괴(金剛不壞)에 버금가는 신체를 만들 수 있다고 해서 무림이 벌컥 뒤집힌 적도 있다.

하지만 무림인 중 그 누구도 유밀강신술을 체험해 본 무인은 없다. 유밀강신술을 세상에 알린 당문조차도 시술해 내지 못했다. 시술에 필요한 흑벌과 유밀을 구할 수 없었기 때문이다.

지옥야차는 냉소했다, 말도 안 되는 새빨간 거짓말이라며.

'유밀강신술' 에서 '강신' 이라는 말은 아무 근거도 없다고 당문을 비웃었다.

중원에서 유일하게 흑벌을 키워본 사람의 냉소. 흑벌을 친자식처럼 키워온 지옥야차가 오랜 연구 끝에 내린 결론.

불행인지 다행인지 중원무림인은 지옥야차의 말을 듣지 못했다. 그의 말을 들은 사람은 삼혈마 중 다른 두 사람과 당문뿐이었고, 그 순간부터 지옥야차는 중원 어느 구석에도 안주할 수 없는 처지가 되고 말았다. 그가 기르는 흑벌과 함께.

흑벌의 침은 호랑이가 물어뜯는 것 같은 고통을 안겨준다. 그런 고통이 전신 요혈에 꽂히니 견딜 재간이 없다. 사혈, 마혈 같은 치명적인 급소라고 가릴 리 없다. 눈동자를 쏘이면 눈을 잃는다. 음부를 쏘이면 사내의 구실을 못하게 된다.

인체의 급소는 너무나 많고, 흑벌은 사정을 봐주지 않으니 십중팔구는 죽음을 맞이한다.

살아날 수 있는 방법은 흑벌에게 쏘이되 급소는 최대한 피해야 한다는 거다.

그런 고통을 이겨낸 사람이 받는 포상은 쇠처럼 단단해진 육신이다. 이것이 당문의 주장이다.

능 총관도 흑벌이나 유밀에 대해서 아는 바는 별로 없다. 하지만 지옥야차가 쫓기는 와중에도 당문에서 공표한 유밀강신술을 시험해 보고 있다는 사실만은 안다.

그의 말처럼 아무 근거도 없다면 시험은 왜 하겠는가.

지옥야차를 데려오기 전, 다시 한 번 확인해 봤다. 유밀강신술이 거짓이라면, 죽음만 있는 것이라면 어느 미친놈이 시술하겠는가.

그는 희망적인 말을 했다. 몇 놈을 죽여본 끝에 내린 결론인데, 당문의 주장이 맞는 것 같다고. 죽지 않고 살아남기만 하면 쇠처럼 단단해진 육신을 얻을 수 있을지도 모른다고.

결정적으로 유밀강신술을 시전하자고 결심을 굳히게 만든 것은 지옥야차가 해준 마지막 말이었다.

"흑벌의 침은 무지 아프지만 독성이 없어. 꿀벌도 독이 있어서 붓고 가려운데, 흑벌은 독이 전혀 없어. 찔리면 그것으로 그만이야. 기절할 만큼 아파서 탈이지만. 먼저 죽은 놈들은 불행히도 급소를 쏘였어. 그렇게도 비명을 지르지 말라고 했는데."

금하명은 이런 고통을 원한다. 알에서 깨어나 병아리가 되기 위해 꼭 필요한 고통이다. 그가 택한 길이 혼을 최우선하는 길이기에 지극(至極)의 아픔을 줄 필요가 있다.

흑벌의 고통을 견뎌낸다면 더 이상 육신을 혹사시킬 필요가 없다.

일회생(一回生), 이회숙(二回熟) 167

단단하게 다져진 육신을 더 단련하고자 시간을 소모할 필요도 없다. 단 며칠간의 고통으로 기본공을 건너뛰어 곧바로 초식 수련에 들어갈 수 있다.

이보다 빠른 길이 또 있으랴.

능 총관은 사부로서 가장 빠른 지름길을 택했다.

금하명은 체력이 문제가 아니라 정신이 문제인만큼 그에게만 사용할 수 있는 방법이기도 하다.

능 총관이 본 금하명은 무공에 미친 자. 그런 자가 본인 스스로 원했던 고통인만큼 극단의 의지로 버텨줄 줄 알았다.

'잘못된 판단이었단 말인가. 견뎌낼 줄 알았는데…… 내가 기적을 바랐던 건가.'

능 총관은 부르르 몸을 떨었다.

"유밀강신술…… 실패한 건가?"

"아마도."

"며칠이나 있어야 하나?"

"왜? 지금 꺼내고 싶어서?"

"……."

"죽을 놈이면 벌써 죽었어, 살 놈이면 살았을 거고. 천지자연의 이치는 오묘한 법이야. 한 놈에게 무지막지한 힘을 몰아주는 법이 없어. 인간이든 동물이든."

찔리더라도 급소만 피하면 되는데. 하나 비명을 지르고 말았으니…… 흑벌이 무더기로 달려들어 사방을 쏘아댔을 텐데.

금하명이 급소를 피해냈다고는 볼 수 없다.

'잘못했단 말인가. 그토록…… 비명을 지를 만큼 아팠단 말인가. 달

라진 금하명이라면 견딜 줄 알았는데.'

　능 총관은 끝없이 자책했다. 지옥야차는 능 총관의 심중은 아랑곳하지 않고 편하게 코를 골았다.

　'죽은 건가? …죽지는 않았군. 생각할 수 있으니. 하나, 둘…… 숫자도 세어지고. 아직은 살아 있군.'

　금하명은 자신이 어떤 지경에 놓여 있는지 알고 싶었지만 손가락 하나 꼼지락거릴 힘조차 남아 있지 않았다. 전신이 마비되었는지 눈꺼풀도 떠지지 않았다.

　조금 시간이 흐르자 방금 전 상황이 생각났다.

　'무지막지하게 쏘였고…… 그리고는 기절했군. 기절하길 다행이지. 지독한 고통이었어.'

　다시 생각하기도 싫은 고통이었다. 어찌나 지독했는지 그 순간을 떠올리기만 했는데도 부르르 치가 떨렸다. 그런데,

　웨엥!

　아직 끝난 게 아니다. 벌이 날아든다. 귓가에 벌의 날개 소리가 들린다. 잘못 들었나? 아니다. 벌 소리가 분명하다. 그것도 한두 마리가 아니라 수십, 수백 마리가 무리 지어 달려드는 소리다. 달려든다고 생각한 것도 착각이다. 벌들은 기절한 순간에도 몸에 달라붙어 있었다.

　'아, 아직 끝난 게 아닌가?'

　웨엥! 탁!

　'아아악!'

　마음속 비명은 처절했다.

　이번에는 전의 경험을 살려 정말 죽을힘을 다해 이를 악물었다. 비

명을 지르면 지를수록 흑벌은 무섭게 달려든다. 몸을 움직이면 움직일수록 마지막 생명을 끊어놓고자 달려든다.

흑벌이란 놈이 어떻게 생겨먹었는지는 알지 못하지만 성격은 알 수 있을 것 같다. 잔혹한 놈이고, 약점을 파고드는 데는 귀신같은 놈이고, 세상에서 두 번 다시 찾아보기 힘든 비열한 놈들이다.

'이번에는…… 이번에는 지지 않는다. 쏴봐. 쏴! 아악! 아아아악!'

"살았을까?"

지옥야차가 중얼거렸다.

"그 말은 내가 물어야지 자네가 물으면 어떻게 하나."

능 총관이 토굴에서 눈을 떼지 않으며 힘없이 대답했다. 그리고 한마디를 더 붙였다.

"그 말 사실인가?"

"무슨 말?"

"하명이에게 했던 말, 유밀강신술을 펼친 게 네 번이라는."

"아! 그 말…… 내 말을 믿었어? 당연히 거짓말이지. 길을 잃고 내 거처로 기어들어 온 놈들은 죄다 해봤으니…… 아마 열댓 명 될걸?"

"결과는?"

"전사(全死)."

능 총관은 입을 다물었다.

이럴 줄 알았다. 대충 짐작은 했지만 차라리 묻지 않은 것만 못하다. 하기는 지옥야차 같은 인물이 진실을 말할 리 없다고 생각하기는 했지만. 이것 외에도 자신에게 말한 것들 중 많은 부분에 거짓이 포함되어 있을 게다.

지옥야차는 무서운 사람이다. 자신의 목적을 위해서는 부모 형제라도 죽일 수 있는 사람이다. 그에게 유밀강신술을 시술받은 열댓 명도 아마 자의는 아니었을 게다. 납치를 당해 강제적으로 시술받았다고 생각하는 편이 속 편하고, 또 거의 사실이다.

'자넨 꼭 죽어야겠군.'

능 총관은 살의(殺意)를 다졌다.

이런 점은 지옥야차도 눈치챘을 것이다. 토굴을 무너뜨린 후, 누가 빨리 손을 쓰느냐에 따라서 목숨이 좌우된다.

"어서 꺼내주기나 하게."

능 총관은 마음을 다잡았다. 금하명이 토굴에 갇힌 지 사흘이 지난 지금까지 살아 있을 가망은 만에 하나도 되지 않는다. 흑벌의 고통을 너무 쉽게 생각했기 때문에 벌어진 과오다.

지옥야차가 징그러운 미소를 지으며 말했다.

"셈을 끝내야 꺼내주지. 이십여 년 만에 만났더니 아주 셈이 흐려졌군 그래."

능 총관은 품에서 책자 하나를 꺼내 건네주었다.

그를 끌어들이는 데 미끼로 사용한 것은 자신의 절학인 부광쇄두의 초식이었다. 부광쇄두를 늘 탐내던 지옥야차는 흔쾌히 동의했다. 지옥야차로서는 흑벌에게 쐬는 고통을 참아줄 만한 강골이 필요했던 참인데, 마침 적당한 인간이 있고 비급까지 준다니 일석이조(一石二鳥)였으리라.

한데, 복건성에 들어서면서부터 지옥야차는 더 큰 욕심을 냈다.

청화신군의 검공, 대삼검을 달라고.

길을 오는 동안 주루(酒樓)에서, 객잔(客棧)에서 사람들이 주고받는 말에 유난히 귀를 기울인다 했더니 여우 같은 작자가 기어이 눈치를 채고 만 것이다.

당문이 무서워 이십여 년 동안이나 깊은 산중에 틀어박혀 꼼짝 못하던 인간이 세상에 발을 디뎠으니 눈에 보이는 모든 게 신기하고 반가웠으리라. 그가 산중으로 쫓겨 들어갈 때와는 전혀 다른 세상이었을 테니.

특히 청화신군에 대한 이야기는 섬서에서부터 복건까지 계속 이어졌으니 관심을 갖지 않을 수 없다.

신군은 복건무인들이 알고 있는 것보다 훨씬 유명했다. 청화신군은 자신도 모르는 사이에 중원에 널리 알려진 유명 인사였다.

복건에 청화장이 있고 청화신군이 있다. 청화장의 대삼검은 복건제일의 무공이다.

청화장은 복건을 대표하는 무가로 인정받고 있었던 것이다.

그런 사람이 비무 중 사망했다니 입 있는 사람들은 한마디씩 하지 않겠는가.

복건성에 들어서면서는 이야기의 내용이 훨씬 세밀해졌다. 특히 능 총관의 딸이 백납도와 어울리고, 능 총관은 훌쩍 사라져 버렸으니 말하기 좋아하는 호사가들에게는 빼놓을 수 없는 이야깃거리다.

무슨 소리냐고 펄쩍 뛰기는 했지만 눈치 최고수인 지옥야차에게는 통하지 않았다.

검공을 주느냐 시술을 포기하느냐는 기로에서 능 총관은 검공을 주기로 결심했다. 더불어 살심(殺心)도 굳혔다. 같이 삼혈마로 불리기는 하지만 별다른 정리는 없다. 청화신군의 독문검급을 외인에게 넘겨줄 수도 없는 일이고.

지옥야차는 능 총관이 건넨 책자를 냉큼 가로채 얼른 책장을 펼쳤다.

"흠! 정말 대삼검이군. 키키키! 청화신군의 독문무공이야. 이게 내 손에 들어왔군. 내 손에 들어왔어. 키키키!"

지옥야차는 좋아서 어쩔 줄 몰라 했다. 어린아이처럼 펄쩍펄쩍 뛰면서 기쁨을 숨기지 않았다.

이럴 때 보면 꼭 어린아이 같다. 행동이며 표정이며 순진무구하기 이를 데 없다. 이런 점이 무섭다. 양의 탈 속에 숨겨진 늑대의 본성을 알아채는 사람은 전무한 편이다.

"이제 그만 꺼내주는 게 어때?"

능 총관이 신경질적으로 말했다. 순간,

쉬익!

지옥야차가 쾌속하게 신법을 펼쳐 산 아래를 향해 쏜살같이 뛰어내려 갔다.

"엇!"

능 총관은 예측하지 못한 상황에 추적도 하지 못한 채 멍하니 바라보기만 했다.

무림을 떠나 장부만 들고 산 것이 이십여 년이다. 무가에 몸을 담고 있기는 했지만 그가 하는 일은 재물을 관리하는 것이 전부였다. 혹여 무공을 사용할 일이 생겨도 이를 악물고 사용하지 않았다. 자칫 부광쇄두의 무학이 드러나기라도 하는 날에는 자신을 원수처럼 증오하는 자들의 표적이 될 테니까. 자신은 상관없지만 눈에 넣어도 아프지 않을 능완아에게 탈이 생길 수도 있으니까.

이십여 년 동안 숨어서 산 세월은 능 총관에게서 무림에 대한 감각을 앗아가 버렸다. 권모술수(權謀術數)가 난무하는 곳이 무림이요, 목적을 위해서는 처자식도 죽일 수 있는 지옥야차의 본성을 잠시 잊고 있었다.

"지옥야차!"

분노가 섞인 고함을 빽 내질렀다.

지옥야차는 추적을 시작해도 따라잡을 수 없는 위치까지 도주한 후, 능 총관을 쳐다보며 낄낄 웃었다.

"낄낄낄! 이놈아, 너무 걱정 마라. 옛정이 있지 내가 네놈을 속이겠냐. 흑벌은 꿀벌처럼 침을 쏘면 죽게 되어 있어. 지금쯤 살아 있는 흑벌은 한 마리도 없을 거다. 낄낄! 그냥 토굴을 허물기만 하면 놈의 시신을 꺼낼 수 있다. 그 정도는 네놈도 할 수 있지? 낄낄! 이놈아, 청화신군의 무공은 고맙게 쓰겠다. 난 간다. 낄낄!"

지옥야차는 혹여 능 총관이 달려들까 봐 겁이 나는지 비호처럼 도주했다.

'나도 많이 둔해졌군. 감각이 많이 무뎌졌어. 이십여 년 전만 해도 지옥야차 같은 놈에게 당하지는 않았을 텐데.'

청화신군의 검급이 외인에게 흘러들어 가는 것은 막아야 한다. 하지만 금하명의 목숨이 더욱 중요하다.

능 총관은 토굴 앞으로 다가가 조심스럽게 흙더미를 갉아냈다.

흑벌을 토굴 안으로 집어넣기 위해서 사용된 개미취 냄새가 진하게 풍겨 나왔다.

이윽고 어둠에 싸였던 토굴 내부가 서서히 모습을 드러냈다.

제일 먼저 능 총관의 눈에 들어온 것은 땅에 수북이 쌓인 흑벌이다.

지옥야차도 양심은 있는지 거짓말을 하진 않았다.
두 번째로 눈에 띈 것은 금하명의 몸에 발라놨던 한지다. 갈기갈기 찢어진 한지가 사방에 흩어져 있다.
불길했다. 가슴이 서늘해졌다.
"하명아!"
능 총관은 쓰러져 있을 금하명을 찾았다.
한데 금하명은 토굴 제일 안쪽에서 결가부좌를 한 채 앉아 있었다.
앉혀놓을 때는 토굴 중앙이었는데, 안쪽으로 더 깊이 움직였다. 결가부좌는 토굴로 들어섰을 적과 다를 바 없지만, 무릎 위에 올려놨던 두 손은 가슴 앞에서 합장된 채 굳어 있다.
"하명아!"
능 총관은 금하명의 팔을 움켜잡고 단숨에 끌어냈다.
밝은 대낮에 드러난 금하명의 모습은 차마 눈 뜨고 볼 수 없을 지경이었다.
전신은 물에 불린 듯 퉁퉁 부어올라서 형체를 알아볼 수 없었다. 얼굴, 목, 팔, 등…… 도무지 성한 곳이 없었다.
흑벌침이 꽂힌 자국은 보이지 않았다.
당연하다. 살이란 살은 모두 부어올랐는데, 세침(細針)으로 쿡 찌른 듯한 자국이 보이겠는가.
능 총관은 망연자실했다.
예상은 했지만 이토록 처참할 줄은 미처 몰랐다. 세상에 이토록 지독한 고통이 있는 줄은 생각하지 못했고, 이런 줄 알았다면 절대 시술하지 않았다.

능 총관이 생각한 고통은 인간이 참을 수 있는 범주 안이었다.
벌침이 아프다 한들 얼마나 아프겠는가. 지독하게 아픈 것은 말벌에게 쏘인 것인데, 말벌은 독이 있어서 생명이 위험하지만 흑벌은 독도 없다지 않았는가.
아프기만 하다면 해볼 만하다.
그랬는데…… 이건 아니다. 정말 아니다. 괜히 지름길로 간다고 보기 드물게 무공에 미친 한 인간을 죽음으로 몰아넣었다.
"미안하구나. 내 무지함이 너를 이렇게 만들었구나."
그런데 믿기지 않게도 그의 귀에 사람 음성이 들려왔다.
"다…… 끝났습니까?"
능 총관은 눈을 부릅떴다. 그리고 금하명을 자세히 살펴봤다.
"밖에… 나왔으니…… 끝났군요……."
분명히 금하명이 말을 하고 있다. 입술이 퉁퉁 부어서 입이 움직이는 것은 분간되지 않지만 말을 하고 있다.
금하명이 말을 하고 있다! 살아 있다! 살아 있다!
"사, 살아 있구나! 살아 있어!"
"좀…… 쉬어야… 겠습니다."
"오냐. 그래. 쉬어야지. 암, 쉬어야지."
금하명을 안아 일으켰다. 그리고 움막으로 데려갔다.
'얼마나 고초가 심했으면 무공에 미친 놈이 쉬어야겠다는 말을 할까. 정말 아팠구나. 하하! 하지만 앞으로는 아프지 않을 게다. 검에 맞아도, 도끼에 맞아도 아프지 않을 게다. 유밀강신술. 하하하! 유밀강신술! 넌 이제 갑옷을 입은 거야, 갑옷을!'
금하명은 진정으로 지도해 보고 싶은 사내다. 십팔 년 동안 지켜봤으면서도 보지 못했던 모습을 오늘에서야 보았다. 이토록 지독한 고통을 이겨낸 사내라면……

금하명은 누구보다도 뛰어난 자질을 지닌 무인이었다.

第五章
지포불가화(紙包不佳火)
종이는 불을 쌀 수 없다

지포불가화(紙包不佳火)
…종이는 불을 쌀 수 없다

"흐흐흐! 흐흐흐! 낄낄!"

지옥야차는 너무 즐거워서 어깨춤이 절로 일었다.

흑벌이 귀한 것은 사실이다. 기르기가 너무 힘든 것도 사실이다. 하지만 흑벌이 아무리 귀해도 청화신군의 검공에는 미치지 못한다.

복건무림을 평정한 무공.

길을 오는 동안 귀동냥으로 전해 들은 청화신군의 무공은 화동의 남궁세가나 광동의 광동진가에 비해 뒤처지지 않는다.

청화신군이 백납도란 자에게 죽은 사실도 알고 있다. 그야말로 중원 천지가 발칵 뒤집힌 대사건이다. 남궁세가의 가주나 광동진가의 가주가 패배를 당해 죽었다는 사실과 다름없지 않은가.

현재 중원은 백납도란 자가 누구냐 하는 점에 관심의 초점이 맞춰져 있다. 그가 어디 출신이며, 사용하는 무공은 어떤 것인지, 어떤 형태의 무공을 사용하는지…….

그렇다고 청화신군이 잊힌 것은 아니다.

부광쇄두 능광을 따라 복건성에 들어서면서 깜짝 놀란 것은 청화신군이 너무 빨리 잊히고 있다는 점이다.

만약 남궁세가의 가주가 이름없는 떠돌이 무인에게 패배했다면 어떤 일이 벌어졌을까? 아무리 그래도 남궁세가의 무공을 소홀히 할 사람은 없을 것이다.

어처구니없게도 복건성에서는 그런 일이 벌어지고 있다.

청화장은 남궁세가와 엇비슷한 위치에 오른 명문인데, 백납도에게 패배했다는 단순한 사실만으로 그의 무공을 땅에 묻고 있다.

청화장이 자리를 잡는 중이라서 그렇다.

남궁세가나 광동진가처럼 몇 대를 이어왔다면 결코 벌어지지 않을 일이었지만, 청화신군 당대에서 끝났기에 이런 일이 벌어지는 거다.

청화신군의 무공을 얻었다. 청화신군과 같은 입지에 올라설 수 있는 기반을 마련했다. 이제부터는 당문에 쫓겨 산속에 틀어박혀 있지 않아도 된다. 흑벌을 빼앗길 우려도 싹 가셨다.

기쁘지 않다면 사람이 아니다.

"낄낄! 한 십 년 정도 조용히 죽어 지내야겠군. 키키키! 내 나이 환갑이 넘어서야 이름깨나 날리겠군. 그럼 어때? 강태공(姜太公)이란 작자는 팔십이 넘어서야 팔뚝 걷어붙였는데. 낄낄!"

지옥야차는 사람들 눈에 띌까 봐 인적이 드문 곳만 골라서 신형을 날렸다.

큰 복(福)에는 화(禍)도 같이 오는 법이다.

무림사(武林史)를 보면 무공기서를 얻은 작자치고 제대로 연마한 자는 드물다. 단 한 번이라도 입방아를 놀렸다가는 개죽음을 면치 못했다. 복과 더불어서 찾아온 화를 이겨내지 못한 것이다.

일단은 사람들 눈을 피해 심심산골로 숨어들어 가야 한다.

세상에는 비밀이 없으니, 자신이 청화신군의 검공을 얻었다는 소문은 금방 퍼지리라. 그럼 자신 정도는 쉽게 처리할 만한 자들이 눈에 불을 켜고 찾아 나설 게 뻔하다. 당문만 해도 쥐구멍을 찾기 바쁜 판에 다른 작자들까지 끼어든다면?

생각만 해도 오금이 저린다.

몸을 사려야 한다, 청화신군의 무공을 몸에 붙이기 전까지는.

'여기서 한 번 더 보고 갈까? 아냐, 나중에 실컷 볼 수 있어. 괜히 펼쳤다가 사람들 눈에라도 띄는 날에는……. 죽여 버리면 그만이지만 흔적이 남을 수도 있고. 그냥 가자. 낄낄! 지금은 좋은 게 좋은 거야.'

지옥야차는 숨 좀 돌리고 갈까 하다가 그마저도 눌러 참았다.

아니다. 발걸음을 더욱 빨리 놀리려다 우뚝 멈춰 서고 말았다.

"웬 놈이냐!"

버럭 고함을 질렀다.

큼지막한 나무 밑에서 단잠을 자는 듯 누워 있는 사내 모습이 영 신경에 거슬린다. 인적이 드문 곳에 누워 있는 꼴이 꼭 자신을 기다렸다는 느낌을 준다. 그런데,

"지옥야차. 본명은 주평(朱平). 태생은 섬서성(陝西省) 영기(英其). 금년 나이 쉰하나. 무공은 삼류(三流). 암기(暗器)를 주로 사용하는 위인, 어떤 암기를 사용하는지는 확인되지 않았고."

사내는 지옥야차에 대해서 손바닥 들여다보듯이 꿰뚫었다.

"어, 어떤 놈이냐!"

지옥야차는 무사히 빠져나갈 수 없다는 생각을 했다. 이자는 처음 느낌처럼 자신을 기다렸다.

"내가 바라는 건 두 개. 하나는 청화신군의 검공. 또 하나는 네 목. 검공을 취하면 네 목을 얻는 노력을 또 해야 하고, 목을 얻으면 둘을 한꺼번에 얻을 수 있으니 목을 노려야겠군."

이래서는 조용히 가기는 틀렸다.

'제길! 소문이 빨리도 퍼졌군. 아무리 날개 달린 게 소문이라지만 이렇게 빠를 수 있나? 아냐, 벌써 소문이 퍼졌을 리는 없고…… 부광쇄두, 이놈! 손쓰는 게 더럽게 빠르네. 하지만 이렇게 어린 놈을 보내다니. 실수한 거야. 킥킥!'

지옥야차는 손을 품속에 찔러 넣었다.

"흐흐흐! 날 잘 알고 있군. 곱게 길을 비키지 그래? 오늘은 이 어르신이 너무 기분이 좋아서 살생을 하고 싶지 않아. 정 죽고 싶다면 어쩔 수 없고."

눈을 뒤룩뒤룩 굴려 사방을 살피며 말했다.

원래 무림이란 정면에서 쳐오는 검은 두렵지 않으나 뒤에서 찔러오는 비수는 치명적인 법이다.

그럴 필요도 없었다. 사내가 말을 하는 도중에도 은근히 청력을 기울여 봤지만 주위에는 개미새끼조차 없었다.

"죽음을 두려워하는 꽃을 화초라고 하지. 화초였으나 들판에 심어졌으니 모진 비바람도 스스로 견뎌내야 할 것. 날 죽일 수 있다면 죽이는 것도 괜찮고."

쉬익!

어지간해서는 선공을 하지 않는 지옥야차지만 지금은 참을 수가 없었다. 먼저 신형을 띄워 달려들었다. 품속에 찔러 넣은 손도 세상 밖으로 나왔고, 무엇인가를 휙 내던졌다.

쒜에엑!

품속에서 빠져나온 거무튀튀한 물체는 날카로운 파공음을 내며 청년에게 달려들었다.

"암기! 후후! 뭔지 볼까?"

청년이 비웃으며 검을 휘둘렀다.

검은 정확히 날아오는 물체를 가격했고, 두 쪽으로 갈라놓았다.

청년은 내처 지옥야차까지 베어버리려고 한 발 앞으로 나섰다. 그러나 그 순간, 반으로 갈라진 물체가 요술을 부리기 시작했다.

웨엥!

거무튀튀한 물체는 목갑(木匣), 갈라진 목갑에서 자유를 얻은 것은 크기가 엄지손가락만한 검은 벌 한 마리.

"억!"

청년은 스스로도 깜짝 놀랄 만큼 큰 비명을 내질렀다.

벌에 쏘인 어깻죽지는 금방 퉁퉁 부어올랐고, 순식간에 마비되어 검을 들고 있을 힘도 없어 보였다. 절독에 중독된 사람처럼 비틀거리기도 했다.

그를 쏜 흑벌은 발밑에 떨어져 꿈틀거렸다. 날개가 달렸으나 날지 못하고, 빙글빙글 맴만 도는 것이 곧 죽을 모습이었다.

"낄낄! 그러게 뭐라고 했어. 길을 비키랄 때 비켰어야지. 이젠 늦었어. 네놈은 이제 손가락 하나로도 죽일 수…… 커억!"

지옥야차는 퉁방울만한 눈을 더욱 크게 부릅떴다.

이게… 이게…… 이놈은 또 어디서 나타난 놈인가! 어떻게 이런 일이 벌어질 수 있단 말인가!

지옥야차는 가슴을 비집고 튀어나온 검을 바라봤다.

새파란 장검이다. 자신의 피가 아름다운 무늬를 그리며 흐르다 땅에 뚝뚝 떨어져 내린다.

등 뒤에서 불쑥 튀어나온 손이 가슴을 헤치고 품 안을 뒤졌다.

'이런 육시랄……!'

눈앞에서 대삼검 검급이 탈취되는데도 지옥야차는 손가락 하나 꿈쩍하지 못했다.

"대삼검을 원하다니 욕심이 과했군. 과유불급(過猶不及). 지나친 욕심은 죽음을 자초하지. 대삼검을 수련하기 위해서는 청화신군에게 구배지례(九拜之禮)를 올려야 돼."

"처, 청… 화장……?"

지옥야차는 말을 더듬거렸다. 그의 눈은 믿기지 않는다는 표정을 담고 등을 꿰뚫은 비겁한 놈을 보려고 허우적거렸다. 하지만 급속히 빠져나가는 기력처럼 그의 영혼도 빠르게 빠져나갔다.

"부광… 쇄두…… 놈에게…… 철저히 당했군……."

지옥야차는 회한의 웃음을 흘리려고 했지만 그마저도 제대로 되지 않았다. 등 뒤에서 암격하여 심장을 꿰뚫은 사내의 검은 한 치의 착오도 없었다.

쿵!

지옥야차가 둔탁하게 쓰러져 숨을 거뒀다.

전면에서 암기를 상대했던 사내는 상의를 벗고 퉁퉁 부은 어깨를 살폈다.

"끄응! 이놈의 벌침, 지독하군. 팔을 움직일 수가 없어. 한동안 고생하겠는데. 암기로 벌을 사용하는 놈이 있다니."

사내는 벌에 쏘인 곳에서 제법 굵은 침을 끄집어냈다.

이마에서는 굵은 땀을 빗방울처럼 쏟아냈다. 안색도 백지장처럼 새하얗게 탈색되었다. 신음을 토해내지는 않지만 고통이 이만저만이 아닌 듯했다.

"역시 사매 말이 맞았어. 암기라니. 끄응! 우린 실전 경험이 너무 부족했어. 온실에 화초라고 했던가? 그 말을 반박할 수 없게 됐군."

"알았으니 지금부터라도 차근차근 쌓아 나가면 되는 거죠."

뒤에 나타난 사내가 지옥야차의 몸에서 검을 뽑으며 말했다.

"그래도 난… 난 말이야, 이게 옳은 일인지 의문이 들어. 꼭 이렇게 해야 하는 건지. 무공을 수련해서 검을 들고, 능력이 못 미치면 죽는 거고. 그렇게 배웠는데 말이야."

"삼혈마 중 한 명인 지옥야차를 죽였잖습니까. 암수가 아니면 이토록 쉽게 무너뜨릴 수 없었을 테죠."

암격을 준비할 때도 걱정을 많이 했다. 강호의 노물을 쓰러뜨리기 위해서는 한 명쯤 목숨을 버려야 할 것이라고 생각했다. 아무런 희생 없이 노물을 죽였으니 큰 성과다.

"이놈의 팔이 완전히 마비됐군. 움직일 수 없어. 끄응! 그래도 영 찜찜하네. 뒤에서 암격이나 하고 다니는 꼴을 사부님이 보시면 뭐라고 하실까?"

"아마도 검을 부러뜨리셨을 겁니다."

"하하! 나도 그 생각을 했어."

담정영(憺晶英)과 성금방(成錦芳).

마을에 돌림병이 돌았다며 청화장을 떠난 담정영이 팔을 움켜쥐고

지포불가화(紙包不佳火) 187

쩔쩔맸다. 죄송하다는 서신 한 장만 달랑 써놓고 사라졌던 성금방은 찜찜한 표정으로 검을 집어넣었다.

성금방은 진기를 청력에 모아 주변을 살피며 말했다.

"사형, 백납도가 지옥야차를 만났다면 어땠을까요?"

담정영은 대답하지 못했다.

두말할 필요도 없다. 일초에 끝난다. 그는 청화장 문도가 떼로 몰려들어도 순식간에 해치울 수 있는 인간이다. 사부님인 청화신군이 그런 능력을 소유했으니까.

"방금 경험했듯이 우린 실전 경험이 너무 없어요. 무공은 강해도 사람 죽이는 데는 약해요. 후후후! 꼭! 꼭 일어날 겁니다. 사형, 그럼 몸 보중하시고."

"그래, 또 볼 수 있을지 모르지만 사제도 몸조심하고."

성금방이 신형을 날려 사라졌다.

담정영은 쉽게 자리를 뜨지 못했다.

명색이 청화장 문도라는 사람들이 오죽 무공이 변변치 못하면 암습을 할까. 이러고도 지하에 계신 사부님을 뵐 면목이 있을까.

'이건 수모야. 무인에게 이만한 수모는 없겠지. 좋아. 이런 수모는 한 번이면 족해. 두 번은 없다!'

팔의 아픔보다 마음의 아픔이 더 컸다.

*　　　　*　　　　*

금하명은 나흘이나 꼬박 누워 있었다.

영원히 빠지지 않을 것 같던 부기도 나흘째를 넘기면서부터는 조금

씩 가라앉기 시작했다.

"이놈이 그 흑벌이다."

능 총관이 죽은 흑벌을 보여주었다.

금하명은 흑벌을 받아 만지작거렸다.

다른 벌과 다를 게 없었다. 꼬리 부분이 뭉툭하고, 흑벌이란 말처럼 몸 전체가 검은색인 것만 빼면 꿀벌과 구분하지 못할 정도였다.

"이게 흑벌의 침이다."

능 총관은 눈에 보이지 않을 정도로 가늘고 작은 침을 건넸다.

"네 몸에서 빼낸 건데, 찔리면 어떤지 알아보려고 나도 한번 찔러봤지. 지옥야차가 거짓말을 했어. 흑벌침은 독이 없다더니 맹독이 있어. 한 대밖에 안 맞았는데도 정신이 아찔하더군. 난 순간적으로 살짝 찔렀는데도 이 모양이야."

그는 퉁퉁 부은 오른팔을 내밀었다.

흑벌의 침은 능 총관의 몸에도 작용하여 엄청난 고통을 안겨줬다. 더불어서 금하명처럼 퉁퉁 붓기까지 했다.

벌침은 가시와 대롱과 독낭(毒囊)으로 이루어진다.

능 총관이 내민 벌침은 독낭 부분이 시커메서 눈에 확 들어왔다.

"난 가려워서 미치겠는데, 넌 어떠냐?"

물어볼 필요가 있으랴. 한 대밖에 쏘이지 않았는데도 하루 종일 쏘인 부분에 신경이 쓰인다. 도대체가 다른 일을 할 수 없을 정도로 간지럽다. 하물며 전신에 수백 방이나 쏘인 금하명은 말해 무엇 하는가.

정말 미친 짓이었다. 두 번 다시 할 짓이 못 된다.

"견딜 만합니다."

'변했다.'

지포불가화(紙包不佳火)

능 총관은 이상한 기분이 들었다.
예의를 엄격히 따지는 사람이라면 당장 버릇없는 놈이라고 꾸짖을 정도로 금하명의 말투는 건방졌었다. 하대에 가까운 평어(平語)는 듣는 사람에 따라서는 상당히 기분 나쁘다.
청화장 사람들은 그런 말투에 익숙해졌다. 금하명이 그렇게 예의없는 놈도 아니다. 마음을 풀어놓을 수 있는 사람에게만 그만의 독특한 말투를 사용하곤 했다.
그런데 지금은 억양은 같은데 어쩐지 말투가 바뀐 것 같다.
말투뿐만이 아니다. 금하명은 굉장히 편한 사람이다. 신분 고하를 막론하고, 청화장에서 스스럼없이 욕도 하고 농담도 할 수 있는 사람은 금하명뿐이었다.
지금은 뭔가 달라졌다. 쓸데없는 말은 하기 힘들 정도로 딱딱하게 경색되어 있다. 성격이 하루아침에 바뀔 리도 없는데.
'아냐, 아직 힘들어서 그렇겠지. 푹 쉬고 나면 괜찮아질 거야.'

능 총관의 우려는 현실이 되었다.
금하명은 흑벌침에게 당한 후부터 말이 없어졌다. 능 총관이 세상에서 유일하게 본 '무공에 미친놈'이었는데, 무공 수련도 중단했다. 대신 하릴없는 사람, 실의에 빠진 사람처럼 두 무릎을 가슴에 끌어안은 채 먼 하늘만 바라봤다.
눈동자도 공허했다.
열의로 이글거리던 뜨거운 눈동자가 아니고 삶의 희망을 잃어버린 회색 눈동자다.
부기는 육 일째 되는 날부터 급속도로 빠졌다. 칠 일째에는 완전히 빠져 홍색 반점만 남겼다.

지옥야차는 시술 후의 증상에 대해서는 거짓말하지 않았다.

"살아난다면 움직이는 데는 칠 주야(七晝夜) 정도 걸릴 거야. 홍반(紅斑)까지 사라지는 데는 십 일이면 충분하지. 언제 벌에 쏘였나 싶게 멀쩡해져."

"약은 없는가?"

"약은 무슨…… 꼭 살아날 것처럼 말하는데, 유밀강신술에서 살아난 놈은 없다니까. 좋아, 좋아. 그렇게 자신한다면 오이 즙이나 준비해 둬. 그냥 벌에 쏘였을 때처럼 오이 즙을 바르면 그만이야."

능 총관은 틈이 날 때마다 오이 즙을 발라주었다.

금하명은 말을 할 수 있다 뿐이지 죽은 시신과 다를 바 없었다. 오이 즙을 바를 때도 움직이지 않았고, 말도 하지 않았다. 육신을 능 총관에게 맡기고 혼은 먼 곳으로 떠나보낸 사람 같았다.

"정신 좀 차려야지. 휴우!"

다른 말은 떠오르지도 않았다. 정신이 멀쩡해야 야단도 치고 윽박이라도 지르련만 겉모습부터 정상이 아니니 무슨 말을 할 것인가.

간혹 육체적으로 큰 충격을 받으면 정신에 이상이 생기는 경우가 있는데 금하명이 그런 경우란 말인가. 말하는 것을 보면 정상 같은데 행동은 정상이 아니니 고민도 여간 고민이 아니다.

'어떻게 해야 하나? 청화장으로 데려가야 하는 것 아닌가? 소현부인을 보면 제정신을 찾을 수 있을지도 모르는데……'

구 일째 되는 날, 능 총관은 먹을 것을 찾아 사냥을 다녀왔다.

지포불가화(紙包不佳火) 191

큼지막한 멧돼지를 잡았으니 한동안은 먹거리 걱정을 하지 않아도 된다.

'오늘은 좀 괜찮나?'

멧돼지를 마당에 던져 놓고 발길을 움막으로 돌렸다.

생각을 거듭해 봤지만 아무래도 유밀강신술을 펼친 게 잘못되었다.

봉침술은 자침전(刺針前)에 반드시 맥(脈)을 짚어보아야 한다.

손목의 촌구맥(寸口脈)을 짚어봐서 맥상(脈象)이 고르지 못하면 자침해서는 안 된다.

봉침을 놓기 전에 봉침이 몸에 맞는지도 살펴봐야 한다.

몸에 맞지 않는 사람이 침을 맞게 되면 호흡 곤란, 두드러기, 국소 충혈, 종창 및 오한 발열 등이 나타난다. 대부분은 스스로 치유되지만 심할 경우에는 심장에 무리가 생겨서 죽을 수도 있다.

벌도 문제다. 의원들은 꿀벌 이외에는 봉침을 쓰지 않는다. 꿀벌을 사용할 때도 일시에 많은 취혈(取穴)은 절대 금지다. 자칫 신장에 무리가 생길 수도 있기 때문이다.

시술할 때도 주의할 점이 있다. 정맥은 피해야 하며, 표피 아래로 깊게 찌르지 말아야 한다. 깊게 찌르면 봉독(蜂毒)이 혈관 안으로 파고들어 부작용을 피할 수 없다.

체질 파악을 하지 않았다. 벌의 독성도 극심하며, 혈관이고 요혈이고 가리지 않고 찔렀다. 한 번에 수백 대를 놨고, 그것도 며칠씩이나 쉬고 또 쉬도록 놔뒀다.

의원이 들으면 기절할 일이다.

막연하게나마 한 가지 짚이는 것은 있었다.

단순히 흑벌침에 쏘이는 것이라면 굳이 유밀강신술이라고 명명할 필요가 없다. 시술을 하면 어떤 효험이 있기에, 하나의 술(術)로서 가치를 인정받았기에 유밀강신술이라고 이름이 붙은 것이다.

막무가내로 벌에 쏘인 것과 유밀강신술은 분명히 다르다.

금하명은 토굴에 들어가기 전 유밀을 발랐다. 묵처럼 굳어가는 유밀이었으니 제법 두터운 밀납(蜜蠟)을 바른 것과 같다. 거기에 한지를 붙여서 밀랍이 떨어지지 않도록 했다.

그게 무려 다섯 겹이다.

왜 하필이면 다섯 겹인가?

거기에는 지옥야차의 경험이 녹아 있다. 흑벌침의 길이와 유밀의 강도를 면밀히 계산해서 침이 가장 효과를 볼 수 있도록 두께를 조정한 게다.

흑벌침은 깊게 취혈되지 않았다. 한지와 두툼한 밀랍을 뚫고 들어가 살갗을 찌르기는 했지만 생명에 지장을 받을 정도로 깊지는 않았다.

지옥야차가 시술하여 죽였다던 열댓 명은…… 눈으로 보지 않았으니 단정할 수는 없지만, 자신들 스스로 죽음의 길로 들어서지 않았나 싶다.

흑벌침이 너무 고통스러워 마구 움직였고, 흑벌은 더욱 성이 나서 쏘아댔고, 그러다 보니 유밀과 한지가 떨어져 나간다. 그리고 그 위를 흑벌이 또 쏘아댄다.

유밀강신술은 처음에 다짐을 주었던 대로 극한의 인내로 참아내야만 살 수 있는 시술법이다. 참아내기만 하면 살 수 있는 보호대가 전신에 둘러져 있다.

좌우지간 큰 그림을 그릴 욕심에 지옥야차를 찾아간 것부터가 잘못이다.

지포불가화(紙包不佳火)

삐걱!

능 총관은 문을 밀치고 안으로 들어서다 말고 깜짝 놀라 걸음을 멈춰 버렸다.

"지, 지금 뭐, 뭐 하는 거냐!"

말도 제대로 나오지 않았다. 너무 급하게 말하는 바람에 혀 짧은 사람처럼 더듬거렸다.

금하명이 일어나 앉아 있는 것은 반갑다. 한데 그의 왼팔이 퉁퉁 부어올라 있다. 아니, 그것도 눈에 들어오지 않았다. 오른손에 들린 것은 눈에 보이지는 않지만 틀림없는 흑벌의 봉침, 왼팔을 쓰다듬고 있는 것은 팔을 만지는 것이 아니라 봉침을 놓고 있는 거다.

금하명이 고개를 돌려 능 총관을 바라봤다.

'헉!'

단지 쳐다보기만 한 것뿐인데, 능 총관은 자신도 모르게 한 걸음 물러서고 말았다.

눈빛이 정상이 아니다. 시퍼런 녹광(綠光)이 터져 나온다고나 할까? 광기가 번들거리는 눈은 혼을 씹어 먹을 것 같다. 가까이 다가서면 맹수처럼 달려들어 살점을 물어뜯을 것 같다.

"아직도 아프네."

음성은 정상이었다. 중병에 걸린 사람이 힘들게 말하는 것과 비슷해서 그렇지 제정신을 가진 사람과 다르지 않았다.

"뭐, 뭐 하는 거냐, 지금!"

"양곡혈(陽谷穴), 곡지혈(曲池穴)…… 침을 놔봤는데 참 많이 아프네. 이건 면역이란 것도 없나 보지?"

'휴우!'

능 총관은 긴 한숨을 내쉬었다.

지난 며칠 동안 바짝 긴장했던 것이 한꺼번에 풀어져서인지 두 다리의 맥까지 풀려 버렸다.

금하명이 정상으로 돌아왔다. 얼굴은 악귀처럼 찡그러져 있지만 혹 벌침의 아픔을 참느라고 그런 것이다. 눈동자가 광기로 번들거리는 것도 전부 아픔을 참기 위한 노력이다.

하대 비슷한 평어가 이토록 반가울 줄은 몰랐다. 청화장에 있을 때, 늘 말투를 고치라고 타이르곤 했는데 왜 그랬는지 모르겠다, 이렇게 반가운 것을.

"할 짓이 그렇게도 없냐!"

"찾아보니 없더라고. 땔감도 많고, 먹을 것이야 잡아올 테고."

"뭐? 하하하!"

능 총관은 청화신군이 죽은 후, 처음으로 통쾌하게 웃었다.

❷

벌침에 곤욕을 당한 뒤부터는 산을 뛰어다닐 필요가 없었다. 몸이 완전히 회복된 후, 산을 뛰어본 적도 있지만 어찌 된 일인지 전과 같은 고통이 느껴지지 않았다.

숨이 차 올라도 참을 만했다. 발이 쇳덩이를 달아놓은 것처럼 무거워서 걸음을 떼어놓을 수 없을 지경이 되어도 웃음이 나왔다. 제일 첫 목표로 잡은 인내(忍耐)는 어느 정도 달성되었다는 증거다.

결과적으로 능 총관의 판단은 옳았다. 단 한 번의 시술로 많은 시간이 절약되었으니. 어렸을 때부터 다지고 다져 온 기본공을 또 수련할 필요 없이 곧바로 병기 수련에 들어갈 수 있으니.

몸이 쇠처럼 단단해진다는 당문의 말은 새빨간 거짓말이었다.

바늘로 찌르면 푹 들어갔다. 통증도 유밀강신술을 시전받기 전과 똑같았다. 칼로 베어보면 살이 베어졌다. 핏방울도 방울방울 떨어졌다.

"헛고생만 했구나. 내 그놈을 만나기만 하면!"

금하명은 고개를 살래살래 흔들었다.

"쇠로 만든 인간이 된다는 말을 믿은 사람이 바보 아니우? 하지만 헛고생만 했다고는 볼 수 없는 것이…… 이 고통에 비견할 만한 고통이 또 있을까 하고 생각해 봤는데, 없을 것 같습디다. 몸뚱이에 가하는 고통으로는 단연 최고니, 정말 골탕 한번 잘 먹었어요."

"알고 그랬냐!"

"모르면 하지나 말 것이지."

"방금 전에 한 말은 뭐냐? 헛고생만 한 게 아니라는 말 말이야."

"지극(至極)의 고통을 맛봤으니 웬만한 고통쯤은 고통으로 생각되지도 않대. 돌덩이로 팔을 내려쳐 봤는데, 아프긴 해도 흑벌의 고통에는 비할 바가 못 되니까. 그러니 남이 보기에는 고래고래 고함을 지를 만한 고통도 참아낼 수 있고. 강신술이라는 말은 새빨간 거짓말이지만 다른 사람 눈에는 마치 철인이라도 된 것처럼 보이기는 할 거요."

끔찍한 고통의 대가치고는 너무 미약한 결과다.

그러나 금하명은 원망이라든가 후회를 하지 않았다. 어떤 면에서는 그에게 가장 필요한 고통이기도 했다.

금하명은 지천에 널려 있는 참나무를 깎아 곤(棍)을 만들었다.

"병기를 수련할 생각이냐?"

나무를 깎으며 고개를 끄덕였다.

"투로(套路)를 수련할 줄 알았는데 의외구나."

"검을 수련해야죠. 아버지가 그렇게나 수련하라고 질책했던 대삼검을 십분 완성해 볼 생각인데, 잘될지 몰라."

"그럼 검을 잡아야지, 왜 봉(棒)을 만드냐?"

"수련을 설렁설렁해서 도법도 모르겠고, 봉법도 모르겠고. 지금 내 무공은 약하기 짝이 없으니 병기라도 긴 걸 택하는 게 좋지 않을까 싶어서. 급한 대로 봉법 수련을 마친 다음에 검을 수련할 생각인데."

능 총관은 금하명 옆에 앉았다.

"도와주랴?"

"도와주면 좋죠."

대화는 중단되었다. 금하명은 곤을 만드는 데 정신을 집중했고, 능 총관은 어떻게 도와주어야 할지 고민했다.

명색이 사부 역할이지만 세세한 부분까지 간섭할 생각은 없었다. 이것은 그의 생각이 아니라 청화장의 무공 지도 방침이기도 했다.

금하명이 투로를 선택하든 무기술을 선택하든 그것은 완전히 그의 자유다.

금하명은 무려 오 년간이나 기본공을 수련했다.

청화장의 기본공은 서른여섯 가지로 세분화된다. 몸동작 서른여섯 개를 자세만 익히자면 하루면 족하다. 하지만 각 동작마다 단전(丹田)에 진기를 모으고, 내공심법(內功心法)에 따라 운용하고, 필요한 부분에 진기를 집중시키는 수련까지 하자면 상당한 기간을 필요로 한다.

아무리 그래도 오 년이라는 기간은 너무 길었다. 보통 청화장에 입문하는 문도들은 반년 정도에 끝냈고, 노태약이나 기완 같은 경우에는 한두 달 만에 투로로 들어섰다.

　금하명의 경우에는 청화신군이 직접 가르쳤다. 그리고 어찌 된 연유에서인지 오 년 동안이나 매달리게 만들었다.

　이유야 어쨌든 기본은 탄탄하게 닦여져 있다.

　투로는 기본공의 연장이다. 청화장 문도 모두가 수련해야 한다는 점에서도 그렇고, 기본공에서 깨달은 진기의 운용이 이어진다는 점에서도 그렇다.

　기본공이 정지된 상태에서 진기의 흐름을 깨닫는 것이라면, 투로는 한 동작씩 움직임을 이어간다는 점만이 다르다.

　호흡을 충분히 조정해야 한다. 운기를 겸해야 한다. 동작에서 동작으로 이어지는 과정에도 진기의 흐름이 끊어져서는 안 된다. 진기의 이동이 안정되어야 하며, 펼치고 거둠이 법도에 맞아야 한다.

　어떤 무인들은 이 과정에 흠뻑 매료되어 무기술을 가볍게 보기도 한다.

　그들이 틀렸다고는 할 수 없다. 투로 하나를 제대로 수련하려면 삼 년에서 십 년의 세월이 소요된다. 그들이 투로에 몰입한다고 해서 나무라거나 질책한다면 무지한 사람이다.

　청화신군은 기본공과 같은 기간, 오 년이란 시간을 투로에 매달리게 만들었다.

　금하명은 본격적으로 무공 수련을 한 십삼 년이란 기간 동안 십 년이라는 시간을 육신의 움직임과 내력 운행만을 살피며 보냈다.

　투로를 벗어나면 무기술이다.

　여기서도 무기 선택은 자유다.

곤술(棍術)은 봉술(棒術)이라고도 한다. '모든 병기의 어머니'로 불리며 십팔반병기(十八般兵器) 중 으뜸이다. 또한 무기술 중 제일 먼저 수련해야 하는 기본 병기이기도 하다.

창(槍)은 사대무기(四大武器) 중 하나다. 도법백일(刀法百日), 창법천일(槍法千日)이라는 말도 있듯이 습득하기도 쉽지 않다. 하지만 창은 엄연히 '장병(長兵)의 왕(王)'이다.

도(刀)는 병기들 가운데 수련하기가 쉬운 편이다. 그러면서도 속도와 힘이 곁들여지면 무서운 파괴력을 지닌다. 어떤 사람은 권법과 더불어서 도법을 수련하라고 한다.

검(劍)은 두말할 필요 없이 '만병지왕(萬兵之王)'이다. 도삼(刀三), 창칠(槍七), 검십(劍十)이라는 말도 있다. 도를 수련하는 데는 삼 년이 걸리고, 창을 수련하는 데는 칠 년, 검을 수련하는 데는 십 년이 걸린다는 말이다.

어느 병기를 택할 것인가?

병기 선택은 개인별 특성에 따라야 한다. 사람마다 능한 부분과 부족한 부분이 있다. 권법을 선택하는 사람이 있고 무기를 잡는 사람이 있듯이, 무기를 고를 때도 능숙한 부분에 맞는 병기를 집어야 한다.

청화장 무인들은 자유롭게 선택한다. 모두 검을 선택했지만 강요는 없었다. 그들 스스로 검을 선택했을 뿐이다. 청화신군의 대표적인 무공이 검공이니 당연한 선택인지도 모른다.

검을 선택했다고 모두 같을 수는 없다. 초식을 아름답게 펼치는 데 능한 사람, 비무에 능한 사람, 실전에 강한 사람…… 베기에 능한 사람도 있고, 찌르기에 능한 사람도 있다.

무공은 개개인의 특성에 맞춰서 가장 적합한 부분을 집중적으로 수련해야 한다.

　청화신군은 그런 점을 알기에 기본공을 수련한 다음부터는 본인의 의사에 따라서 수련을 시켜왔다. 누누이 일러줬어도 마이동풍(馬耳東風), 한결같이 같은 방향으로만 나아가서 탈이었지만.

　능 총관이 물었다.

　"곤은 얼마 동안이나 수련할 생각이냐?"

　"글쎄? 곤이 무엇인지 알 때까지는 해야겠죠?"

　"나 내려간다."

　능 총관은 벌떡 일어섰다.

　금하명을 도와줄 방법이 생각났다.

　근 한 달 동안 소식이 없던 능 총관은 낯선 손님을 데리고 나타났다.

　이번에 데려온 사람도 지옥야차만큼이나 특이했다.

　키는 금하명보다도 머리 하나 정도가 더 컸다. 금하명도 누구에게 뒤지는 체격은 아니지만, 키만으로는 손님이 훨씬 컸다.

　얼굴도 큰 키를 닮아서 말상이다. 길쭉한 안형(顔形)에 광대뼈가 툭 튀어나와 있어서 누구든 쉽게 알아볼 얼굴이다.

　거기까지는 그럭저럭 봐줄 만하다. 세상에는 키 큰 사람도 많고 말상을 가진 사람들도 많으니까.

　사내는 팔이 무척 길었다. 서 있을 때 보면 팔이 무릎까지 늘어졌다. 워낙 긴팔이라서 걷는 모습을 보면 꼭 원숭이 같다.

　"원완마두라는 자다. 하지만 본인은 원완마두라는 말을 무척 싫어하니 입도 벙긋하지 마라. 그냥 왕사(王師)라고 불러. 그 말을 좋아하니까."

능 총관이 귓속말로 속삭였다.

"이놈이야?"

원완마두가 금하명을 위아래로 쓸어보며 말했다.

"무공에 입문한 지 얼마 되지 않는다고 생각하면 될 거야."

"그건 내가 판단할 문제고…… 어디 네놈 곤 한번 보자."

원완마두는 다짜고짜 곤을 빼앗으려 했다.

금하명은 손목을 살짝 비틀어 손길을 피해냈다.

청화장에는 검공만 있는 것이 아니다. 검이 아닌 다른 병기를 선택할 자를 위해서 각 병기에 맞는 절공이 구비되어 있다.

능 총관이 자리를 비운 한 달 동안, 금하명이 수련한 무공은 구궁천뢰봉법(九宮天雷棒法)이었다.

그는 원완마두의 기형적인 신체, 그리고 능 총관이 곤을 수련한다는 말을 듣고 데려온 인물이라는 점에서 원완마두가 곤술의 명인일 것이라고 짐작했다.

그렇다면 시험만 당할 것이 아니라 자신 역시 상대를 시험해 볼 수 있다.

"어? 웃기는 놈이네? 싫다 이거지?"

"……"

"이놈 벙어리야?"

능 총관을 보며 말했다.

능 총관은 옅게 웃으며 고개를 가로저었다.

"그럼 버르장머리없는 놈이군. 안 되지. 버르장머리는 고쳐 줘야지."

"……"

쉬익!

원완마두는 공격한다 만다는 소리도 없이 쾌속하게 달려들었다.

금하명은 짐작하고 있었기에 재빨리 유운보를 밟아 옆으로 미끄러졌다.

"어림없다, 이놈아!"

귓가에서 천둥 소리가 울려 퍼졌다. 동시에 가슴에서는 펑! 하고 둔탁한 울림이 일었고, 곤을 잡고 있는 손아귀가 찢어질 듯 아파왔다.

금하명은 비틀거리며 두 걸음이나 물러섰다.

역시 오의(奧義)를 깨닫지 못하고 어설프게 배운 무공은 한계가 있다. 초식 형태만 비슷하게 맞춘다고 해서 무위가 나오는 게 아니다. 구궁천뢰봉법은 대삼검만큼이나 위력적인 무공이다. 그러나 채 반 식도 펼치지 못해서 격퇴당했다.

가슴을 격중시킨 일권에는 신력(神力)이 깃들어 있었다. 거석도 단숨에 박살 낼 만한 힘이다. 가슴뼈가 으스러지지 않았나 싶을 정도로 충격이 컸다. 세상이 샛노랗게 변해 잠시 아무것도 보지 못하는 처지가 되고 말았다.

비명은 없었다. 금하명은 천근거력이 깃든 일권을 맞고도 입술조차 벌리지 않았다.

"어? 뭐야? 이놈 철포삼(鐵布衫)이나 뭐 그런 것 수련한 거야?"

오히려 놀란 사람은 원완마두였다.

"아까 말하지 않았나. 이제 막 입문했다고. 어려서부터 무공 수련은 해왔지만 정신 차린 지는 몇 개월 되지 않아. 철포삼이나 금종조(金鍾罩) 같은 외공(外功)은 수련한 적도 없고. 단 한 가지, 인내심만큼은 천하에서 따라올 자가 없으리라고 장담하지. 하명이를 죽일 수는 있어도 비명을 지르게는 못할 거야."

"믿을 수…… 없군."

원완마두는 금하명을 뚫어지게 응시하며 신음을 토해냈다. 그러다 무엇인가 생각난 듯 깜짝 놀라 말했다.

"혹시!"

"알아냈군. 맞네."

"저, 저놈이!"

"맞아."

"으음……! 믿을 수 없군. 지옥야차의 유밀강신술을 견뎌낸 놈이라니. 인간들 중에서 견뎌낼 놈이 없다고 하던데. 키키! 지옥야차의 코가 한 자는 납작해졌군. 재미있는 놈이야. 유밀강신술을 이겨낸 놈이라. 좋아, 거래한다."

"저놈은 거창하게 말하지만 난 초식이고 뭐고 없어. 완전히 돌팔이야. 무림에 나가면 쥐구멍 찾기 바빠. 저놈이 왜 날 선택했는지 모르지만 내게도 좋은 기회이니 어쩔 수 없어. 너, 내 무공 배워야겠다."

원완마두는 성격이 상당히 급했다. 무안하리만치 직설적이었고, 이리저리 계산을 하는 성격도 아니었다.

'아저씨는 상당히 재미있는 사람이네. 이런 사람들은 언제 안 거지? 지옥야차도 그렇고 원완마두? 후후! 별호도 괴상하고.'

원완마두는 금하명의 생각 따위는 들을 필요도 없다는 듯 일방적으로 말을 이어갔다.

"난 급해. 그러나 네놈도 빨리 해줬으면 좋겠어. 초식이고 뭐고 없는 무공이니 반 각이면 될 거야. 알았지? 난 다 전수해 줄 테니 받든 말든 그건 네 탓이야."

"맙소사!"

금하명은 기가 막혔다. 아무리 엉터리 무공이라고는 하지만 어떻게 반 각 만에 전수한단 말인가.

"한 가지만 명심해. 이따가 저놈이 다 전수받았냐고 물어보면 다 받았다고 말해. 안 그러면 죽여 버릴 테니까. 아니, 죽지도 살지도 못하게 만들어놓겠어. 반병신을 만들어놓겠단 말이야. 알겠어!"

금하명은 손가락을 들어 귀를 후볐다.

"귀 아파 죽겠네. 무공 전수도 말로 하는 거유?"

"뭐, 뭐! 이런 때려죽일 놈이! 아냐, 아냐. 오늘은 조그만 데 신경 쓰지 말아야 돼. 너 오늘 무척 운 좋은 줄 알아."

"하려면 빨리 합시다. 언제까지 사설만 늘어놓을 거유?"

"흐흐흐! 건방진 놈! 좋다. 따라와."

원완마두는 금하명을 굵기가 어른 허벅지만한 참나무 앞으로 데려갔다.

"이게 점이야."

언제 꺼내 들었는지 손에는 소검이 들고 나무에 팍 틀어박았다가 뺐다. 나무에는 소검 자국이 뚜렷하게 새겨졌다.

"잘 들어. 제일초, 곤으로 여길 쳐서 관통시켜. 끝."

"뭐, 뭐요?"

"다음 제이초."

원완마두는 발을 조금 움직여 참나무 옆으로 돌아갔다. 그리고 먼저와 마찬가지로 나무에 소검을 틀어박았다가 뺐다.

"그 자리에서 두 다리를 움직이지 말고 여길 쳐. 치기만 하면 돼."

"이런 엉터리가 어디 있소?"

"아까 말했잖아! 엉터리라고. 제삼초! 듣든 말든 마음대로 해. 난 전수만 해주면 끝나니까. 그 자리에서 한 번 도약하여 이곳을 친다. 단, 제이초와 다른 점은 제일초처럼 일직선으로 관통시켜야 한다는 점이야. 끝!"

"……."

할 말을 잃어버렸다.

서당 개 삼 년이면 풍월을 읊는다고 했다. 지난 세월 동안 무공에 관심이 없었다고는 해도 강압적으로 수련한 것 또한 적지 않다.

그가 알기에 이토록 엉터리 같은 초식은 없었다.

"제사초!"

원완마두는 발을 조금 움직여 나무 뒤로 돌아갔다.

"제사초는 뭔지 알겠네. 이번에는 거기를 치라는 말 아니오."

"맞아. 자식, 똑똑한 구석도 있네. 거기서 이곳을 치는 거야. 앞에다 표식을 해놓으면 안 돼. 여기 이곳에다만 표식을 해놓고 그 자리에서 직감으로 찔러야 돼. 나무를 관통한 곤이 정확하게 이곳 일점을 가격하면 제사초 완성."

"미치겠네."

"미치지 마라, 이놈아. 나 간 다음에나 미치든가 말든가 하고. 제오초부터는 조금 복잡하니 귀 씻고 똑똑히 들어."

"복잡할 것 같지 않은데……."

"제오초는 두 단계로 나뉜다. 첫 단계는 제삼초를 전개하는 거야. 바로 여기를 삼초로 치고. 이제 두 번째 단계야. 관통된 곤을 빼서 절반으로 분지른 다음 이 양쪽을 찌르는 거야."

원완마두는 첫 번째 표시와 정반대쪽 표시를 가리켰다. 원완마두의 말대로라면 좌우측을 동시에 찌르는 것이 된다.

이게 도대체 말이 되는가? 한번 도약하여 옆으로 비틀어진 곳을 관통시키는 것도 어려운데, 도약한 상태에서 관통된 곤을 빼내고 절반으로 분지르고 또 찔러?

"제육초!"

"몇 초까지 있는 거유?"

"걱정 마라, 이놈아. 다 끝나가니까."

원완마두는 참나무에 일직선으로 다섯 번을 찔렀다. 위와 아래의 간격은 정확하게 일 척.

"알겠네. 한 번에 다섯 번을 찌르라는 거군."

"맞았어. 똑똑하네. 단, 뒤로 돌아서."

"뭐요?"

"왜? 힘들 것 같아?"

"지금 그걸 말이라고…… 엇!"

금하명은 말을 잇지 못했다.

원완마두의 신형이 번개처럼 움직이기 시작했다. 지금까지 농담처럼 말하던 여유는 사라졌고, 불꽃 튀는 살기만이 맴돌았다.

휙! 타악!

제일초가 전개되었다. 참나무로 만든 곤이 어른 허벅지 두께의 참나무를 정확하게 관통했다.

탁! 타악!

제이초와 제삼초는 동시에 전개되었다.

먼저 내지른 곤이 기이한 각도로 꺾이며 표시해 놓은 소검 자국을

쳤고, 뒤이어 도약한 신형은 곤을 재차 쳐내 관통시켜 버렸다.
 제사초! 원완마두의 신형이 옆으로 미끄러지듯 나아갔다. 타악! 하는 소리는 오히려 신형보다 더 늦게 터져 나왔다.
 금하명은 깜짝 놀라 한 걸음 물러섰다.
 반대쪽에서 튀어나온 곤이 마치 자신을 찌를 듯이 덤벼왔기 때문에.
 제자리로 돌아온 원완마두는 제오초도 전개했다.
 그의 말은 거짓이 아니었다. 제삼초가 전개되었고, 뒤이어 곤 한가운데가 절반으로 뚝 잘라졌다. 그리고 양손에 움켜잡은 곤이 참나무 좌우측을 파고들었다. 마치 검을 솜에 찔러 넣듯이 부드럽게.
 제육초는 더욱 가관이었다. 부러진 곤을 든 원완마두는 뒤로 돌아선 채 겨드랑이 사이로 곤을 찔러 넣었다.
 탁탁탁탁탁!
 원완마두의 팔은 기형적으로 길다. 그렇기에 절반으로 잘린 곤이라도 장봉처럼 다섯 군데를 가격할 수 있다.
 "나머지는 응용해 봐. 모든 곤술은 여기서 벗어나지 않을 테니까."
 금하명은 혼란스러웠다.
 곤술이란 이런 게 아니라는 생각밖에는 들지 않았다.
 아버지께서는 곤법을 지도하며 이런 말을 했다.

 "곤법환유점(棍法還有点), 천(穿), 도(挑), 발(撥), 소(掃)다. 내치고 뻗고 휘두름에 곤법의 용법을 항상 염두에 두어라."

 곤법의 용법은 점에 있다. 뚫고, 휘고, 휜 것을 다스리고, 비로 쓸 듯이 쓸어버리는 데 있다.

원완마두의 곤법은 오로지 뚫기만 한다. 초식 어디에도 휘거나 쓸어버리는 법이 없다. 일직선으로 곧장 나아가 뚫는다. 한데…… 그런 엉터리 초식이 뛰어나 보이는 것은 왜일까?

"심법(心法)은 어떻게 됩니까?"

"그걸 왜 내게 물어?"

"지금 그걸 말이라고…… 대저 모든 무공에는 심법이……."

"아아! 난 귀찮은 건 몰라. 그런 건 네가 알아서 해."

입이 딱 벌어졌다.

"그, 그럼 보법(步法)은?"

"더럽게 귀찮네. 이놈아, 이건 일초밖에 사용할 수 없는 무공이야. 이초면 네놈이 죽어. 그런데 보법이고 지랄이고 무슨 필요가 있어! 하고 싶으면 네가 만들어서 써."

"……."

"이놈아, 미치겠냐?"

금하명은 고개를 끄덕였다.

"한마디 충고해 주랴?"

이번에도 고개만 끄덕였다.

"곤식평정(棍式平正), 곤첨직출직입(棍尖直出直入) 곤찰일조선(棍扎一條線). 이게 내가 이 나이 먹도록 곤 하나만 수련한 끝에 얻은 결론이다. 아! 물론 엉터리야. 난 다 가르쳤다. 다 배웠지?"

'곤이 곧바로 들어가고 나오는 것, 곁가지없는 실선으로 깨끗하게 빼는 것. 이것이 모든 곤법을 평정한다고? 이것이…… 이것이…….'

금하명은 원완마두가 떠나는 것도 몰랐다. 그가 남긴 말, 그가 남겨놓은 곤 자국을 보며 석상이 되어버렸다.

❸

"별호는 원완마두. 곤법에 관한 한 왕의 스승 격이라며 자칭 왕사라는 별호를 만듦. 삼혈마(三血魔) 중 일인. 본명은 어환기(魚紈企)……."

원완마두는 자신에 대해서 줄줄 말하고 있는 여인을 쳐다봤다.

'잘못 걸렸군.'

직감이었다. 앞을 가로막은 일남일녀(一男一女)는 대수롭지 않다. 검을 수련한 듯한데 절대적인 위압감은 느껴지지 않는다. 충분히 싸울 수 있는 상대다. 하나, 선자불래(善者不來), 내자불선(來者不善)이라는 말이 있다.

자신의 행동은 은밀하기 이를 데 없었는데, 신상을 줄줄 꿰고 있는 자들이 나타났다는 것은 만반의 준비가 갖춰졌다는 것을 의미한다.

어떠한 자든 상대할 자신은 있지만 준비된 자를 상대하느니만치 상당히 곤욕스러울 것은 자명하다.

"내게 볼일이 있는 모양인데…… 있으면 빨리 붙고, 없으면 꺼져."

"그 사람 참 급하네."

사내는 태연했다. 원완마두 정도는 발끝에도 미치지 못한다는 듯이 철저하게 무시했다.

"이자, 청화신군에 비하면 어때?"

뒤에 선 여인에게 물은 말이다.

"일초지적(一招之敵). 그렇게 말해도 괜찮을 듯싶네요."

여인은 길잡이 역할을 하는 듯 공손하게 대답했다.

"일초지적이라…… 하하! 그럼 내가 일초에 꺼꾸러뜨려도 겨우 본전이라는 거군. 내가 이런 자에게까지 손을 써야 되나?"
 "능 총관도 미쳐 가는군요. 청화신군의 검급을 마구 뿌려대니. 우리도 한 권 적어달라면 주려나? 쉬운 길로 가죠. 청화신군의 검급을 가진 자이니 손을 쓸 가치가 있어요."
 '청화신군의 검급! 이자들이 그걸 어떻게! 그렇군. 부광쇄두, 이놈!'
 어쩐지 순순히 내놓는다 했다.
 곤법에 일가를 이룬 그에게 부광쇄두가 제시한 부법은 일고의 가치도 없었다. 부광쇄두나 자신이나 무림에 발을 붙이지 못하는 것은 매일반이지 않은가. 그 따위를 얻자고 자신의 무공을 전수할 생각은 없었다. 복건성까지 불원천리 따라올 마음은 더 더욱 없었다.
 하지만 청화신군의 검공이라면 이야기가 달라진다.
 아직 널리 알려지지 않아서 그렇지 대삼검은 구파일방의 절기에 못지않는다는 소문을 익히 들어왔다. 그만한 검공이라면 까짓 곤법쯤 서슴없이 던져 줄 수 있지 않은가.
 부광쇄두는 선선히 내놓았다. 아마도 지옥야차에게 비급을 건네준 경험이 있어서가 아닐까 하는 생각을 했다.
 잘못 생각했다. 놈은 이런 꼼수를 준비해 뒀던 게다.
 '비겁한 놈! 하기는…… 삼혈마란 작자들이 죄다 그렇지. 이 정도는 예상했어야 해. 아무리 그래도 그렇지 줬다 뺏어.'
 사내는 청화신군의 검공이라는 말에도 동요하지 않았다. 아니, 능멸했다.
 "하수의 무공일 뿐이야."
 "백 가주께는 그렇겠죠. 하지만 저는 아닙니다. 청화신군의 대삼검만 수련하면 절정고수가 될 수 있죠."

"차라리 내 무공을 배우지 그래?"

"가주님의 무공은 살기가 너무 짙습니다. 여인에게는 정대한 무공이 좋겠죠."

일남일녀가 말을 주고받는 동안에도 원완마두는 부지런히 머리를 굴렸다.

이들은 누구인가?

여인은 사내를 부를 때 '백 가주'라고 했다.

백씨 성을 가진 자…… 백씨라는 말을 듣는 순간, 한 놈의 이름이 불현듯 생각났다.

백납도, 청화신군을 죽인 자.

부광쇄두를 좇아 복건성에 들어서면서부터 귀가 따갑도록 들어온 이름이 백납도다.

'청화신군을 죽인 놈! 강적을 만났군. 날 어떻게 찾아냈는지는 모르겠지만 빨리 처리하고 자리를 뜨는 게 좋겠어. 응? 부광쇄두가 어떻게 백납도와 거래했지? 청화장 총관과 청화장주를 죽인 놈과의 거래라. 뭔가가 있군. 재미있겠어.'

놀랍기도 했지만 한편으로는 고개가 갸웃거려졌다.

청화신군을 눕힌 자가 새파란 애송이라는 말은 들었지만 이런 자인 줄은 몰랐다. 자신이 상대하게 될 줄은 꿈도 꾸지 않았다. 그 점은 놀랍다.

반면에 청화신군을 죽인 자라면 절정고수일 텐데, 백납도라고 말한 사내는 그만한 기도를 뿜어내지 못했다. 압박감이 느껴지지 않는 자라면 얼마든지 상대할 수 있지 않은가.

'해볼 만해.'

하지만 최선을 다해야 한다.

"싸움을 피할 수 없겠군. 하지만 보다시피 난 병기가 없네. 곤을 만드는 데 일 다경(一茶頃)이면 되는데, 기회를 줄 텐가?"

"만들어."

사내는 관심없다는 듯 나무 그늘에 앉았다. 신발까지 벗고 탁탁 털어대는 모습에서 검에 대한 절대적인 자신감이 묻어났다.

원완마두는 자신의 키보다 한 치쯤 큰 나뭇가지를 잘라서 다듬기 시작했다.

깨끗한 곤 한 자루가 만들어지는 데는 딱 일 다경이 걸렸다.

"시간을 줘서 고맙네."

"그래 봤자 달라질 건 없으니까."

"영광이네. 백납도와 겨루게 되어서."

"그렇게 말하면 난 뭐라고 해야 되나? 죽여서 미안하다고 해야 되나? 이 말이 좋겠군. 잘 가. 고통은 심하지 않을 거야."

원완마두는 곤을 만지작거렸다.

손에서 땀이 배어 나왔다. 겉보기에는 별것 아닌 것 같은데, 청화신군을 눕힌 자라고 생각하니 전 신경이 팽팽하게 곤두섰다.

스르릉!

백납도가 검을 뽑았다.

청광(靑光)이 늦가을 햇살 아래 눈 시리게 빛났다.

"타앗!"

원완마두는 거센 고함을 터뜨리며 허공으로 도약했다.

쉭쉭쉭……!

금하명에게 선보였던 그만의 곤법이 빛을 발했다.
제일초, 일직선으로 곤을 찔러 나무를 관통시키기. 거기에 약간의 움직임을 더했다. 원완마두는 무려 십여 초를 뻗어냈고, 막강한 경력을 실은 곤첨이 빗살처럼 번져 나왔다.
"좋아!"
백납도가 흔쾌한 일성을 토해냈다.
사악! 싸악!
청광이 빗살과 어울린다 싶은 순간, 원완마두는 위기를 느꼈다.
곤을 많이 잡아본 사람은 무게만으로도 곤의 상태를 알 수 있다. 곤은 두 번의 검광에 원래 길이의 삼 할로 줄어들고 말았다.
제삼초, 한 번 도약으로 좌측 옆구리 관통시키기.
원완마두는 백납도의 좌측으로 신형을 날렸다. 우측으로 신형을 날리면 곧장 검과 마주치지만, 좌측으로 가면 백납도는 더욱 긴 호선(弧線)을 그려야 한다.
원완마두는 이번에도 자신의 초식을 변형시켰다.
백납도의 좌측에 이르렀다 싶은 순간에 짧게 잘린 곤을 땅에 박아 넣었다. 그와 동시에 곤을 디딤돌 삼아 왼발로 힘껏 차며 재도약했다. 백납도의 배후를 향해서.
'걸렸어!'
백납도를 지나치는 순간 승리를 예감했다.
자신은 그를 지나치고 있는데, 그는 아직 돌아서지 못했다. 아마 지금쯤 돌아서고 있을 터이지만 아직까지는 넓은 등짝이 환히 드러나 있을 게다.
등과 등을 마주하고 있는 상황이라서 볼 수는 없지만 어디를 찌를까 고민을 할 정도로 완벽한 허점이 노출되었으리라.
 그 순간, 시리디시린 청광이 원완마두의 복부를 뚫고 척추를 후벼 팠다.
 '이런 개같은!'
 신경도 쓰지 않았는데…… 백납도의 뒤에 서 있던 여인의 얼굴이 반짝였다 사라졌다.
 여인의 얼굴은 아주 잠깐밖에 보지 못했다.
 검을 어떻게 썼는지 충격이 엄청났다. 고통은 매우 짧은 순간에 지나갔다. 갑자기 세상이 칠흑 같은 어둠에 휩싸였고, 고통 또한 느껴지지 않았다.
 그도 공격을 준비하고 있었다. 백납도의 등 뒤로 날아 내렸다 싶은 순간에 평생을 함께했던 애병, 연사곤(軟絲棍)을 뽑았다.
 무인이 병기를 두고 다닐 리 있는가. 그의 곤은 기형곤(奇形棍)이다. 평시에는 연검처럼 허리에 둘둘 말아가지고 다니기에 소지도 편하고, 즉각 반응해야 할 싸움에서도 매우 유용하다. 연사곤을 허리에 만 상태에서 철각(凸角)만 누르면 용수철이 자동 작동하여 곤을 만들어주니까.
 원완마두가 목곤을 정면으로 찔러 넣은 것은 연사곤을 믿었기 때문이다. 목곤을 자른 백납도가 방심해 주기를, 목곤을 버리고 뒤로 돌아가는 자신을 도주하는 것처럼 생각해 주기를.
 원완마두는 철각을 누르려고 했으나 누르지 못했다. 자신이 철각을 누르는 것보다 더욱 빠른 검이 척추에 파고들었다.
 원완마두는 휘청휘청 몇 걸음을 나아가다 풀썩 꼬꾸라졌다.

사내가 말했다.

"당할 뻔했군. 상리(常理)에서 벗어난 공격이야. 빨랐고."

여인은 백면(白綿)을 꺼내 검에 묻은 피를 닦았다.

"원완마두를 이십 년 동안이나 구해준 초식이니까요. 우린 청화장 무공에 너무 익숙해요. 우리가 정녕 강해지려면 청화장 무공을 잊어버려야 할 거예요."

"좋은 경험 했어."

사내는 원완마두의 품속에서 검급을 꺼내 품에 찔러 넣었다. 그리고 주변을 살펴본 후, 아무도 없다고 판단되자 신형을 날렸다.

일남일녀가 떠난 산속은 적막에 휘감겼다.

피비린내가 산천초목의 상큼한 내음을 밀쳐 내면서 은은하게 번져 갔다.

"술맛이 그리운 건가, 계집 속살 맛이 그리운 건가. 뭐든 해야겠는데 뭘 하면 좋지?"

조용한 음성이 정적을 깼다.

조자부가 사칭했던 인물, 백납도다.

"볼 것을 보고, 들을 것을 들었으니 피 맛을 봐야 하지 않겠습니까."

싸늘한 음성이 뒤를 이었다.

"비릿해."

"네?"

"피 맛. 비릿해."

"……."

"누구를 베야 한다고 생각하나? 저들?"

지포불가화(紙包不佳火) 215

"그렇습니다."

"왜? 나를 사칭했다고? 이미 죽은 놈에게 내 이름 좀 들려줬다고 죽을 이유가 되나?"

백납도는 숲에서 나와 원완마두의 시신을 발끝으로 뒤집었다.

"빠른 검이군. 저들 이름이 뭐지?"

"사내는 조자부(趙子夫), 여자는 조가벽(趙家璧)이라고 합니다."

"오누이인가?"

"네."

"어쩐지 닮았다 했어. 가만…… 조자부, 조가벽이라면 본인 스스로 파문을 요청했다던 자들이잖아. 벌써 낙향했다고 들었는데, 아니었나? 여기 나타나서 검을 휘두르니 말이야."

"신경 쓰이신다면 베고 오겠습니다."

"조씨 오누이 정도는 벨 수 있다는 자신처럼 들리는군. 쉽지 않을 텐데? 그대의 무공으로는."

"명을 내리시면 천신(天神)이라도 죽입니다."

"그런가? 후후후! 내가 충신을 얻었군."

백납도는 옅게 웃었다.

청화장의 일곱 고수.

그들은 백납도에게 은밀한 제안을 해왔다, 일 대 일의 격전으로는 상대가 되지 않으니 칠 대 일의 결전에 응해달라고.

무인의 자존심까지 버린 요청이었다.

백납도는 응해주었다.

무공에 자신이 있기도 했지만 그들이 마음에 들었기 때문이다.

그들은 무인의 혼을 검에 담아서 날린다고 했다. 혼을 검에 실었으니 승패와는 상관없이 혼 없는 몸뚱이만 남는다고 했다.

　죽어도 편히 죽어라. 살아남은 사람들도 사람이라고 할 수 없으니까. 죽으면 더욱 좋다. 혼 없는 몸뚱이가 겪어 나갈 세파를 겪지 않아도 되니까. 그러니 가장 이상적인 것은 같이 죽는 것이지 않는가.

　백납도는 도전을 받아들이는 조건으로 한 가지 제안을 했다.

　자신이 이길 경우, 혼 없는 몸뚱이들을 자신이 거두겠다고.

　칠살음(七殺陰)은 그렇게 탄생되었다.

　혼 없는 몸뚱이는 밝음을 볼 수 없다고 하여 어둠 속에 숨었다. 정도니 사도니 하는 이성(理性)도 판단도 사라졌다. 당연히 청화장 문도였다는 과거도 흙 속에 묻혔다. 몸뚱이는 주인이 시키는 일만 할 것이다. 죽이라는 자는 수단 방법을 가리지 않고 죽일 것이다. 그런 와중에 목숨을 잃게 된다면 더 말할 나위 없이 좋은 것이고.

　백납도가 어둠 속에 숨어 있는 사내를 힐끔 쳐다보며 말했다.

　"이런 말을 들어봤어? 뱀을 죽이려면 머리를 자르라는 말."

　"들어봤습니다."

　"난 아무래도 이런 일들의 중심에 능완아가 있다는 생각을 지울 수 없어. 아마도 능완아만 베면 이해하지 못할 사건들이 뚝 그칠걸? 그 여자…… 가히 사내를 현혹시킬 만한 여자지. 하지만 함부로 현혹되어서는 곤란해. 교미 후에는 수컷을 잡아먹는 당랑(螳螂)이니까. 잡아 먹히지 않을 사내만이 짝이 될 수 있지. 나 같은 놈 말이야."

　지난 몇 달간 능완아가 한 일은 눈부셨다.

　청화장은 청화장의 근거지인 삼명성에서조차 잊혀졌다.

　복건성을 쩌렁 울렸던 청화장의 명성을 생각하면 너무 빨리 잊혀 버렸다.

청화장을 대신할 무림세가가 용트림을 했기 때문이다.

삼명(三明) 백가(百家).

가주는 두말할 필요도 없이 삼명신룡 백납도. 둥지를 튼 곳은 삼명성 외곽의 주이현(朱已縣). 건물은 신축 중이며 완공되려면 몇 개월을 더 기다려야 하지만 백가에 몸을 의탁하고자 모여든 문도는 무려 이백여 명에 이른다.

청화신군을 패배시켰다는 후광을 등에 업고 등장한 삼명 백가는 단연 떠오르는 태양이 되었다.

처음, 삼명성 사람들은 백납도의 등장을 반기지 않았다.

청화신군이 베푼 후덕은 사람들 가슴 깊이 파고들어 떠날 줄 몰랐다. 그들에게 청화신군은 뛰어난 무인이기도 했지만, 제세안민(濟世安民)을 몸소 실천하는 성인군자(聖人君子)라는 측면이 컸다.

반면에 백납도는 성인군자를 해친 악인이다.

능완아는 삼명성 사람들의 심중을 꿰뚫어 봤고, 제일 먼저 사람들의 신망을 얻어야 한다고 판단했다.

백납도는 귀찮아했지만 고향으로 떠나간, 혹은 다른 문파에 의탁하고자 기웃거리는 청화장 무인들을 힘들게 끌어온 것도 그런 이유 때문이다.

그들을 끌어들이는 데 막대한 은자가 투자되었다.

은자의 유혹에 넘어가 말을 바꿔 탄 무인들은 쓸모없는 인간들이다. 그들은 언젠가는 버려야 할 쓸개 빠진 자들이다. 일신의 영달을 위해서라면 또다시 말을 바꿔 탈 위인들이기도 하다.

하지만 지금은 필요했다. 삼명성에는 그들을 아는 사람들이 많고, 그들은 청화장을 등진 이유에 대해서 변명을 해야 한다. 변명치고 나쁜 변명이 있을까?

능완아의 생각은 옳았다. 그가 포섭한 위인들은 없는 살도 붙여서 백납도를 포장했다.

그것만으로는 부족하다. 삼명성 사람들의 신망을 얻기 위해서는 더욱 많은 노력이 필요하다.

청화장 무인들을 포섭하기 위해 사용한 돈은 푼돈에 불과했다. 청화신군이 했던 대로 선행을 베풀기 위해서는 삼명 백가를 세 개쯤 지을 만한 돈이 필요했다.

다행히도 능완아는 청화장과 연관을 맺어온 거부들을 알고 있다.

"백납도는 쉽게 꺾이지 않을 무인이에요."

"허허! 그럼 뭐 하는가? 인품이 개차반인데."

"정확히 봐주세요. 백납도는 작은 일에 구애받는 사람이 아니에요. 사람들 이목도 아랑곳하지 않아요. 더 큰 곳에 뜻이 있기 때문이죠. 복건제일가는 반드시 이뤄져요. 복건에 그만한 무가를 이룰 사람이 또 있나요?"

"그거야 모르지."

"좋아요. 그럼 지금 있었던 말은 없던 것으로 하죠. 그럼 우리 삼명백가도 용호장(龍虎莊)에 양보할 필요가 없겠군요. 서로 부딪치는 일이 없기만을 바라요."

"허허! 협박까지 하는군. 협박은 통하지 않는다네."

"호호호! 알아서 생각하세요."

반 회유, 반 협박은 삼명 거부들을 움직였다.

그들은 청화장에 기부하던 돈을 삼명 백가에 보내왔다.

능완아는 그 돈을 삼명성 사람들을 위해 아낌없이 풀었다. 아침, 저녁으로 밥을 지어 걸인들에게 주었다. 곤궁한 사람들에게 은자를 나눠 주었다.

선행을 베풀기는 생각 밖으로 어렵다. 그냥 있는 것을 나눠주면 된다고 생각하겠지만 그러다 보면 밑 빠진 독에 물 붓는 격이 되고 만다.

능완아는 청화신군이 했던 방식을 고스란히 따라 했다.

"어떻게 그럴 수 있지? 개도 주인을 물지 않는 법인데, 이건 다리 정도 문 게 아니라 목젖을 물어버렸잖아?"

"싸가지없는 놈들이니까 그렇지. 어디 그렇게 해서 잘사는가 보자. 저놈들 분명히 언젠가는 칼 맞아 뒈질 거야. 저런 놈들치고 오래 사는 놈 못 봤다."

"다른 놈들은 그렇다고 쳐. 저년은 뭐야? 소장주에게 찰싹 붙어 다니더니 이제 힘을 잃으니까 다른 놈을 꿰차? 그것도 청화신군을 죽인 놈과? 천벌을 받을 년."

욕도 많이 얻어먹었다.

하지만 언제까지고 죽어버린 청화장을 마음에 품고 살 수는 없는 노릇이다. 현실적으로 삼명 백가가 조금씩 자리를 잡기 시작했으니 그들과 어울려 살 수밖에 없다.

청화장은 잊혀져 갔고, 삼명 백가는 주춧돌이 되어갔다.

주이현에 삼명 백가가 건립될 때까지, 삼명성 사람들이 백납도를 보고 인사를 하게 될 때까지, 백납도가 한 일이라고는 여자를 옆에 끼고 술 마시는 것밖에 없었다.

능완아가 아니었다면 삼명 백가를 건립한다는 생각은 꿈도 꾸지 못했으리라.

복건제일가를 만들고야 말겠다는 말은 허언이 아니었다.

백납도도 변신했다. 그는 능완아가 본대로 영웅은 못 되지만 간웅(奸雄)은 되었다. 자신이 어떤 식으로 변신해야 된다는 것을 본능적으로 알았고, 행동으로 옮겼다.

 제일 먼저 한 일이 술을 끊는 일이었다. 두 번째로 한 일이 여자를 멀리하는 것이었고, 세 번째가 사람들에게 무위(武威)를 뽐내지 않는 일이었다.

 그렇다고 그토록 좋아하던 술과 계집을 무 자르듯이 끊을 수는 없었다.

 능완아는 백납도에게 비부(秘府)라고 명명한 비처(秘處)를 마련해 주었다. 술과 여자를 마음껏 즐길 수 있도록.

 "비부로 가자. 오늘은 아무래도 술이 필요해."

 "모시겠습니다."

 "참! 말이 나왔으니 말인데, 능완아도 죽이라면 죽일 텐가?"

 "죽이겠습니다."

 백납도의 얼굴에 비웃음이 스쳐 갔다.

 그는 감정을 숨기지 않았다. 화나면 화를 냈고, 즐거우면 웃었다. 예의니 법식이니 하는 것과는 동떨어진 사람이다.

 그가 칠살음의 우두머리, 진승의(陳承義)를 비웃었다.

 "청화장 우애(友愛)가 남다르다는 말도 헛말이군."

 "우애라는 감정 따위는 땅속에 묻고 왔습니다."

 "그런가? 언젠간 알게 되겠지, 칠살음(七殺陰)의 진정한 검을. 그 검을 그때처럼 내게 겨눌 때는 재삼재사 숙고해. 완아는 내 여인이니 재롱을 참아주지만, 수하가 검을 고쳐 잡는 것은 하극상. 죽여야겠지, 가차없이."

지포불가화(紙包不佳火)

"칠살음은 절대 이심(異心)을 품지 않습니다."

"믿어. 한데 말이야. 가끔 골치가 아파. 칠살음, 너희도 능완아의 울타리 안에 들어 있는 것 같아서. 하하! 이래서 의심은 병이라고 하나? 의부증, 의처증…… 얼마나 힘들게 사는 사람들인지 이해가 다 되더라니까."

"언제라도 명만 내리십시오. 죽어드리겠습니다."

"아니, 살아. 그래도 제법 말벗이 되어주니까. 일초지적은 아무리 재롱을 떨어도 상관없어."

진승의는 흠칫했다. 백납도의 말이 마치 너 역시 일초지적밖에 되지 않는다는 뜻으로 들렸기 때문이다. 그래서 마음껏 재롱을 떨도록 놔둔다고.

백납도는 자유분방하다. 겉치레가 없다. 무공에 절대적인 자신감을 갖고 있어서 복건무인들을 쓰레기로 여기고 있다.

진정으로 강한 자다. 옆에 있으면 있을수록 더욱더 강하게 느껴지는 자다. 문득문득 사부가 당한 것이 운 때문은 아니라는 생각이 든다.

백납도에게 검을 뽑는 자는 죽는다.

백납도가 걸어가는 모습을 본 진승의는 스르륵 어둠 속으로 파묻혀 들어갔다.

第六章
금조유주(今朝有酒), 금조취(今朝醉)

금조유주(今朝有酒), 금조취(今朝醉)
…오늘 술이 있으면, 오늘 취한다

　금하명은 곤을 힘껏 움켜잡고 일점을 가격했다.
　딱!
　점은 제대로 가격했다. 아버지에게 배운 기본공이 효험을 발휘한 탓인지 일점을 가격하는 데는 어려움이 없었다. 그러나 참나무는 단단했다. 나무에 부딪친 곤은 더 이상 나아가지 못하고 멈춰 버렸다.
　딱! 딱! 따악!
　곤은 쉴 새 없이 부딪쳐 갔다.
　기본공에서 수련한 대로 진기를 곤에 집중시키고, 곤이 나무에 부딪치는 순간 폭발이 일어나도록 호흡 조절을 했다.
　'단 한 번에 관통시켜야 하는데, 어렵군. 쉽게 끝나지 않겠어.'
　곤의 수련을 한 달 정도 예정했다. 능 총관에게는 말하지 않았지만 그 정도만 수련하면 곤이 무엇인지 알 것 같았다. 그 다음, 대삼검을 수련할 생각이었다.

구궁천뢰봉법은 화려하고 웅장하다. 살기는 무척 짙다. 청화장 무공 중에서 가장 살기가 짙은 무공이 바로 구궁천뢰봉법일 게다. 모두 삼 초식으로 구성되었으며 초식 명칭은 선봉수(先鋒手), 생사문(生死門), 생사곤(生死棍)이다.

능 총관이 산을 내려가 있는 한 달 동안 어느 정도는 곤의 용법을 깨달았다고 자부했다.

그런 자부심이 원완마두를 만나는 순간 촌각도 되지 않아서 깨져 버렸다. 천하제일의 곤술 명인이라 할지라도 몇 초 정도는 버텼어야 하는데, 단 일 초 만에 제압당하고 말았다. 더군다나 상대는 곤을 들지도 않은 상태였다.

그가 곤을 들어서 공격했다면 참나무처럼 몸통이 관통당하고 말았으리라.

구궁천뢰봉법이 약하다고는 생각하지 않는다.

그럼 어찌 된 연유인가? 물어볼 것도 없다. 수련이 잘못된 거다. 구궁천뢰봉법은 저 높은 곳에 있는데, 겨우 산 밑에서 얼쩡거린 것으로 산 전체를 봤다고 자부한 꼴이다.

아버지가 살아 계셨다면 오류를 지적해 주었으련만. 세세하게 지도해 주는 사부가 없기에 더 이상 수련할 것이 없다는 생각이 드는 순간 이 최고인 줄 알았다.

반면에 원완마두의 곤법은 한계가 명확하다.

나무를 관통시켜야 한다. 그가 시전한 대로 한 번의 도약으로 좌우를 찔러야 하며, 반대편조차 관통시켜야 한다.

금하명은 한계를 알 수 없는 구궁천뢰봉법보다는 결과가 뚜렷한 원완마두의 곤법을 먼저 수련하기로 작심했다.

물론 능 총관에게 도움을 청하면 알 수 있다. 그러나 굳이 그럴 필요를 느끼지 못했다.

세상 이치는 만류귀종(萬流歸宗)에서 벗어날 수 없다. 어떤 무공이든 궁극에 이르면 하나가 된다. 출발하는 곳은 다르지만 정상은 하나다.

원완마두의 곤법을 완전히 깨우치면 구궁천뢰봉법도 눈에 보이리라.

딱! 따악! 딱!

있는 힘껏 곤을 내질렀다.

나무는 꿈쩍도 하지 않았다. 반면에 손아귀에서는 알싸한 통증이 느껴졌다.

이런 통증쯤은 어린아이 장난이다.

해가 져서 사위가 깜깜하지만 곤을 날리는 데는 지장이 없다.

딱! 따악!

일 점을 오래 치다 보니 허공에 곤이 나아가는 길이 생겨 버렸다. 마치 미답지(未踏地)를 걸어 다니다 보면 길이 나듯이.

'반드시 관통시키고 말겠어.'

딱! 따악!

묵중한 울림이 조용한 야공을 뒤흔들었다.

"미련한 놈. 무공이 하루아침에 이루어지는 것인가."

능 총관은 피로 범벅이 된 손을 물로 씻어낸 후, 금창약(金瘡藥)을 발라주었다.

손바닥은 마차에 짓이겨진 것처럼 엉망이었다. 살갗은 모조리 벗겨졌고, 살점도 뚝뚝 떨어져 나가 보기에도 끔찍했다.

금하명은 인상조차 찡그리지 않았다.

"원완마두가 무림에서 차지하는 위치는 어느 정도죠?"

"나 정도."

"……."

"왜 아무 말도 안 해? 실망했냐?"

"약간."

"하하! 실망할 만도 하지. 복건성에서조차 별로 알려지지 않았으니. 청화장 총관이라는 직책을 맡지 않았다면, 나란 사람이 있는지조차 몰랐을 거야."

"겸손이 지나치면 비굴함이 되고, 긍지가 지나치면 자만이 된다고 하던데 어느 쪽인지 영 구분이 안 되네."

"편한 대로 생각해라. 무림에서 차지하는 위치가 어느 정도냐고 묻기에 대답해 준 거니까. 원완마두는 착(鑿)에만 집착했어. 열심히 수련하면 꿰뚫는 것 하나는 당할 자가 없을 거야."

이어지는 말도 있지만 하지 않았다.

'삼혈마의 무공은 모두 독특하지. 지옥야차는 겪어봤으니까 알겠지만 흑벌이 대단해. 내 부법(斧法)도…… 뛰어나지는 않지만 특이한 점은 있지. 무림에서는 찾아보기 어려운 특이한 무공들이지. 그래서 같이 어울리는 것도 아닌데 삼혈마라고 하나로 묶어서 말하는 거야.'

"그만 잡시다. 남자끼리 이야기하며 밤샐 일 있소."

금하명이 먼저 벌렁 드러누웠다. 그리고 이내 코를 골기 시작했다.

'청화신군의 핏줄…… 다른 데가 있긴 있군.'

금창약을 챙겼다. 앞으로 쓸 일이 많을 것 같은데, 딱딱하게 마르면 약효가 떨어진다.

금하명은 능 총관이 처음으로 보는 독한 사내였다.

독하다는 표현으로는 부족하고, 무공에 미쳤다는 편이 좋을 것이다.

처음부터 무공에 미쳤다면 '이런 사내도 있구나' 하는 정도로만 생각했을 터인데, 십팔 년을 지켜보는 동안 무공에 대한 열정을 보인 적은 한 번도 없기에 더욱 놀라웠다.

아버지가 죽은 충격이 상당히 클 것이다. 그만한 원한이라면 본연의 모습을 버리고 복수귀가 될 수도 있다. 그랬다면 이해도 편하다.

금하명은 복수귀 같아 보이지 않는다. 지금까지 백납도의 무공에 대해서 물어본 적이 한 번도 없었다. 산을 내려갔다 와도 백납도 소식은 전혀 묻지 않는다.

복수를 할 대상이 무엇을 하고 있는지 궁금해하는 것이 인지상정인데, 아무래도 비정상이다.

결론은 백납도를 겨냥하고 있지 않다는 거다. 아니면 차이가 워낙 많이 나서 당분간 새카맣게 잊어버리기로 작심했거나.

그럼 무엇이 금하명을 이토록 미치게 만드는 것일까? 미쳐도 보통 미친 것이 아니고 육신을 활활 불사르고도 모자라서 바짝 구워버리고 있지 않은가.

중요한 것은 능 총관 자신이 제자를 양성한다는 마음에 들떠 있다는 것이다.

수많은 영재들을 봤다. 그러나 제자로 받아들이고 싶은 마음은 일어나지 않았다. 그들도 원하지 않았겠지만 원한다고 해도 받아들이지 않았다. '제자'라는 말은 그의 세계에서는 존재하지 않는 말이었다.

그래도 괜찮다. 이놈 하나라도 제대로 키워내면 딸자식에게 상처받은 마음이 조금이나마 아물 수 있을 것 같다. 아니, 딸은 이제 그만 잊으련다. 잊을 수 있을지 모르지만 잊으련다. 그리고 딸에게 매달렸듯이 금하명에게 매달리련다.

이놈은 그럴 자격이 있다. 지옥야차의 유밀강신술을 견뎌낸 놈이니까. 본인 스스로 무공에 미쳐 가는 놈이니까.

소를 물가까지 끌고 갈 수는 있어도 억지로 물을 먹일 수는 없다. 하물며 자기 스스로 물을 먹겠다고 아득바득 기어가는 놈인데 물가로 가는 길 정도 안내해 주지 못하랴.

'원완마두의 곤법을 얼마 만에 깨우치려나? 일 년? 이 년? 궁금하군. 내일은 뭣 때문에 무공에 미쳐 가는지 이유나 들어봐야겠어. 목표가 백납도는 아닌 것 같고……'

밤늦게까지 생각에 잠겼던 탓인지, 아니면 긴장이 풀려서인지 능 총관은 오랜만에 늦잠을 잤다.

날이 밝은 지 오래된 듯 사방이 환했다.

'응? 내가 늦잠을?'

핏덩이를 안고 섬서성을 빠져나올 때부터 늦잠이라고는 자본 적이 없는데.

딱! 딱! 딱……!

귀에 규칙적으로 나무를 치는 소리가 들려왔다.

'지독한 놈. 그 손으로……'

보통 사람이라면 며칠 동안 곤을 잡지도 못할 만큼 상했다.

무인들에게 손바닥이 까지는 일 정도는 다반사다. 병기가 곤이 되었든 창이 되었든, 종류를 가릴 것 없이 수련에 몰두하다 보면 자신도 모르는 사이에 물집이 잡히거나 살가죽이 까진다.

상처가 가벼우면 금창약 정도 바르고, 심하면 붕대로 손을 둘둘 만다. 그리고 또 수련에 몰두한다.

무공을 수련하겠다고 작심한 사람에게서는 늘 볼 수 있는 일이다.

하나, 금하명의 상처는 그 정도가 아니다. 아예 곤을 잡기도 어려울 만큼 살점이 떨어져 나갔다. 그런 손으로는 곤을 잡는 것조차 고통스럽다. 곤을 쳐낼 때마다, 나무에 가해지는 충격만큼 손에도 고통이 일어난다. 참자고 하면 참지 못할 것도 없지만 인상을 찡그릴 수밖에 없다. 또한 그런 상태에서 무공을 수련하면 능률도 오르지 않는다.

딱! 따악! 딱!

곤이 나무를 패는 소리는 일정한 시간 차를 두고 울려 나왔다. 가볍게 일 점을 건드리는 소리가 아니라 전력을 다해 관통시키고자 하는 집념이 담긴 소리다.

'보통 미친놈이 아니군. 하하! 금하명이 저렇게 변하다니. 소현부인이 이 소식을 들으면 무척 기뻐하겠어. 소현부인은 잘 계신지 모르겠군. 오랜만에 부인이나 뵙고 올까? 그러고 보니 양식도 떨어졌군. 쌀도 좀 사오고……'

능 총관은 하산 준비를 했다.

곤술이란 문파마다 차이가 있지만 거의 대부분 양수(兩手)를 사용한다. 후려칠 때도 양수로 꼭 잡고 있어야 하며, 쓸 때도, 찌를 때도 두 손이 곤에서 떨어지는 법이 거의 없다.

원완마두도 양손을 사용했다. 하지만 찌르는 순간에는 검으로 직자(直刺)하듯이 한 손만을 사용했다.

금하명은 원완마두의 움직임 하나하나를 되새기며 나무를 관통시킨다는 목적보다는 동작을 따라 한다는 생각으로 곤을 쳐냈다.

따악!

곤첨이 어김없이 나무를 격타했다.

청화장에서 수련한 빈약한 무공만으로도 일 점을 격타하는 데는 무리가 없었다.

곤을 들어 나무를 격타한 지 하루, 참나무는 껍질이 떨어져 나가고 하얀 속살을 드러내기 시작했다.

'운기, 집중, 폭발이 하나가 되어야 한다. 세 가지가 하나로 합쳐질 때 나무는 관통된다.'

제일초식에서 가장 중요한 점은 순간적으로 이루어지는 진기의 폭발이다. 육신의 힘이 일 점에 집중되어야 한다는 것은 말할 필요도 없다. 육신의 힘이든 내력이든 그가 이끌어낼 수 있는 힘이란 힘은 모두 끌어내서 한 번에 폭발시켜야 한다.

따악!

나무가 둔탁한 소리를 냈다. 나뭇가지들이 흔들리며 잎사귀를 떨어뜨렸다.

―용곤박격시(用棍搏擊時), 요고려량곤지장단(要考慮兩棍之長短), 양도거리지원근(量度距離之遠近), 계산시간지지속(計算時間之遲速), 명확생사곤적변화(明確生死棍的變化)…….

곤을 사용할 때 곤의 길이를 살펴야 한다. 상대방과의 거리를 살펴야 하고, 곤이 뻗어 나가는 속도를 계산해야 한다. 곤의 변화는 삶과 죽음을 가를 수 있느니만치 명확해야 한다…….

곤을 사용하는 용법은 구궁천뢰봉법에서 참조했다.

원완마두는 곤을 쳐내고 거둘 때의 운기법을 말해 주지 않았다. 직접 몸으로 시전해 보고 알아서 하라는 투였다.

일반적으로 이런 경우, 흉내는 낼 수 있다. 겉모양 정도는 얼마든지 따라서 할 수 있다. 하지만 원완마두와 같은 위력을 봉에 싣기 위해서는 그만의 독특한 운기법이 필요하다.

원완마두는 일러주지 않았다. 왜? 무공 수련의 기본인 운기법을 왜 말해 주지 않았을까? 그러고도 완벽하게 전수했다? 황당하기 짝이 없다.

다른 사람이라면 수련을 포기했을 게다.

위력 면으로는 구궁천뢰봉법이 한 수 위다. 초식 자체를 연구해 가며 수련해야 하는 원완마두의 곤법보다 구궁천뢰봉법을 수련하는 것이 더 빠를 것 같다는 생각도 든다.

금하명은 포기하지 않았다.

원완마두의 전수법은 중허 왕필 선생의 전수법과 닮은 데가 있다.

중허 선생은 붓을 이렇게 잡아라, 그림을 이렇게 그려라 하고 세세하게 가르쳐 주지 않았다. 나무를 그려놓고 그대로 따라 그리게 만들었다. 새를 그려놓고, 꽃을 그려놓고…… 모양이 같은 것은 인정하지 않았다. 모양은 다르더라도 필법이 같으면 고개를 끄덕였다.

그런 연후, 들로 산으로 데리고 다니며 산천초목을 그리도록 만들었다. 그동안 익힌 필법을 버리고, 자유분방하게 마음이 시키는 대로 따라 그리라고 했다.

어린 나이였지만 얻은 후에 버리는 방법을 배운 것이다.

창조는 모방에서 시작된다는 점도 배웠다. 그림 속에 숨어 있는 필법도 모방을 하다 보면 깨우칠 수 있다는 점을 배웠다.

그렇게 배운 필법은 중허 선생의 필법이 아니라 금하명의 필법이었다. 비슷하기는 하지만 전혀 달라서 그림을 아는 사람이 보면 한눈에 가려낼 수 있는 필법이었다.

나중에 중허 선생은 그런 필법마저 버리고 독창적인 필법을 창안하라고 가르쳤다.

그때는 그런 공부가 이해되지 않았지만 지금은 이해할 수 있다.

원완마두의 공부도 그와 다름없다.

모방을 하다 보면 운기법이 깨달아지고, 나에 맞는 운기법을 찾아서 스스로 정립해야 한다.

한마디로 전수받은 무공을 수련받는 것이 아니라 나에 맞는 무공을 창안해야 한다.

나무를 관통시키는 것은 중요하지 않다. 그것은 곤의 위력을 가늠하는 열쇠일 뿐이다. 제일초에서 그가 깨달아야 할 것은 순간적인 진기의 폭발을 어떻게 일으키느냐에 있다.

'찌름과 동시에 빼야 한다. 그러자면 속도. 힘보다 속도를 우선해 보자. 아냐, 적정한 힘도 배합되어 있어야 한다. 최적합한 힘, 최적합한 속도가 균형을 이룰 때 최고의 위력이 나타난다. 힘이 속도를 능가해도 안 되고, 속도가 힘을 앞서도 안 된다.'

따악!

일면으로는 생각하고 일면으로는 시전하는 수련이었다.

생각이 수련을 따라가지 못할 때는 '아니다'라고 판명된 수련을 반복했다.

걸음을 떼어놓지 않는 한 나아갈 수 없다. 잘못된 길이라고 가지 않고 망설이는 것보다는 가보고 난 다음에 잘못된 길임을 확실히 파악하는 것이 좋다.

'곤술재기불재력(棍術在技不在力). 곤술은 힘으로 펼치는 게 아니다. 세기(細技)로 펼쳐야 한다.'

따악!

너무 요령을 부렸다. 속도가 힘을 앞섰다. 진기가 곤첨에 실리지 못해서 파리조차 죽일 수 없다.

'곤영여산(棍影如山). 곤의 그림자는 산과 같아야 한다.'

따악!

이번에도 아니다. 제대로 타격조차 못하면서 곤의 그림자를 운운할 자격이 있는가.

'곤세여장홍음간(棍勢如長虹飮澗). 곤의 기세는 무지개가 산골짜기를 들이마시는 것과 같이…….'

딱!

틀렸다. 도무지 순간적인 진기의 폭발이 일어나지 않는다.

권법을 수련하면서, 도를 수련하면서, 봉과 창을 수련하면서, 그리고 대삼검을 수련하면서 일점집중효(一點集中效)에 대해서는 누누이 들었고, 수련했다.

그때는 자신있었다. 일점집중효에 대해서 터득했다고 자부했다. 한데, 그때처럼 무공을 등한시하는 것도 아니고 온 정신을 쏟아 붓고 있는 지금, 그토록 자신하던 일점집중효가 안 된단 말인가.

'구궁천뢰봉법을 붙이지 말자. 무념(無念)으로 곤을 쳐내는 거야. 아무 생각 없이. 힘으로 관통시킨다고 생각하고…….'

따악!

곤이 허공을 가르고 날아가 나무에 꽂혔다. 꽂혔다!

"엇!"

금하명은 자신이 시전해 놓고도 믿을 수 없어서 경악성을 토해냈다.

관통시키지는 못했지만 곤첨이 살짝 나무를 파고들어 갔다. 파고들어 갔다고도 할 수 없다. 물렁물렁한 진흙에 곤을 살짝 댔을 때처럼 미미한 자국이 났을 뿐이다.

따악! 딱딱딱!

연속해서 곤을 쳐냈다. 곤이 나무를 살짝 눌렀을 때 호흡을 어떻게 했고, 진기는 어떻게 돌렸는지 되살피면서 치고 또 쳤다.

팍팍팍! 팍팍!

나무에 자국이 남기 시작했다.

한곳만 때리다 보면 나무가 물러지는 수도 있다. 그래서 다른 곳을 쳐보았다.

팍!

자국이 남았다. 둥그런 곤첨이 검은 껍질을 벗겨내고 속살을 살짝 짓눌렀다.

"이거야! 이거!"

딱딱딱!

신이 났다. 중허 선생이 그려놓은 그림을 똑같이 모방했을 때 느꼈던 희열이 고스란히 되살아났다.

출권여입권(出圈與入圈), 들어감과 나옴이 같게. 정이대변(靜而待變), 고요하게 변화를 기다리며. 영적소격(迎敵所擊), 적을 맞이하여 친다.

요체는 간단했다. 또 원완마두가 가르쳐 준 것이기도 했다.

"곤식평정(棍式平正), 곤첨직출직입(棍尖直出直入) 곤찰일조선(棍扎一條線). 이게 내가 이 나이 먹도록 곤 하나만 수련한 끝에 얻은 결론이다."

직출직입, 곤찰일조선에 묘가 있었다.
나무와 자신을 실로 연결하고 곤이 실을 따라 나아가야 한다. 일직선이다. 나올 때도 들어갈 때와 마찬가지로 실을 따라 나와야 한다. 허공에 그려질 수 있는 수많은 선 중에 오로지 하나의 선만을 따라서.
거기에는 속도가 있다. 길들여진 길을 따라가면 힘이 붙는다. 진기를 폭발시키는 시점이 정해진다.
이 모든 것이 머리 속에서 상상으로 이루어져야 한다.
구궁천뢰봉법같이 복잡하지는 않지만 수련해 내기는 무척 난해한 곤법이다.
'알았으니 할 수 있어.'
딱! 딱! 딱딱딱!
곤을 쳐내는 손에 신바람이 들었다. 그리고 그가 그토록 원했던 재미도 붙었다. 나무의 껍질이 벗겨지고 속살을 드러낼 때는 짜릿한 전율마저 일었다.
무공이 재미있어진다.

❷

"뭐 해?"

금하명은 느닷없이 들린 영롱한 소리에 흠칫했다.

'완아?'

잘못 들은 게 아니라면, 환청(幻聽). 환청도 아니라면 틀림없이 능완아의 음성이다.

"호호호! 이것도 무공 수련이야? 기왕 하려면 제대로 된 수련을 하지 그랬어."

틀림없다! 능완아다.

수련을 중단하고 돌아섰다.

능완아는 화사했다. 파란색에 분홍빛 도화(桃花)를 그려 넣은 옷을 입었는데, 마치 능완아를 위해서 만든 옷 같다.

얼굴도 좋아 보인다. 피부가 미끈거릴 정도로 탄력적이며 보드랍다. 살찐 것 같지는 않은데, 마른 구석도 없어 보인다. 무엇보다 근심이라든가 걱정 같은 어두운 그늘이 보이지 않는다.

"좋아 보이네."

"그래? 고마워. 어멋! 손이 그게 뭐야?"

능완아는 변한 게 없었다. 피로 범벅이 된 손을 보자 한달음에 달려와 붕대를 풀었다. 머리카락이 금방 감은 듯 촉촉하다. 은은히 풍기는 장미향이 마음을 취하게 한다.

"어멋! 이게 뭐야? 무공 수련도 좋지만 손이 이게 뭐야! 이걸 어떻게 참은 거야? 많이 아팠겠다. 무공 수련도 몸을 돌보면서 해야 할 것 아냐!"

앙칼진 면도 똑같다. 말을 듣다 보면 '이 여자의 눈에서 눈물이 흐르는 일은 없게 만들어야겠다'고 생각하게 만드는 점도 여전하다.

"안 되겠어. 간단히 치료할 게 아냐. 들어가자. 잘못하면 곪는단 말야, 이 바보야!"

"들어가지. 그렇잖아도 좀 쉬려고 했거든."

금하명은 어색하게 말하며 움막으로 들어갔다.

능완아는 무가에서 자란 여인답게 상처 치료에도 능숙했다. 그녀의 치료는 능 총관보다 훨씬 부드러웠고 상쾌했다. 어육(魚肉)이 되다시피 망가진 손을 조금이라도 아프지 않게 치료하려고 애쓰는 표정을 보면 사랑이 절로 우러나왔다.

"여긴 어쩐 일이야?"

손을 맡긴 채 물었다.

"내가 못 올 데 온 거야?"

능완아도 치료를 계속하며 말했다. 그녀의 눈은 상처난 손에서 떨어지지 않았다. 묵은 금창약을 씻어내고, 마른 수건으로 물기를 닦고, 새 금창약을 바르고, 깨끗한 붕대로 조심스럽게 감았다.

"백납도와 같이 있어서 화난 거야?"

그녀가 먼저 말했다.

'화냥년' 소리를 들을 만큼 그녀의 배신은 화젯거리다. 그녀를 욕하지 않은 사람은 삼명성 사람이 아니라는 말까지 나돈다.

금하명도 그중 한 명일 것이다. 가장 심한 배심감을 느낀 사람들 중 한 명이다.

그러나 능완아의 말투는 태연하기만 했다.

"……."

금하명은 입을 다물었다. 말로 해서 그녀를 이겨본 적이 없다. 말을 하다 보면 자꾸 꼬투리를 잡히고, 계속 이어가다 보면 어느새 설득당한 자신을 발견하게 된다.

그녀를 이기는 유일한 방법은 침묵이다. 뚜렷한 주관을 침묵 속에서 지키는 길밖에 없다.

"그래. 욕해도 좋아. 날 죽이고 싶은 사람이 한둘 아닐 거야. 입 가진 사람이라면 모두 욕을 해댈 테고. 괜찮아. 어차피 화냥년 소리도 들었는걸."

능완아의 눈이 촉촉하게 젖었다. 눈물을 글썽거리며 맑고 순수한 빛을 뿜어냈다.

"욕하고 싶으면 해."

능완아는 금하명의 손을 살며시 잡았다. 부드럽게 하늘거리는 그녀의 손가락에는 사랑이, 진심이 담겨 있었다.

"완아, 날 혼란스럽게 하지 마."

살며시 잡힌 손을 빼냈다.

안고 싶다. 한 번도 내 여인이 아니라는 생각을 해본 적이 없다. 무공을 익히라고, 아버지에 버금가는 무인이 되라고 채근했지만 화공의 길이 너무 좋았기에 고민한 적도 많다.

그래도 믿었다. 화공이 되는 순간, 무림을 등지고 동반자가 되어줄 것이라고 믿었다. 한 번도…… 그 점을 의심해 본 적이 없다.

"휴우! 그래, 지금은 어떤 말도 하지 않을게. 용서를 구하지도 않을 거고, 빌지도 않을 거야. 나중에…… 나중에 빌게. 기회가 있을지 모르겠지만 네게만은 꼭 빌고 싶어."

"……"

"나…… 큰맘먹고 왔어. 자고…… 가도 되지?"

"……"

"이 몸…… 이제 못 지킬 것 같아. 백납도는 개망나니야. 호호호! 지금까지 지킨 것도 기적이지. 난 이제 시궁창에 들어가야 돼. 너와 난 다른 세계에 살게 되는 거야. 호호호! 호호호호!"

금하명은 눈을 감았다. 원완마두에게 가슴을 격타당할 때보다도 더한 허탈감이 밀려들었다.

"나 지금은 깨끗해. 깨끗할 때 너와 자고 싶어. 나 안고 싶어했지? 지금 안기고 싶어. 안아줄래?"

금하명은 움직이지 않았다. 앉은 자리에서 미동도 하지 않았다. 기운이 모두 빠져나가 움직일 수 없었다.

"이러지 마. 이런 말 하는 나도 힘들어."

능완아가 다가와 무릎을 꿇었다. 금하명의 허벅지에 손을 올려놓고 머리를 기댔다.

금하명은 그녀의 머리카락을 쓸었다. 비 맞은 참새처럼 오들오들 떨고 있는 가녀린 어깨도 만져 주었다.

"우리…… 오늘은…… 예전처럼 지내. 밝게 웃고, 떠들고. 앙칼도 부릴게. 내가 좀 심했지?"

"아니."

"그랬어."

능완아가 허벅지를 살짝 꼬집었다.

금하명은 침묵했다. 마음속으로는 눈물이 쏟아졌다. 백납도에게 갈 때는 용서할 수 있었지만 지금은 용서하지 못할 것 같다. 이유는 모르겠다. 괜히 그런 생각이 든다, 용서하지 못할 것 같다고.

"왜 그래?"

"배고파서."

"풋! 이제는 배고픈 줄도 아네?"

"난 사람 아닌가."

"무공 수련하기 싫다고 며칠씩 단식 투쟁도 하고 그랬잖아."

"지금은 상황이 달라졌으니까. 반드시 무공을 수련해서 백납도를 죽여야 하거든."

"넌 할 수 있을 거야."

"그래."

"우리 내기할래? 누가 먼저 백납도를 죽이는지. 지는 사람이 이긴 사람 청 하나 들어주기. 어때?"

능완아는 마치 백납도를 죽이기 위해 투신했다는 투로 말했다.

거짓이다. 잠깐이나마 마음 한쪽에서 정말 그럴 수도 있겠다 하는 생각이 치밀었다.

능완아를 포기하고 싶지 않은 마음 때문이다.

지금도 그렇다. 포기하고 싶지 않다. 지금 들은 말을 믿고 싶다. 능완아를 믿고 싶다.

"자신없나 보네, 대답하지 않는 걸 보니."

"그래. 하자."

"아니야. 늦었잖아. 넌 백납도를 죽일 수 없고, 난 그가 필요하고. 사부님이 복건성에 우뚝 서기까지 수십 년이 걸렸어. 무림사는 오래되었지만 복건성에 쓸 만한 문파는 없었잖아. 그걸 사부님이 이룩했어. 그는 그런 사부님을 눌렀고, 앞으로 또 어떻게 기다려."

"그래. 잘했어."

금하명은 잘했다는 말밖에 해줄 말이 없었다.

아내로 생각했던 여인에게 '사부를 배신했다', '사문을 버렸다', '나를 버렸다'는 말은 차마 할 수 없었다.

"일찍 좀 정신 차리지 그랬어. 지금처럼 수련했다면 노 사형도 상대가 안 됐을 텐데. 넌 재질이 있다고 했지? 내가 죽어라 수련하라고 했잖아. 여자 말 들어서 나쁜 건 없어. 지금도 늦지 않았어. 지금부터라도 하면 돼. 넌 해낼 수 있어."

금하명은 암울하게 젖은 눈으로 허벅지에 머리를 기대고 있는 능완아를 쳐다보았다.

어떻게 행동해야 할지 모르겠다.

능완아를 사랑한다. 자신에게 몸을 주기 위해서 찾아왔단다.

하나, 지금 그녀를 안으면 영원히 헤어나지 못할 것 같은 예감이 든다. 대놓고 말했다. 마지막으로 왔다고. 이제 백납도의 여인이 되어야 한다고.

처녀지신을 갖는 게 무슨 의미가 있는가. 떠나갈 여인을 안아서 어쩌잔 말인가.

왜 왔는가! 넌 왜 와서 이토록 가슴을 찢어놓는가!

"우리…… 안 되겠지? 내가 만들어놓은 보금자리에서…… 같이 살자고 하면 거절하겠지? 화공이 되려고 했으니까 넌 화공이 되고, 난 무인이 되고…… 역시 안 되겠지?"

"……"

"삼명 백가가 내 손에 들어왔거든. 백납도는 허수아비 가주야. 너만 마음 돌리면 우리 옛날처럼 지낼 수 있는데…… 안 되겠지?"

금하명은 검미(劍眉)를 찡그렸다.

허벅지에서 따끔한 통증이 일었다. 너무 미약해서 유밀강신술을 시술받은 금하명에게는 통증으로도 여겨지지 않는 통증이었다.

능완아가 머리를 들고 일어섰다.

"가야겠어."

"후후후!"

금하명은 웃었다. 무슨 말인가 해야 한다고 생각하면서도 목이 메여 말이 되지 않았다.

"더 이상 못 보겠어. 지옥야차, 원완마두. 고작 그런 사람들 무공을 수련하면서 백납도와 싸우려는 거야? 항상 네가 마음에 걸려. 무인으로서는 무시해도 좋은 사람인데, 정인이었으니까 자꾸 걸려."

금하명은 웃으려고 했다. 하지만 웃을 수도 없었다.

다리가 굳어간다. 돌이나 나무처럼 딱딱해진다. 다리를 움직여 보려고 했지만 아무리 힘을 줘도 남의 다리처럼 요지부동이다.

"꼭 이렇게까지……."

"미안해. 그냥 가만히나 있었으면 좋았잖아. 아버지가 어쭙잖은 인간들을 끌어들이고, 넌 수련하고. 그냥 가만히나 있지 그랬어. 그랬다면 내 너에 대한 기억도 좋았을 텐데. 무재(武才)였으면서도 과감히 버리고 붓을 든 사람으로. 정말 그랬다면 먼 훗날 웃으면서 같이 차도 마실 수 있었을 거야. 그렇지?"

"그래서……."

"그래. 그래서 죽이기로 했어. 무공을 수련하라는 충고를 무시했던 것은 지난 이야기니 잊는다고 해도, 내가 사랑했던 사람이 겨우 이 정도에 불과했다는 건 참을 수 없어. 너 때문에 나까지 초라해지는 것 같아서."

능완아가 뭘 찔렀는지는 모르겠지만 약효는 신속하게 퍼졌다. 그녀가 몇 마디 말을 하는 동안에 팔의 감각도 사라졌다. 전신이 굳는 것은 시간문제다.

"하하하! 하하!"

웃음밖에 나오지 않았다.

이건 아니다. 이래서는 안 된다. 이건 정말 아니다.

"웃지 마. 그럼 내가 속상해지잖아. 그만 갈게. 고통은…… 금방 사라질 거야."

등을 돌리자, 싸한 아픔이 가슴이 저몄다.

아픔의 정체는 무엇일까? 미련일까? 아쉬움일까?

사랑하는 사람끼리는 잘잘못을 따지지 않는 법이다. 극단적일 때는 부모를 죽인 원수임에도 미워할 수 없는 경우도 있다. 하지만 결코 넘어서는 안 될 금단의 선이 존재하는 것 또한 사실이다.

능완아는 방금 금단의 선을 넘었다.

독침을 찔러 넣은 것이 금단의 선인가, 마음을 갈가리 찢어놓은 것이 금단의 선인가.

어쨌든 영원히 돌아갈 수 없는 선을 넘었다.

'저주해. 실컷 저주해.'

태연하게 걸었다. 금하명은 어떤 눈으로 쳐다볼까? 저주가 실린 눈으로 쳐다보고 있을까? 아니면 아직도 사랑이 담긴 눈빛일까.

쾅!

문을 거칠게 닫았다. 그제야 참았던 눈물이 주르륵 쏟아져 내렸다. 눈물을 흘릴 일은 없으리라 생각했는데.

❸

"이런!"
 한눈에 봐도 금하명은 정상이 아니었다. 꼼짝 못하고 앉아서 눈알만 굴려대는 게 마혈(痲穴)을 짚였거나 중독당한 모습이 역력했다.
 능 총관은 깜짝 놀라 맥부터 짚어봤다. 그리고 또 한 번 소스라치게 놀라고 말았다.
 "혈마독(血痲毒)!"
 세상에서 단 하나뿐인 독이 출현했다.
 황급히 눈꺼풀을 밀어 올려 눈동자의 상태를 살폈다. 안구(眼球)가 시뻘겋게 충혈되어 있고, 특히 윗부분은 푸르스름한 기운이 머물러 있다.
 입을 벌려서 입 안을 보려고 했지만 자물쇠라도 채워진 듯 쉽게 벌어지지 않았다.
 힘을 주어 억지로 벌린 후, 혀의 상태를 살폈다.
 헛바닥에 갈색 돌기가 돋아나 있다. 혀의 상태도 좋지 못해서 점점 수축되고 있다.
 "아직 말려들어 가지는 않았군. 그럼 중독된 지 반나절 정도 경과했다는 말인데……."
 반나절이라면 어제저녁, 자신이 움막을 떠난 직후다. 누군가 움막을 지켜보다가 자신이 떠나는 것을 본 후에 다가와서 하독했다는 결론이 된다.
 금하명을 이 지경으로 만든 사람이 누구인지는 짐작할 수 있다.
 자신의 딸.
 혈마독을 알아본 순간부터 딸의 영상을 떠올렸다.

혈마독은 자신이 만든 독이다. 무공으로 세파를 견뎌낼 수 없다고 느꼈을 때 만든 독이다. 아내가 죽고, 핏덩이를 안고 쫓길 적에 독에라도 의지하고자 만들었다.

독에 대한 지식은 전무했다. 하지만 독물(毒物)의 독을 병기에 묻히면 치명적이라는 정도는 세 살배기도 알지 않는가.

해약(解藥)이 문제다. 자칫 독 묻은 병기를 사용하다가 핏덩이에게 위해라도 끼치면 천추의 한이 된다.

섬서성에는 독성이 강한 독물은 많지만, 아무 독물이나 사용할 수 없었다.

취사선택(取捨選擇)하기를 수백 번.

결국 선택한 것이 독성이 맹렬한 칠점사(七點蛇)의 독에 독을 중화시키는 미령초(靡寧草)를 섞은 독이었다.

독에 중독되면 즉각 마비 현상이 온다. 일단은 적을 무력화시키기만 하면 되니 적당하다. 죽음이야 나중에 내려도 되니까.

내버려 두면 죽는 데 하루가 걸린다.

설혹 핏덩이가 중독되었는데도 자신은 쫓기는 중이라 손을 쓰지 못할 경우를 대비해서 충분한 여유 시간을 두었다.

해독은 간단하다. 독을 아는 의원이라면 누구나 해독할 수 있다. 칠점사의 독이 많이 약화된 상태인지라 후유증도 심하지 않다.

독효는 신속해서 초절정고수라고 해도 단숨에 제압된다. 혈마독을 침에 묻혀 다리를 찌르면 아주 그만이다. 다리를 움직이지 못하는데 쫓아올 수가 있나, 공격할 수가 있나.

자신을 추적하던 많은 무인들이 혈마독의 맛을 톡톡히 보았다. 그의 가슴을 가르고, 배를 찢고, 등줄기에 흠집을 낸 사람도 혈마독에는 무기력하게 무너졌다.
 능 총관은 혈마독을 놓을 수 없었다.
 청화장 총관이 되어 일신의 안전을 보장받은 후에도 혈마독은 항상 품 안에 숨어 있었다.
 한시도 마음을 놓을 수 없는 곳이 무림이다. 무공이 강한 사람이라도 암수에 걸려 죽음을 맞는 곳이 무림이다. 언제 어느 때 무슨 일이 벌어질지 모르기에 만일에 대비하라며 건네주었다. 딸이 이팔청춘, 열여섯이 되던 해에.
 당금 복건성에서 혈마독을 전개할 수 있는 사람은 단 두 사람뿐이다. 자신과 자신의 딸.
 '완아야…… 어쩌자는 거냐. 왜 이런 짓을 한 거야. 어쩌자고. 어쩌자고 이런 짓을 했니.'
 능 총관은 털썩 주저앉았다.
 갑자기 머리 속이 텅 비어버렸다. 청화장 총관 직을 수행하면서 크고 작은 일을 많이 겪어봤지만 지금처럼 어려운 일에 직면하기는 처음이었다.
 딸은 아주 큰 실수를 저지르고 말았다.
 이런 걸 두고 잠자는 호랑이의 코털을 뽑는다고 하던가? 가만히 놔뒀으면 될 일을 어쩌자고 건드렸단 말인가.
 능 총관은 선택의 기로에 직면했다.
 금하명을 살릴 수는 있다. 하지만 되살아난 금하명은 전과 달라질 게 자명하다. 전에는 능완아의 행동을 용납했지만, 되살아나면 불구대천의 원수가 된다.
 딸을 위해서라면 살려주면 안 된다.

가슴에 대못을 박은 딸이지만 그래도 피붙이다. 이 세상에 단 하나밖에 없는 딸이다. 딸의 행복을 위해서라면 기꺼이 죽을 수도 있다.

혈마독을 하독했으면 아예 목숨을 끊었어야 한다. 그랬다면 이토록 가슴이 찢어지는 고통은 당하지 않았을 텐데.

혈마독이 치명적인 독이기는 하지만 해독약이 없지는 않다. 중독당한 지 하루가 지나지 않았다면 멀쩡하게 되살려 놓을 수 있다.

딸도 이런 점쯤은 생각했을 터이다. 그럼에도 하독을 하면서 목숨을 끊어놓지 않은 것은 한 가닥 정분(情分) 때문인가? 자신이 하산하는 것을 봤고, 하루 만에 돌아올 수 없다고 확신했기 때문인가?

목적이 있어서 하산한 것은 맞다. 하산을 한 이상 하루 만에 돌아올 수 없는 것도 맞다. 가장 가까이에 있는 민가에 가는 데만도 족히 이틀은 걸린다.

설마 중도에서 되돌아오리라는 생각은 하지 못했으리라.

그렇다면 혈마독만 전개해도 충분하다. 아니, 지독하다. 목숨을 끊고자 했으면 단숨에 죽여주는 것이 도리다. 장장 하루 동안이나 죽음을 음미하며 죽게 만들어서는 안 된다.

수림에 팽개쳐진 원완마두의 시신이 발견되지 않았다면…… 급히 돌아오지 않았다면…….

'완전히 죽여놓기나 하지.'

금하명을 살리면 딸이 위험해진다. 딸을 위하자니 금하명이 죽는다.

"휴우!"

능 총관은 깊은 한숨을 내쉬며 일어섰다.

잠깐 동안에 십 년은 더 늙은 듯했다.

"운명이 어떻게 될지는 아무도 모르는 일……."

금하명을 안아 침상에 뉘었다. 그리고 품속에서 둘둘 말린 거름종이를 꺼냈다. 향긋한 향이 물씬 풍기는 거름종이였다.

"내가 대신 사과하지."
금하명이 깨어나면 제일 먼저 무슨 말을 해야 할지 망설였다. 딱히 떠오르는 말이 없었다. 완아를 잊어달라. 완아를 용서해 달라. 어떤 말이든 염치없기는 마찬가지였다.
결국 능 총관은 사과를 택했다. 용서를 구했다.
금하명은 대답하지 않았다. 해독약을 복용하고도 하루 동안 꼼짝하지 못하고 누워 있었으니 갑갑하기도 할 게다.
그는 자리를 털고 일어나자마자 몸을 움직여 이상 유무를 살폈다.
"죽으라면 죽을 수도 있다."
"아저씨가 뭘 잘못했는데?"
쳐다보지도 않고 하는 말에 냉기가 풍겼다. 평소처럼 말하고 있었으나 능 총관은 말 그대로 받아들일 수 없었다.
"그러지 마라."
"수련해야지. 수련밖에 남는 게 없을 것 같네."
"난! 널 다시 거둬갈 수 있다."
"아이구, 무서워라. 그럼 손이 발이 되게 싹싹 빌어야 하나? 좌우지간 소심한 사람들은 걱정을 사서 한다니까. 하지 않아도 될 걱정을 한단 말이야. 아저씨, 완아가 나보다 무공 높은 것 몰라요? 도대체 뭘 걱정하는 건데?"
"휴우! 한 가지만 부탁하자."
"우리가 남남인가? 새삼스럽게 부탁은 무슨……."

"완아가…… 완아를 단 한 번, 단 한 번만 살려주겠니?"

"그것참, 오늘따라 정말 이상하네. 벌써 노망날 나이는 아닌 것 같은데. 내가 잘못 알았나? 노망날 나인가?"

"……"

"올 겨울은 좀 빠르네. 벌써 으스스해지는 걸 보니. …완아에게 고마움을 느낀다면 안 믿겠지?"

능 총관은 고개를 번쩍 들어 금하명을 쳐다봤다.

그는 움막 밖을 보며 길게 기지개를 켜고 있었다. 밖이라고 해봐야 시커먼 어둠뿐, 오늘따라 달도 별도 뜨지 않은 칠흑 같은 어둠이 내렸지만 금하명의 눈길은 어둠 속을 헤집었다.

'밝다! 거짓이 아니다!'

뜻밖이었다. 자신을 암산한 여인인데, 배신을 하고 등을 돌린 여인인데 고마움을 느낀다니. 하지만 안 믿을 수 없을 만큼 금하명의 행동은 밝았다.

"고마움을…… 느낀다니?"

"정말 고맙지. 이제 모든 걸 훌훌 털어버리고 무공 수련에만 몰두할 수 있으니 정말 고맙지. 잘 있을까? 찾아가면 만나주기는 할 텐데, 한 번 만나볼까? 이런 생각도 싹 가셨고. 신경 쓸 게 사라졌으니 고마울 밖에."

"뭐…… 라고?"

"정말 홀가분하다니까 되게 안 믿네. 이렇게 의심이 많은데 청화장 총관은 어떻게 했나 몰라."

능 총관은 목이 콱 잠겼다.

금하명은 담담하게 말하고 있지만, 아닌 척하고 있지만 말속에는 완아에 대한 그리움이 듬뿍 묻어났다. 자신을 죽이려고 한 여인인데도 원망보다는 그리움이 더 커 보였다.

'완아야…… 너는 정말 못할 짓을 했구나. 완아, 이 미련한 놈아.'

세상 사람들은 잘못 알았다. 금하명은 역시 청화신군의 핏줄이다. 호랑이가 호랑이를 낳지 개를 낳겠는가. 개도 호랑이 굴에서 키워지면 호랑이가 되는 법인데, 보고 듣고 배운 것이 모두 호랑이의 손짓 발짓이니 그릇이 크지 않을 수 없다.

아니다. 남녀 사이에는 그릇 따위는 문제가 되지 않는다. 오로지 마음만이 존재한다.

세상에는 나눌 수 있는 사랑과 나눌 수 없는 사랑이 있다.

남녀 간의 사랑은 나눌 수 있는 사랑이다. 한때의 사랑이 영원하리라고 믿는 건 사랑을 나누는 순간뿐일 게다.

금하명은 부모가 자식에게 주는 사랑같이 나눌 수 없는 사랑으로 능완아를 대하고 있다.

이런 사람에게 혈마독을 쓰다니. 이런 사람에게…….

'언젠간 후회할 거야. 완아, 너는…… 후회하게 될 거야. 미련한 놈. 혼자만 똑똑한 놈…….'

마음속 격동을 가라앉히기 위해 큰 숨을 들이켰다. 그리고 애써 화제를 바꿨다.

"무공 수련에 미치는 이유는 뭐냐? 뱃속에 뭐가 들었는지나 알자."

"미치는 이유라…… 난 아직 미치지 않았는데. 이 정도 가지고 미쳤다고 하면 세상은 미친 사람 천지게? 우선 난 미치지 않았고…… 내 뱃속이야 아저씨 뱃속하고 똑같고."

"이놈이!"

능 총관은 어처구니없어서 고함을 질러 버렸다.

고맙다. 정말 고맙다. 대화를 시작할 때는 침울하고 비장한 기분이었는데 말을 나누다 보니 굉장히 편해져서 전처럼 농을 주고받을 수 있게 되었다.

"아이고! 귀청 떨어지겠네. 아! 귀 안 먹었으니 소리 좀 작작 지르소. 청화장 총관쯤 지냈으면 기분 좋게, 부드럽게, 곱게 말하는 법도 배웠어야지, 이거야 원."

"농담하지 말고 말해 봐. 죽어라 무공을 수련하는 이유가 뭐냐? 난 백납도에게 도전하려는 줄 알았는데?"

"웃지 않겠다면……."

"안 웃으마."

"재미있나 알아보고 싶어서. 얼마만큼 매료되는가 알아보고 싶어서. 무인의 길을 어느 만큼이나 걸어갈 수 있는지 알고 싶어서."

능 총관은 웃지 못했다. 처음에는 또 장난을 하는구나 싶었는데, 말이 끝날 즈음에는 가슴 깊은 곳에서 울컥 하고 격정이 치밀었다.

금하명의 장난 같은 말속에는 많은 의미가 함축되어 있다. 아버지의 삶, 그의 삶, 청화장의 운명…… 모든 게 녹아 있다.

금하명은 무척 냉정하고 이성적이다.

그가 어느 순간 백납도와 겨룰지는 알 수 없지만, 지금 겨루지 않는 것만은 확실하다. 무공이 안 되기 때문에. 비무를 해봤자 패할 것이 분명하기 때문에.

감정을 철저히 죽이고 이성을 앞세운 경우다.

지금 금하명에게는 싸움이 중요하지 않다. 청화장의 명예도 머리 속에 없다. 오로지 하나만을 본다면 무공 수련이다. 그 밖에 과외적인 것은 쳐다볼 필요도 없다. 능력 밖의 것을 노려보며 분노하거나 이를 갈 여유도 없다.

언제쯤 과외 것을 쳐다볼 수 있을까?

모른다. 무공 수련을 시작한 금하명도 모르고, 무림에서 잔뼈가 굵은 능 총관도 대답해 줄 수 없다. 만족이란 오로지 당사자만이 할 수 있는 것이기에.

"됐소?"

"됐다."

"그럼 몸이 근질근질한데 난 산이나 한 바퀴 돌고 와야겠네."

금하명이 야산(夜山)을 타려는지 몸을 풀었다.

"그럴 시간 없다."

"왜 또 물고 늘어지는 거요? 대답 다 해줬는데."

"행낭(行囊)을 들어. 우린 지금부터 부지런히 도망간다."

능 총관은 벌떡 일어나서 움막 한구석으로 갔다. 그곳에는 미리 싸 놓은 행낭 두 개가 덩그러니 놓여 있었다.

"갑자기 도망은 무슨? 뭔 죽을죄라도 지었나? 야반도주를 하게?"

능 총관은 도주를 한다면서도 급하게 서둘지 않았다. 급하게 서둘 도주가 있고 완벽하게 빠져나갈 도주가 있는데, 이번 도주는 후자였다.

'이삼 일 정도 여유가 있을 거야.'

第七章
대어흘소어(大魚吃小魚)
큰 고기는 작은 고기를 먹는다

대어흘소어(大魚吃小魚)
…큰 고기는 작은 고기를 먹는다

 원완마두의 시신은 벌써 부패가 진행되고 있었다.
 배꼽 주위의 피부가 부패로 변색되고, 몸 곳곳에 부패수포(腐敗水疱)가 생겨 화상을 입은 사람 같았다. 특히 척추 부분의 부패가 심했다. 파리와 육식 곤충들이 잔치라도 벌였는지 썩는 냄새가 진동했다.
 "원완마두!"
 금하명은 믿을 수 없었다. 멀쩡하던 사람이 딱딱하게 굳어 땅에 버려져 있다니.
 "쯧! 시신을 보고 감상에 젖다니 아직 멀었구나."
 "……?"
 "무인에게는 시신을 대하는 법이 있다. 제일 먼저 관심을 가질 시신인지 아닌지를 구분해야 한다. 원완마두는 우리가 알고 있는 사람이고, 흉사(凶死)했으니 관심을 가질 시신이다."

대어흘소어(大魚吃小魚) 257

"비정하네."

능 총관은 들은 척도 하지 않았다.

"구분을 했으면 사망 시간을 추정해야 한다. 시반(屍班)이 있으나 경직(硬直)이 없으면 반 시진 내외. 시반이 경미하고 경직이 악관절과 경추관절에만 존재하면 한 시진에서 한 시진 반……."

능 총관은 시간별, 날짜별로 시체가 부패하는 현상을 세세하게 설명해 주었다. 제일 마지막으로 말해 준 게 백골화(白骨化) 혹은 시랍화(屍蠟化)였다. 부패가 거기까지 진행되었다면 수개월 이상 된 시신이라고.

그것 역시 개략적인 현상에 불과했다.

온도, 곤충의 유무, 매장 유무, 매장을 했다면 깊이, 외상 정도, 습도, 비, 체격 및 체중 등등, 부패를 가속 혹은 더디게 진행시키는 요소는 수를 헤아릴 수 없다.

금하명은 무림에 대해서 배울 것이 너무 많았다.

무공에 관심을 가졌다면 기본 지식이 쌓아져 있을 텐데, 무공 수련조차 게을리 하던 사람이니 기타 잡다한 상식에 관심을 가졌을 리 없다.

능 총관은 바삐 걸음을 재촉할 수도 있었다. 하지만 좋은 경험을 할 기회라고 생각해서 일부러 원완마두의 시신을 보여주었다. 아직 이삼 일 정도는 여유가 있다고 생각한 탓도 크지만.

원완마두가 왜 여기 죽어 있는지는 알 수 없다. 그렇게, 무림이란 곳은 이유를 알지 못하는 죽음도 많다는 것을 일깨워 주고 싶었다. 또한 지금부터라도 무림인이 갖춰야 할 상식에 대해서 관심을 가지라는 뜻도 포함되어 있다.

혈마독의 중독을 풀어주지 않았다면 몰라도, 구해준 이상 가장 뛰어난 무인으로 키워줄 책임이 있다. 자신은 삼류무인에 불과하지만, 금하명은 최강 무인이 되어야 한다.

무림은 무공이 삼 할이요, 경륜(經綸)이 칠 할이다. 무공만으로는 살 수 없는 곳이다.

무공 외에도 알아야 할 것들이 많다. 너무 많다.

"이리 와서 여길 봐라."

숲 한가운데로 불렀다.

"싸움은 여기서 일어났다. 원완마두는 여기, 상대는 저기 서 있었다."

능 총관은 눈으로 본 듯이 상세하게 설명했다.

"이 곤의 길이는 칠 척이다."

검에 중간이 두 번이나 잘려진 세 토막의 곤.

"곤을 대한 사람은 대략 삼 척에서 사 척 정도 물러선다. 저기쯤 서 있었던 거야."

"그럴듯한데요."

금하명은 호기심이 발동했는지 주변을 탐색했다.

"원완마두의 곤은 두 번이나 잘렸다. 주위가 어지럽혀 있지 않은 것으로 봐서 긴 싸움은 아니었고…… 지극히 짧은 순간에 곤이 잘려 나갔겠지."

금하명은 곤법 제일초를 상기했다.

철추를 능가하는 파괴력으로 몰아친다. 원완마두의 손에 들린 곤은 나무로 만들었으나 나무가 아니다. 그의 손에 들렸다는 이유만으로 나무가 쇠로, 돌로 변한다.

금하명 자신이 제일초를 수련하면서 터득한 것도 있다.

허공에 길을 만들고, 그 길만 따라서 곤을 찔러내고 거둬들인다.
눈을 깜빡이는 것보다도 빠르다. 순식간에 목적을 이루고 거둬지는 곤이다.

이번에는 그런 곤을 자르는 검법을 생각해 봤다.

상상이 가지 않는다. 그야말로 빗살이다.

금하명은 한 사람을 떠올렸다.

스스로 파문을 요청했던 사형, 조자부.

조 사형은 청화장 식구들 가운데서 대삼검 중 제이식(第二式) 비쾌섬광파(飛快閃光波)에 가장 능통했다. 비쾌섬광파만 가지고 말하면 청화 이걸조차도 한 수 양보하는 처지였다.

비쾌섬광파를 한마디로 요약하면 쾌(快)다.

검의 용법은 세 가지다.

베는 것, 찌르는 것, 치는 것.

베는 데는 힘이 필요하다. 살갗을 베어내고 내장을 도려내야 한다. 적어도 그 정도의 힘은 들어가 줘야 한다. 찌르는 것도 마찬가지다. 살을 뚫고, 내장을 뚫고, 뼈에 가로막히면 뼈까지 뚫고 들어가야 한다.

치는 것은 다르다.

힘을 가미하여 두 쪽을 내는 방법도 있지만 생명을 끊는 데는 그 정도까지 힘이 들어가지 않아도 된다.

검이 닿는 순간, 날아오는 속도와 검이 지닌 날카로움이 생명을 끊을 만큼 타격을 준다.

육장을 살짝 대었다가 뗐다고 해서 죽을 사람은 없겠지만 검이라면 죽을 수 있다. 육신에 닿기만 해도 치명상을 줄 수 있다. 머리 같은 경우에는 어린아이의 힘만 있어도 즉사시킬 수 있다.

비쾌섬광파는 검에서 폭발되는 힘을 최소화시키고, 그 힘을 속도에 치중시키는 초식이다.

검은 가벼우나 속도는 배가된다.

비쾌섬광파라면 원완마두의 곤을 잘라낼 수도 있을 것 같다. 조자부 사형처럼 쾌에 관한 한 일정 경지에 올랐다는 가정 하에서. 하기는 원완마두를 죽였으니 그 정도 경지에 오른 것이 당연하지만.

"곤이 잘리자 원완마두는 이쪽으로 신형을 날렸고, 곤을 꽂았다. 네가 서 있는 곳까지 가려는 목적이었겠지. 아마도 거기서 상대의 배후를 노리려고 했을 거야."

능 총관은 금하명이 서 있는 곳을 지적했다.

금하명은 마지막 제육초를 생각했다.

곤이 겨드랑이 밑으로 빠져나가 나무를 격타했다. 뒤통수에 눈이라도 달린 듯 정확했다. 점 다섯 개에 구멍이 뻥뻥 뚫렸다.

확실히 싸움에서는 효과적이고, 기습적인 공격이 될 것이다.

"원완마두는 나무로 만든 곤을 사용해서 상대를 파악했어. 곤이 잘라지는 것을 보고 어느 정도 빠른지, 어느 정도 강력한지, 초식의 변화는 어떤지 읽어낸 거야. 그리고 판단한 것이 이것."

능 총관은 곤을 디딤돌 삼아 훌쩍 뛰었다.

금하명은 급히 피했다. 그가 서 있는 자리로 부딪칠 듯 다가왔기 때문이다.

"이 자세야."

원완마두는 금하명을 마주 보며 섰다.

상대의 등 뒤, 확실히 제육초를 전개할 수 있는 모습이다.

"여기서 당했어. 이미 판단했는데…… 판단한 것보다 빨랐다는 의미가 되지. 연사곤 철각을 누르지도 못했어. 이곳에 떨어져 내림과 동시에 당한 거야. 자, 보자. 나무 곤을 땅에 박을 때, 상대는 어딜 보고 있었을까? 원래 서 있던 곳이야. 원완마두가 곤을 땅에 박을 때 상대는 아마도 공격을 하고 있었을 거야. 검을 전개하고 있었다는 거지."

금하명은 능 총관의 등 뒤로 돌아가 상대가 서 있었으리라 짐작되는 곳에 섰다.

서로 등을 맞대고 있다.

능 총관이 말한 대로 전면을 향해 공격을 가해봤다. 그 순간, 원완마두는 측면으로 신형을 날려 곤을 박고 다시 등 뒤로 떨어져 내렸으리라. 능 총관의 말대로라면.

능 총관이 말했다.

"원완마두의 사인은 복부를 뚫고 들어와 척추를 부서뜨린 검상. 자, 이제 어떤 수법인지 생각해 봐."

이해가 안 된다. 원완마두의 복부에 검을 찔러 넣기 위해서는 어떤 방법을 사용해서든 그의 앞에 있어야 한다. 또 한 가지 제약이 있다. 원완마두가 연사곤 철각을 누를 틈도 없는 짧은 순간에 모든 게 이뤄져야 한다.

그토록 빠른 신법이 있나?

원완마두가 뒤에 내려설 때, 신형을 완전히 틀어 뒤를 공격할 수는 없다. 측면을 공격하고 있던 초식을 거두고, 다시 초식을 전개해야 하는 처지다.

순식간에 벌어졌을 움직임이지만 원완마두와 같은 고수들에게는 상대를 죽일 만한 긴 틈이 된다.

확실히 원완마두가 상대의 등 뒤로 내려설 때까지의 상황은 원완마두의 승(勝)이다. 아주 간발의 차이로.

여기서 막힌다.

유일한 방법은 원완마두의 곤법 제육초다. 하지만 그 초식으로는 성공한다고 해도 상대의 등을 꿰뚫어야 한다.

'나 같으면 당했다.'

원완마두의 생각은 훌륭했다. 대응할 방법이 달리 떠오르지 않는다. 그런데 어떻게 전면으로 돌아가 복부를 찌를 수 있단 말인가.

능 총관이 말했다.

"어려워?"

"그럼 이게 쉽소?"

"어려울 것도 많다. 사람이 한 명 더 있으면 되는 거지."

"뭐요?"

금하명은 멍청해졌다.

"원완마두는 어떤 이유에서든 한 사람을 간과했어. 무시해도 좋을 사람이었던 모양이지. 그것이 목숨을 앗아간 거야."

"두 명이었단 말입니까? 아!"

퍼뜩 머리를 스치고 지나가는 생각이 있다. 조 사형에게는 누이가 있다. 워낙 무공에 미친 여자라서, 그림에 미쳤던 금하명에게는 관심 대상이 되지 않았지만 눈이 무척 예쁜 사매였다.

여자라면…… 조가벽이 검을 숨기고 있었다면…… 관심 대상이 아닐 수도 있다. 그들 오누이가 암격을 시도했다는 사실이 믿어지지 않지만, 암격이라면 원완마두를 죽일 수 있다.

"어쨌든 원완마두는 복건성에 아는 사람이 없어. 그런데 죽었고, 대삼검 검급이 사라졌어."

"대삼검 검급을!"

"그럼 이놈들이 공짜로 무공을 전수했다고 생각했나? 이놈들 무공을 대삼검 경지로 끌어올리지 못한다면 손해 보는 장사를 한 거야. 명심해 둬."

"누가 원완마두를 죽이고 검급을……."

"누군가 우릴 지켜보고 있어. 원완마두가 여기 온 사실을 아는 사람은 나밖에 없다고 생각했는데. 무림은 약간의 찜찜함도 남겨서는 안 되는 곳이야. 찜찜한 것은 즉시 해결해야 돼. 우릴 무슨 뜻에서 지켜보고 있는지는 몰라도, 지켜본다는 것을 알았으니 해결해야지."

"어떻게요?"

"그래서 이렇게 도망가고 있잖아. 이유는 따지지 마. 원완마두를 죽인 놈들이라면 우리도 죽일 수 있어. 상대하지 못할 자가 지켜보니 도망가는 것뿐이야. 이유를 따지려다가는 죽어. 이게 무림 법칙이다."

금하명은 씩 웃었다.

그의 생각은 능 총관과는 달랐다.

무림에 발을 디뎠다는 것은 피가 튀는 전쟁터 한가운데 들어선 것과 같다.

어떤 놈이 자신에게 덤벼들지 모른다. 전쟁에 나갔던 병사들 중 이 할(二割)이 유시(流矢)에 죽는다고 한다. 자신을 향해 쏜 화살도 아니고 무조건 허공에 쏘아 올린 화살에 죽는 것이니 죽음치고는 상당히 재수 없는 죽음이다.

도끼를 든 놈과 싸울 수도 있고, 기마병의 말발굽에 짓밟혀 죽을 수도 있다. 또는 그런 방법들로 죽일 수도 있다.

전쟁터에 선 병사는 운명을 하늘에 맡겨야 한다.

전쟁터에서 확실히 살아 나올 방법이 있는가? 없다. 이러이러한 방법대로만 움직이면 살 수 있다? 전쟁터에서는 어떤 보장도 무용지물(無用之物)이다.

무림 법칙이란 존재하지 않는다.

싸우게 되면 싸워야 하고, 자신보다 강한 자를 만나면 죽어야 한다. 죽고 싶지 않아도, 죽기 싫다고 발버둥 쳐도 죽어야 한다.

무림 법칙이란 이것 하나뿐이다.

능 총관은 원완마두의 허리에서 연사곤을 풀어 금하명의 허리에 감아주었다.

"검을 사용하더라도 언젠가는 요긴하게 쓰일 데가 있을 거다. 아무리 못해도 이 부분만은 확실한 방패가 되어줄 거야."

"그래도 고인의 병기인데……."

"고인은 소유권을 주장하지 못해. 내 것이라고 말하려면 살아 있어야 해. 입을 벌려서 말을 할 수 있어야 해."

"어느 쪽이 진짜 아저씨요?"

"가자. 우릴 지켜보는 놈은 이삼 일 후에나 올 거야. 내가 하산한 것을 봤다면, 민가에 갔다가 오는 시간을 계산하겠지. 후후! 그래도 원완마두가 한 번은 친구 노릇을 해줬군."

"친구라면서 묻어주지도 않는 거요?"

"부패는 공기에 노출된 게 가장 빠르다. 공기 속에서 하루에 부패될 것이 물속에서는 이틀, 흙 속에서는 팔 일이 걸려. 이왕 썩을 것, 빨리 썩는 것도 괜찮겠지. 죽었다고 해도 울어줄 사람도, 제사를 지내줄 사람도 없는 친구니까."

능 총관은 휘적휘적 앞서 걸었다.

❷

 능 총관은 신법(身法)을 펼쳤다.
 청화장 총관으로 있을 때는, 그러니까 복건성에 들어온 이십여 년 동안은 신법을 펼칠 일이 거의 없었다.
 장주가 나서기에는 작고, 노태약이나 기완 같은 문도가 나서기에는 큰일일 때는 총관이 나선다. 그러나 청화장 총관만은 나서지 않았다. 노태약이나 기완을 대신 내보냈고, 덕분에 그들은 청화이걸이라는 명예를 얻었다.
 청화신군이 눈감아준 덕분이지만, 그런 노력이 쌓여서 복건무인들은 능 총관의 무공을 눈여겨보지 않는다.
 실로 오랜만에 마음껏 펼쳐 보는 무공이다.
 "헉! …흡!"
 금하명은 무척 힘들게 따라왔다.
 그가 전개하는 신법은 청화장 무인들이 빠른 속도로 질주할 때 애용하는 추광보다.
 능 총관도 추광보를 사용했다.
 신법을 전개할 때 가장 중요한 점은 진기 조절이다. 육신의 한계를 벗어나는 질주는 내력이 뒷받침해 줘야 하지만 진기 조절도 빼놓을 수 없는 요소다.
 금하명이 언제 이토록 질주해 본 적이 있던가. 성심을 다해서 내력을 수련한 적이 있던가.

헐떡일 수밖에 없다.

능 총관은 속도를 조금 늦출까 하다가 오히려 배가시켰다.

쉭! 쉬익……!

겨울 초입을 알리는 차가운 바람이 얼굴을 스쳐 갔다.

"추광보 구결을 말해 봐라."

"헉! 헉!"

금하명은 말하지 못했다.

당연하다. 자칫 숨이라도 잘못 토해내는 날에는 진기가 헝클어지니 입도 벙긋할 수 없다. 따라오는 것만 해도 용하다. 다른 사람들 같으면 벌써 나가떨어졌을 텐데, 가슴이 터질 듯한 고통을 참아가며 따라오고 있다.

'유밀강신술 효험을 단단히 보는군. 지옥야차, 평생 도움이 안 될 줄 알았는데 좋은 선물을 해줬어.'

"양신비무(陽身飛舞)! 기락유서(起落有序)! 몸을 춤추듯이 부드럽게 아름답게! 편안하게! 일어나고 떨어짐에는 순서가 있다! 배합묵계(配合默契)! 힘들수록 내딛는 발과 거둬들이는 발의 배합에 유념해! 양발의 배합, 진기의 배합이 헝클어지면 추광보는 끝나는 거야!"

"헉헉!"

금하명은 따라붙기에도 급급했다.

"헉헉! 헉헉! 휴우! 헉헉!"

금하명은 가쁜 숨을 연신 몰아쉬며 숨을 조절하려고 애썼다.

이마에서는 굵은 땀이 비 오듯 흘러내리고, 얼굴빛도 새하얗게 질려 버렸다. 어찌나 거세게 달려왔는지 손발이 바들바들 떨리기까지 했다.

"괜찮나?"

"골탕…… 헉헉! 먹이는 방법도 가지가지요. 헉헉!"
"새파란 놈이 그것 좀 달렸다고 헐떡이기는. 쯧!"
"십 년 후에…… 헉헉! 십 년 후에…… 헉헉!"
"십 년 후에 뭐?"
"다시 한 번…… 헉헉! 합시다. 헉헉헉!"
"십 년이 아니라 백 년이라도 기다리지. 하하하!"
능 총관은 통쾌하게 웃었다.
반나절을 내처 달려온 끝이다.
금하명의 무공을 감안하면 기적같이 따라왔다. 자신이 전개한 속도라면 노태약이나 기완도 쩔쩔맸을 게다. 하물며 난생처음 질주라는 것을 경험한 금하명이 반나절이나 쫓아왔다는 것은 정말 기적이다.
마음으로는 칭찬해 주고 싶다. 그만하면 추광보를 어느 정도 터득했다고 말해 주고 싶다. 하지만 참았다. 조금이라도 자만하는 마음이 든다면 그 순간으로 무인의 생명은 끝난다.
금하명은 확실히 무공에 재능이 있다.
처음에는 어색하기만 하던 추광보가 시간이 흐를수록 능숙해졌다. 숨이 가빠오면 대부분 발이 헝클어지기 마련인데, 이를 악물며 기락유서, 배합묵계를 지켰다.
유밀강신술의 효험이 아니라고는 할 수 없다. 하지만 고통을 참는 것은 오로지 본인의 마음 탓이다. 마음이 강하지 않으면 유밀강신술 아니라 그 할아비라도 어쩔 수 없다.
"오늘은 여기서 쉬어가자. 먹을 걸 구해올 테니 숨 좀 돌리고 있어."
원완마두를 죽인 자는 자신들이 도주했는지조차 모를 게다. 아직도 산에서 무공을 수련하고 있다고 생각하겠지.

그자가 누군가?

언젠가는 알아야 한다. 외인에게 유출된 대삼검 검급도 회수해야 한다. 하나, 지금은 아니다. 지금은 오직 도주하는 데만 온 신경을 집중해야 한다.

간밤을 꼬박 걸었고, 또 반나절이나 치달려왔다.

금하명이 관심있게 봤는지 모르지만, 지나온 흔적을 말끔히 제거하는 노력도 기울였다.

이만하면 추격권에서 벗어났다고 봐도 좋지 않은가.

누군가 도주 사실을 알고 나쁜 의도로 추격을 시작해도 잡힐 만한 거리가 아니다. 또 쫓아올 단서도 없다.

능 총관은 흐뭇한 미소를 머금고 일어섰다.

딱! 따악! 딱!

목곤이 나무를 치는 소리는 멀리서도 들렸다.

'지독한 놈. 웬만하면 쉬기 바쁠 텐데.'

능 총관은 손에 꿩 두 마리를 들고 목곤 소리가 들려오는 곳으로 걸어갔다.

금하명이 언제 만들었는지 키보다 한 치는 큰 목곤을 만들어서 나무를 치고 있었다.

"음……!"

능 총관은 멈칫했다. 순간적으로 신음도 새어 나왔다.

금하명의 곤법은 원완마두와 많이 흡사해졌다. 위력 면에서는 아직도 멀었지만 곤을 내뻗고 거둬들이는 수법은 오래전부터 수련한 사람처럼 능숙했다.

'타고난 무인이었단 말인가. 수련한 지 며칠 되지도 않았는데. 아니, 도주한 시간을 빼면 이틀밖에 되지 않았는데 원완마두와 곤법과 똑같다. 진기의 폭발력은 미약하지만 속도는 거의 따라잡았다. 어떻게 이런 일이……'

혀를 내두를 수밖에 없는 모습이다.

원완마두의 곤법은 워낙 단순해서 쉽게 따라 할 수 있다. 지옥야차도 흉내를 내본 적이 있다. 하지만 며칠 만에 포기해 버렸다. 자신이 수련한 무공을 가미시켜서 비슷하게 흉내 내기는 했어도, 원완마두가 전개한 곤법과 같은 맛을 내지는 못했기 때문이다.

금하명이 전개한 곤법은 맛이 같다.

속도와 위력은 많은 수련을 요구하는 상태지만, 곤법의 요체를 정확히 꿰뚫어냈다.

수련에 방해가 되지 않도록 조용히 마른 나뭇가지를 주워 불을 지폈다.

면이 넓적한 돌을 주워왔다. 굵기가 약지와 새끼손가락을 합친 것 정도의 생나무 가지도 잘라왔다.

딱딱! 딱!

금하명은 밤이 늦었어도 곤법 수련을 멈추지 않았다.

노릇노릇 익은 꿩고기를 먹으며 잡담 몇 마디 나눈 것을 끝으로 다시 곤법 수련에 들어갔다.

숫돌로 사용할 돌을 땅에 박아놓고 넓적한 돌을 갈기 시작했다.

'다시는 사용할 일이 없을 줄 알았는데…….'

돌을 갈면서도 마음은 갈팡질팡 갈피를 잡지 못했다.

자신이 하는 일이 옳은지 그른지 판단이 서지 않았다. 좋은 쪽으로 생각하면 옳은 일이었고, 나쁜 쪽으로 생각하면 한없이 나빴다. 그래서 더 더욱 마음을 정할 수 없었다.

그러는 중에도 돌은 갈아졌다.

스슥! 슥……!

'놈…… 왜 날 찾아와서는…… 청화장에 있을 적에도 무던히 속을 썩이더니만 끝까지 속 썩이네. 나쁜 놈.'

금하명은 항상 고민을 안겨준다.

이럴까 저럴까 망설이게 만든다.

고민의 대부분이 스스로 자초한 것이고, 결국은 하는 쪽으로 굳어지지만 실행에 옮기기까지는 항상 고민스럽다.

이번에도 마찬가지다. 고민을 하고 있지만 자신이 어떤 행동을 선택할지는 이미 정해졌다.

갈아진 돌에 구멍을 파고 나뭇가지를 끼워 넣었다.

한 시진도 걸리지 않아서 석부(石斧) 아홉 자루가 만들어졌다.

날이 자루와 직교(直交)하며, 양쪽에 날이 있는 양인석부(兩刃石斧)다. 날의 형태는 자루와 닿는 머리 부분이 날보다 약간 좁은 세장(細長) 사다리꼴로 정수리의 각을 없앴다.

날에서 머리까지의 길이는 손바닥 길이를 넘지 않았다.

벌채를 하기에는 부족한 작은 도끼다.

능 총관은 석부 아홉 자루를 들고 금하명에게 갔다.

"잠시 멈춰봐."

금하명이 곤을 땅에 꽂고 손바닥을 살폈다.

그놈의 손은 피가 멈출 날이 없다. 시작하기 전에 붕대를 두툼하게 감았는데도 붉은 핏물이 뚝뚝 흘러내린다.
 능 총관은 피로 물든 붕대를 다 풀 때까지 기다렸다.
 이윽고 금하명의 눈길이 자신에게 돌아오자, 허리에 꽂아놓은 석부 아홉 자루를 가리키며 말했다.
 "난 한때 살인을 일삼았다."
 금하명의 행동이 일시에 뚝 멎었다. 얼마나 놀랐는지 눈 끝이 찢어질 듯 부릅떠졌다.
 능 총관은 살림꾼이다. 무인이기는 하지만 싸움이나 살인과는 거리가 먼 사람이다. 그를 아는 사람들에게 물어봐라. 능 총관이 얼마나 싸움을 싫어하는지.
 능 총관은 쓴웃음을 흘리며 말을 이었다.
 "손속도 잔인했지. 손을 쓸 바에는 확실하게 쓰는 것이 낫다는 생각이었다. 그래서 확실하게 죽일 수 있는 방법으로 사람 머리를 택했다. 머리처럼 약한 부분은 없으니까."
 금하명의 눈길이 도끼에 머물렀다. 그리고 무언가를 깨달은 듯 낮게 저미는 음성으로 중얼거렸다.
 "부광쇄두…… 삼혈마!"
 "그래, 맞다. 내가 삼혈마 중 한 명인 부광쇄두다. 사람 머리만 부순다고 해서 부광쇄두라는 별호를 얻었지. 이십여 년 전 일이다. 정확히 말하면 십팔 년 전 일이지. 핏덩이를 안고 청화장에 들어왔을 때, 네가 태어났으니까."
 능 총관의 출신은 많은 사람들의 입에 오르내렸다. 명문정파 출신이다, 아니다. 낭인 출신이다. 수많은 추측 중에 그래도 신빙성이 있는 것은 은거기인에게 무공을 하사받은 무명 고수라는 것이었다.

청화신군은 그의 출신을 알고 있을 터인데, 단 한 마디도 언급한 적이 없다.

또 하나, 소현부인이 금하명을 낳지 않았다면 청화장에 머물지 않았을 것이라는 추측만은 기정사실이었다. 소현부인의 젖을 동냥하여 핏덩이를 키웠으니까. 핏덩이를 자신의 목숨보다 아꼈으니.

"풋! 아저씨가 부광쇄두라니. 완아는 알고 있소?"

"알지. 하지만 부광쇄두가 어떤 인물인지는 대충밖에 모를 거야. 깊이 있게는 모르지. 알아서도 안 되고."

삼혈마가 어떤 사람들인지는 몰라도 능 총관이 이렇게까지 말하는 것으로 보아서 악명 하나는 단단히 높았던 모양이다.

"그런데 그런 말을 왜……?"

"네가 수련하는 원완마두의 곤법은 섬서성 무인이라면 한눈에 알아본다. 자칫 일신의 화를 초래할 수도 있는 무공이지. 마인의 후예라고 생각할 거야. 즉시 죽여도 괜찮다고 낙인 찍힌 마인의 후예."

"그럼 이 무공이 소위 마공(魔功)이라는 겁니까?"

금하명은 별로 격동하지 않았다. 마공이면 어떻고 정공이면 어떠냐는 생각이 얼굴에 고스란히 드러났다.

'생각을 숨기는 법도 가르쳐야겠군.'

당장 몇 가지 지적하고 싶지만 차후로 미뤘다. 표정 변화야 스스로도 깨우칠 수 있지만 혼자서는 깨우칠 수 없는 게 있다. 그리고 지금은 그것이 더 선급하다.

"마공은 아니다. 굳이 분류하자면 정공에 가깝지. 하지만 원완마두가 잘못 사용한 대가는 치러야 한다. 너와 아무 상관이 없더라도. 차후, 섬서성에 갈 일이 있거든 혹은 섬서성 무인들과 만나거든 절대 원완마두의 곤법은 사용하지 마라."

금하명은 고개를 끄덕였다.

"검법을 수련할 생각이오. 원래는 구궁천뢰봉법에서 미진한 부분을 깨우친 후, 검법으로 들어갈 생각이었는데."

"하하하! 원완마두가 자극을 줬구나."

"단 일 초 만에 격타당할 줄은 몰랐으니까."

"곤법을 어느 정도나 수련한 후에 검법으로 들어갈 심산이냐?"

"글쎄…… 내게 어느 정도라는 게 있나? 재미있으면 계속하고, 재미없으면 검법으로 넘어가지 뭐."

"하하하! 그거야말로 재미있는 말이군. 무공을 재미로 배운다? 하하하! 무림 역사상 재미로 무공을 수련한 사람은 네가 처음일 거다."

"……"

금하명은 능 총관의 다음 말을 기다렸다.

느닷없이 옛일을 말하는 데는 무엇인가 이유가 있다. 단지 원완마두에 대한 이야기만 하려면 삼혈마에 대한 이야기는 할 필요가 없었다. 삼혈마까지 말한 것은…….

과연 금하명의 눈빛을 접한 능 총관은 하고 싶은 말을 시작했다.

"네가 수련한 무공은 두 가지다. 청화장 무공과 원완마두의 무공. 하지만 당장 적이 나타나면 어느 무공도 사용할 수 없다. 네 수련 정도로는 어느 무공을 펼치던 당할 수밖에 없지. 그래서 부광쇄두 시절의 무공을 전수해 주려고 한다."

"부법 말이오?"

"내 부법 역시 상당한 수련을 해야 한다. 무릇 공짜는 없는 법이니까. 하지만 다른 무공보다는 좀 더 수월하게 실전에서 사용할 수 있겠지. 그리고 이것 하나는 꼭 명심해 둬. 이 부법은 도주하는 데만 사용해야 해. 적이 나타나면 무조건 도주하는 게 상책이야. 도주로가 막힐 때만 사용하라는 말이다."

능 총관이 정색을 하고 말했다.

"누군가 쫓아온다고 생각하는 거유?"

"그럴 수도 있지. 아닐 수도 있고. 무림에 나왔으니 언제 무슨 일이 벌어질지는 아무도 모르니까. 이 부법의 정식 명칭은 천음대혈식(天陰大血式)이다."

"어찌 이름부터가 으스스하네."

농담조의 말은 신경 쓰지 않아도 된다. 금하명의 눈빛은 새로운 장난감을 본 아이처럼 밝게 빛나고 있다. 능 총관의 세세한 움직임까지 하나도 빠뜨리지 않고 지켜보기 위해 온 신경을 곤두세웠다.

"비부낙인(飛斧烙印), 환부난무(幻斧亂舞), 혈부비화(血斧飛花). 이렇게 세 초식으로 이뤄진다."

능 총관이 손가락을 꿈지럭거렸다. 순간,

쒜엑! 탁!

허공을 가르는 소리가 짧게 들렸다. 마치 허공을 끊어 치는 듯 격렬하고 짧게 터졌다가 순식간에 사라져 버렸다.

"아!"

금하명은 감탄을 숨기지 않았다.

일초 비부낙인은 기수식을 취하지 않는다. 사전 움직임도 없다. 손끝이 움직이는 순간, 석부가 허공을 날아 나무에 틀어박힌다. 손끝에서부터 나무에 박히기까지 걸린 시간은 촌각(寸刻). 나무가 살아 있는 인간이었다면 검을 뽑을 새도 없이 목숨이 떨어졌으리라.

"이초! 환부난무!"

쒜엑! 탁타탁타……!

금하명은 깜짝 놀라 급히 허리를 숙였다.

능 총관은 그를 향해 석부를 던졌다. 아니다. 그랬다면 벌써 죽고 말았다. 그가 허리를 굽히기도 전에 둔탁한 소리가 울렸다. 석부가 나무에 틀어박히는 소리다.

능 총관이 던진 석부는 각기 다른 목표를 향했으나 금하명은 꼭 자신에게 날아오는 듯한 착각이 들었다.

능 총관이 한 행동이라고는 신형을 빙그르르 한 바퀴 회전시킨 것뿐.

"도끼를 뽑아와라."

그 자신도 다른 방향으로 던져진 도끼를 뽑으며 말했다.

금하명은 자신 주위에 틀어박힌 도끼를 뽑았다.

사방팔방…… 그러고 보니 팔방으로 던져졌다. 도끼가 틀어박힌 위치는 금하명의 머리 높이로 일정했다.

신기에 가까운 비부(飛斧) 솜씨다.

'이런 무공을 숨기고 있었다니.'

새삼 능 총관을 다시 보게 되었다. 그를 겁쟁이로 보는 사람도 많았는데…… 겁쟁이도 진정한 강자만이 될 수 있다. 약한 겁쟁이는 비굴한 것이고, 강한 겁쟁이는 참는 것이다.

놀라운 점은 한두 가지가 아니다.

능 총관의 비부를 보자니 무적일 것 같다. 어떤 무공 고수도 그의 비부를 받아낼 수 없을 것 같다. 자신이 능 총관과 겨뤘다면 죽어도 백 번은 죽었다. 청화장 검공, 원완마두의 곤술…… 어느 무공을 펼칠까 생각하는 사이에 머리는 아스러졌으리라.

그러나 능 총관은 이만한 무공을 지니고도 쫓겼다. 섬서성 어느 구석에도 발을 붙이지 못하고 복건성까지 쫓겨왔다.

세상이 얼마나 넓단 말인가. 진정한 고수들이 얼마나 많은 것일까. 이런 무공으로 도망 다니게 만든 사람들의 무공은 어느 정도란 말인가.

세상은 넓다. 기인이사도 많다. 절대로 무공에 자신을 가질 일이 아니다.

석부 아홉 자루를 챙긴 능 총관은 첫 번째 석부를 허공에 띄워 올렸다. 그리고 곧바로 이어서 두 번째 석부, 세 번째 석부…… 첫 번째 석부가 떨어지기 전에 아홉 번째 석부까지 허공을 향해 솟아올랐다.

휙! 휙! 휙……!

능 총관의 두 손은 연신 떨어지는 석부를 낚아채 허공으로 던졌다.

눈에 익은 광경이다. 곡마단 사람들이 접시를 던져 올리고 받아내는 광경을 본 적이 있다. 능 총관은 아홉 자루를 받아내고 있지만, 곡마단 여인은 접시 열다섯 개를 받아내는 것도 봤다.

스스스슥!

능 총관은 보법을 밟았다. 허공에 던져진 석부를 받아내며, 또 던져 올리며. 앞으로 쏘아져 나가기도 하고 뒤로 물러서기도 했다. 전후좌우, 그가 원하는 곳으로 쾌속하게 움직였다.

석부는 그의 몸을 떠나지 않았다. 왼쪽으로 움직이면 왼쪽으로, 오른쪽으로 움직이면 오른쪽으로 따라붙었다. 마치 생명이 있어서 스스로 따라붙는 것 같은 환상을 일으켰다.

능 총관의 묘기는 도를 더해갔다. 보법에 이어 신법까지 펼쳤다.

등룡번신(騰龍翻身), 허공에서 몸이 뒤집어졌다. 노룡비상(怒龍飛上),

무릎을 살짝 굽혔다 펴는 순간, 신형이 용수철처럼 튕겨 올랐다.

어느 순간에도 석부는 그의 몸을 떠나지 않았다.

"제삼초다! 혈부비화!"

마치 보이지 않는 실로 연결되어 있는 듯 몸 주위를 빙빙 돌던 석부가 일제히 사방팔방으로 날아갔다.

탁!

석부 아홉 자루가 일제히 목표를 찾아내 생명을 끊었다.

던진 것은 아홉 자루, 틀어박힌 것도 아홉 자루, 그러나 틀어박히는 소리는 하나였다.

깊은 정적이 휘감았다.

능 총관은 움직임을 멈췄고, 금하명도 움직이지 않았다.

"삼류무공일 뿐이야."

"사람 놀리는 것도 아니고…… 이게 삼류무공이면 천지를 개벽시킬 정도가 되어야 일류무공이겠네?"

능 총관이 제일 가까이 틀어박힌 석부를 뽑아서 금하명에게 건넸다.

"던져 봐라."

금하명은 도끼를 받아 무게부터 가늠해 보았다. 이어서 자루를 힘껏 잡았다. 머리 속으로는 도끼의 파괴력을 상상했다. 능 총관이 날린 석부는 철갑(鐵甲)도 찢어놓을 만한 파괴력이 담겨 있었다.

능 총관이 나무 하나를 가리켰다.

"아앗!"

전신 진기를 손에 밀집한 후, 힘껏 내던졌다.

탁!

도끼는 나무에 맞았다. 능 총관이 그랬던 것처럼 머리 부위를 겨냥했고, 그 높이에 맞았다. 하나, 틀어박히지는 않았다. 돌팔매를 던진 것처럼 나무를 두들기고는 힘없이 떨어졌다.

'속도가 나지 않았어.'

차이점은 극명했다.

능 총관은 손가락이 꿈지럭거리는 순간에 나무를 찍었다. 한데 자신은 던지는 순간도 느렸을 뿐 아니라 도끼가 날아가는 모습까지 선명하게 보였다. 나무를 찍지도 못했다.

"도끼는 손을 떠나는 순간부터 내 물건이 아니다. 회전을 일으키며 스스로 움직이지. 다른 것은 신경 쓸 것 없다. 손에서 떠나보내는 순간까지만 신경 쓰면 되는 거야."

"이게 원완마두의 곤술보다 빨리 써먹을 수 있다는 것 맞아요? 난 아무래도 이게 더 어려운 것 같은데."

"어느 무공이나 쉬운 건 없지. 내 말을 믿고 안 믿고는 네 자유다만 난 이것이 더 빨리 응용할 수 있다고 생각한다."

능 총관이 다른 석부를 집어 금하명의 허리춤, 요대 대신으로 감겨 있는 연사곤에 찔러 넣었다.

이번에는 혼자 던지게 하지 않았다.

"자, 봐라. 사람이 도끼를 던진다고 하면 몇 가지 행동 단계를 거치게 된다. 도끼를 집고, 허리춤에서 뽑아내고, 던질 수 있는 곳을 잡고, 던지는 자세를 취하고……."

능 총관은 천천히 행동 하나하나를 재연해 보였다.

"하지만 이런 식으로 던지다가는 멧돼지조차 잡지 못해. 대응할 준비를 갖추니까. 비부낙인은 허리에서 곧장 날아가야 한다. 엄지와 검지만 생각해. 다른 손가락은 없다고 생각해라. 엄지와 검지로 자루를 잡고, 이렇게 밑으로 뽑는 거야."

석부는 허리춤 요대에 꽂혀 있다. 날이 요대 위로 올라와 있고, 자루가 깊게 틀어박혀 있다. 엄지와 검지는 요대 아래에 있는 자루를 잡고, 요대 밑으로 뽑아낸다.

금하명이 따라 해봤다.

'이게 되나?'

역시 되지 않았다. 도끼날이 연사곤에 걸려 쉽게 뽑히지 않았다.

"자, 봐. 자루를 잡고 밑으로 잡아당기면서 이렇게 살짝 비트는 거야. 이러면 도끼가 요대에 걸리지 않고 쉽게 뽑힌다. 수련은 나중에 하고. 봐라. 도끼가 요대를 빠져나왔다 싶은 순간, 날은 요대에 눌려 몸쪽으로 기울게 되어 있어. 자루는 손가락에 당겨서 몸 바깥쪽으로 향해 있고."

눈여겨보지 않으면 파악하지 못할 정도로 미미한 사선(斜線)이다.

"이 정도 기울기면 충분히 던질 수 있어. 여기서 바로 던지는 거야. 다시 해보자. 도끼 자루를 잡는 순간부터 여기까지, 이렇게 밑으로 잡아당겨 날이 요대에 짓눌릴 때까지."

쉽게 알아들을 수 있도록 상세한 설명이 이어졌다. 행동으로 시범까지 보여줬다. 그런데도 따라 하기가 쉽지 않으니 답답하기만 하다. 육신에 고통을 받는 것이라면 참을 수 있는데, 기교(技巧)에 숙달해야 하니 어렵기만 하다. 더군다나 상식을 벗어난 기교이니 더욱 어렵다.

"호흡은 폐식(閉息)이다. 여기서 주의할 점은 여력경인(膂力驚人), 등뼈는 놀란 사람처럼 긴장시켜야 하고, 지중일병쇄산(指中一柄碎山), 손가락 사이에 있는 자루에는 산을 부술 기세를 담아야 한다. 발도 중요하다. 족유육십근(足有六十斤). 발에 육십 근의 힘을 담아야 도끼를 쳐낼 때 속도와 파괴력이 살아난다. 폐식하는 동안 진기는 양계혈(陽谿穴)과 합곡혈(合谷穴)에 머물러 있어야 한다. 손가락 끝이 아니라 양계와 합곡이다. 자, 여기까지 해봐."

금하명은 일러준 말을 상기하며 석부를 뽑아냈다.

탁!

연사곤에 석부가 걸렸다.

"다시."

뽑는 순간 손가락의 비틀음에 유의하면서 다시 뽑아냈다. 그러나 또 걸리고 말았다.

"폐식. 양계와 합곡에 진기를 집중하고. 다시."

숨을 멈췄다. 멈추기 직전, 진기를 도인(導引)하여 양계와 합곡혈에 집중시켰다.

삭! 탁!

석부가 요대에 걸렸다. 날이 빠져나올 찰나에 몸이 기울어졌다.

"족유육십근. 다시."

제길! 진기는 손에 밀집되어 있는데, 두 다리는 천근추(千斤錘)를 시전한 듯 굳게 버티고 있어야 한다. 그렇다고 진기를 분산시켜도 안 된다. 두 다리는 오로지 육신의 힘만으로 버텨내야 한다.

"다시!"

"서둘지 말고. 다시!"

"양계와 합곡에 진기를 집중시킨 것은 도끼를 날리기 위함이다. 뽑을 때 사용하는 게 아냐. 다시."

'다시'라는 말은 세상이 잠에 빠진 삼경(三更)까지 이어졌다.

❸

 무공 수련 시간이 낮과 밤으로 세분되었다.
 낮의 도주는 자연스럽게 신법을 수련하는 시간이 되었고, 날이 어두워지면 곤법과 부법을 수련했다.
 수련에도 탄력이 붙기 시작했다.
 신법은 성취가 빨랐다. 발놀림과 진기 운용이 점점 몸에 붙어서 도주를 시작한 지 사흘째 되는 날에는 숨 가쁜 모습을 보이지 않을 정도가 되었다. 곤법은 답답한 답보를 지속했지만, 부법은 섬광처럼 석부를 뽑아 날릴 수 있는 지경까지는 이르렀다.
 "오늘은 여기서 쉬었다 가자."
 능 총관이 산 아래 마을을 굽어보며 말했다.
 산을 등에 지고, 너른 논을 앞에 둔 전형적인 농가 마을이다.
 "사람들 눈에 띄면 안 된다면서, 여기는 괜찮나?"
 "괜찮아."
 "날이 저물려면 아직도 많이 남았는데, 이러다 누구라도 추적해 오면 어쩌려고 그러시나."
 "괜찮다고 했지!"
 "배가 고픈 것도 아니고 힘이 빠진 것도 아니고…… 별일없으면 그냥 가는 게 좋을 텐데."
 "괜찮다고 했잖아!"
 능 총관은 소리를 버럭 질렀다.
 금하명과 붙어 살면서 성격이 괴이하게 변해 버렸다. 놈이 사람을 그렇게 만든다. 어지간한 말로는 고집을 굽히지 않기에 더욱 짜증이 치민다.

금하명은 신법 수련에 재미가 들렸다. 산을 달릴 때와 평야를 질주할 때의 신법이 다르다. 같은 산에서도 지형에 따라 신법을 달리하는 것이 좋다. 사람들 발길에 반질반질 닦여진 길과 금방이라도 부서질 듯 위태로운 암석 더미를 질주할 때가 다르다. 계곡을 타고 넘어갈 때와 경사면을 가로질러 갈 때가 다르다.

금하명은 유운보(流雲步), 뇌둔보(雷遁步), 추광보(追光步)를 뒤섞었다. 유운보에서 뇌둔보 혹은 추광보로, 추광보에서 다시 유운보나 뇌둔보로…… 어느 하나의 신법에 얽매인 것이 아니라 나타나는 지형에 따라 유효적절하게 섞어서 사용했다.

이런 경우는 능 총관도 예측하지 못했다.

그가 알고 있는 지식으로는 지형이 바뀌어도 하나의 신법을 지속적으로 펼치는 것이 빨랐다.

신법은 신법마다 각기 다른 집중점을 가지고 있다. 펼치고 있던 집중점에서 다른 집중점으로 넘어가기 위해서는 약간의 정리 시간이 필요하다. 괜히 다른 신법으로 바꾸려고 했다가는 오히려 더 늦어지는 경우가 발생한다.

능 총관도 그런 점을 지적했다.

"잔재주 부리려고 하지 마라. 우물을 파도 한 우물을 파야 되는 법이야. 괜히 어설픈 장난을 했다가는 죽도 밥도 안 된다. 꾸준히, 한 길을 가는 사람만이 목적지에 당도할 수 있어."

마이동풍(馬耳東風), 소 귀에 경 읽기.

무슨 생각에서인지 금하명은 말을 듣지 않았다. 연신 신법을 바꿔댔다. 그렇게 이틀이 지났을 때 능 총관은 자신의 눈을 의심했다.

금하명은 처음부터 그런 신법이 있었던 양 자연스럽게 움직였다.

'미친놈이 창안한 신법……'

정확히 말하면 조합한 신법이다. 청화신군이 창안한 신법을 그의 아들이 완벽하게 조합해 낸 것이다. 무공이 절정에 이르러 무리(武理)를 깨우친 무인이 조합해 냈다면 수긍을 하련만, 이제 갓 입문한 것과 진배없는 풋내기가 그런 짓을 했으니 기가 막힐 수밖에 없다.

금하명은 무공 천재다. 아니다. 천재는 아니다. 천재라면 허리춤에서 석부를 꺼내는 데 두 시진이나 걸릴 리가 없다. 끈질긴 반복 수련과 사물을 달리 보는 눈이 창안해 낸 무공이다.

다른 사람들은 모두 일(一)이라고 보는 현상에도 그는 왜 이(二)가 안 될까 하는 의문을 갖는다. 그리고 스스로 이가 안 되는 이유를 증명하기 위해 수련을 시도해 본다.

남들이 하지 않는 수련을 함으로써 세 개의 신법이 하나로 조합된 것이다.

효과는 확연했다. 내공이 턱없이 부족한 금하명이지만 달리는 속도 면에서는 능 총관과 어깨를 나란히 했다. 능 총관이 전력을 다하지 않았다고는 하지만, 전력을 다했어도 헉헉거리기는 했을지언정 따라오기는 했을 게다.

금하명은 무공을 수련하는 이유로 '재미'를 들었는데, 그런 의미에서라면 제대로 재미에 푹 빠졌다. 쉬어가자고 해도 쉬지 않고, 먹고 가자고 해도 그냥 가자고 한다.

능 총관은 신경질적으로 고함을 친 후, 말을 덧붙였다.

"우리는 빈손이야. 세상에는 세상의 법도가 있는 것이고, 법도에 따라서 살려면 돈이라는 요물도 필요하지."

"돈을 훔치자는 말이오?"

"여기가 천길(千佶)이다."

"우리가 그렇게 멀리 왔나? 며칠 달리지도 않았는데."

"쯧! 눈치없기는. 봉자명(奉子明)의 고향도 모르냐?"

"아! 봉 사형! 봉 사형의 고향이 여기였군요. 그럼 진작 말하지 왜 빙빙 돌려서 말하는 거유, 빙빙 돌려서 말하기는. 아저씨도 말하는 습관을 고쳐야 할 필요가 있다니까."

금하명의 얼굴에 반가운 미소가 흘렀다.

능 총관은 봉자명을 떠올렸다. 그는 청화장 무인들이 알지 못하는 봉자명의 비밀을 알고 있다.

예전에는 청화신군도 알고 있었지만 지금은 혼자만 알고 있는 비밀.

그는 썩 뛰어난 무재가 아니었다. 입문 시기는 빨라서 노태약과 동배(同輩)이지만 워낙 둔하다 보니 사제들과 비무를 시켜도 번번이 지곤 했다. 망신도 그런 망신이 없지만 그래도 그는 청화장을 떠나지 않고 무공 수련에 몰두했다.

"내가 저렇게 수련했으면 벌써 중원을 휘어잡았을 거야."

"지치지도 않나 봐. 포기할 때도 됐는데."

사제들이 면전에서 대놓고 조롱해도 그는 웃기만 했다.

청화장 사람들은 봉자명의 속내를 알지 못했지만, 능 총관은 알고 있었기에 웃음을 머금을 수 있었다.

능 총관이 청화신군과 바둑을 두고 있을 때, 봉자명이 찾아와 대담(對談)을 요청한 일이 있었다. 그 자리에서 봉자명은 참으로 어처구니없는 질문을 했다.

"무공을 수련하는 방법 중에 제일 좋은 방법을 알고 싶습니다."

능 총관은 웃음이 터져 나오려는 것을 억지로 참았다. 오죽 답답했으면 청화신군을 찾아와서 갓 입문한 자들이나 던지는 질문을 할까.

"일일백련(一日百練)하여 일수천련(一手千練)하면 무공이 무엇인지 알게 될 게다."

"제자는 둔해서 사제들에게도 번번이 집니다. 계속 무공을 수련해야 될지 망설여집니다."

"널 받아들인 이유는 마음이 혼탁하지 않고 끈기가 있기 때문이다. 여기서 포기하겠다면 청화장에 머물 이유도 없어진다."

"사부님, 죄송한 말씀이지만…… 만약 청화장에서 다섯 명만 남겨야 한다면 누굴 남기시겠습니까?"

이 질문에는 능 총관도 깜짝 놀랐다.

참으로 건방지고 당돌한 질문이지 않은가. 지금까지 순박하게만 보아왔는데, 효웅(梟雄)이나 간웅(奸雄)이 던질 만한 질문을 서슴없이 하다니.

"너도 포함시켜 주마."

청화신군은 의외로 순순히 대답했다.

"네 명만 남기신다면……."

"포함시켜 주마."

"죄송합니다. 세 명만 남기신다면……."

"먼 길을 갈 때 한 명만 데리고 가야 한다면 널 데리고 가겠다."

그 후, 봉자명이 가장 좋아하는 말은 일일백련, 일수천련이 되었다. 수련을 접하는 열의도 타의 추종을 불허했다.

봉자명이 돌아간 후, 능 총관은 청화신군에게 물었다.
"정말 봉자명을 그렇게까지 생각하십니까?"
청화신군은 되물어왔다.
"자네는 내 수하인가, 벗인가?"
"수하이자 벗이죠."
"틀렸네. 벗이네. 날 알고 이해해 주며 따라주는 벗. 벗으로서 날 도와주고 있는 거지. 봉자명도 그래. 자명이가 무공을 수련하는 이유는 오로지 날 존경하기 때문이지. 나와 같이 있고 싶은 거야. 그 이유뿐이지. 자네나 자명이나 내게는 인간이야. 먼 길을 가는데 인간을 데리고 가야지 누굴 데리고 가겠나?"
"그래도 나중 질문은 건방지기 짝이 없는데 호통을 치시지 그러셨습니까?"
"하하하하! 호통을 칠 일이 아니었네. 나름대로는 절박한 질문이었지. 무공 때문이 아니라 내가 필요로 하면 머물 것이고, 필요치 않다면 낙향할 생각이었던 거지. 자명이는 자신이 필요한 존재인지 아닌지를 알고 싶었던 거야. 무공에 진척이 없으니 불안했던 거지. 하하하!"

그 대담 이후, 봉자명은 오로지 수련에만 몰두했다. 결과가 좋지 않아도, 진척이 굼벵이가 기어가는 것보다 느려도 개의치 않았다. 그리고 그는 항상 웃었다.

무공에만 열중한 것도 아니다. 그는 사제들의 일거수일투족을 꼼꼼히 살폈고, 혹여 불편한 것이 있거나 부족한 부분이 있으면 말하기 전에 재빨리 챙겨주곤 했다.

어떤 사제들은 한낱 시종 정도로만 취급했다. 좀 더 그와 함께 보낸 세월이 많은 사제들은 진심으로 사형 예우를 했다.

청화신군이 사망하자, 봉자명은 미련없이 낙향했다.

"제겐 사부님이 신이었어요. 제 꿈은 사부님을 모시고 중원을 돌아다니는 거였죠. 사부님 곁에만 있으면 행복했으니까요. 하지만 이제는 다 끝났네요."

그가 청화장을 떠나며 능 총관에게 했던 말이다.
청화신군의 말은 옳았다.

"총관님 아니십니까! 금하명, 너도 왔구나. 얼굴 좋아졌는데? 그렇잖아도 소식을 알 수 없어서 궁금했는데, 잘 왔다."
봉자명은 활짝 웃으며 반겼다.
"너도 좋아졌구나. 살도 새까맣게 타고."
능 총관도 봉자명을 반겼다.
"하하! 농사꾼 다 됐죠. 하루 종일 뜨거운 볕에만 있다 보니 이렇게 되네요."
봉자명은 건강해 보였다. 청화장에 있을 때는 짓눌려 있다는 느낌을 지울 수 없었는데, 지금은 깨끗하고 밝게만 보인다. 아니, 그저 건강하다는 느낌을 준다.
"자, 어서 안으로 들어가세요. 이렇게 오셨으니 며칠 푹 쉬시다 가셔야 합니다. 누추해서 어쩌죠? 깨끗한 침구도 없고."
집 안은 그의 말대로 누추했다. 집은 어느 시골 농가와 다름없이 허름했고, 방도 비좁았다. 거기에다 가을 추수걷이를 방 안에 쌓아놓아 발 디딜 틈도 없었다.

"총관님은 여기서 주무세요. 그래도 이 집 안에서는 제일 깨끗한 곳입니다."

그는 자신의 침상을 기꺼이 내놨다.

"아니, 그럴 수 없네. 이 집은 자네 집 아닌가. 우린 손님이고."

"섭섭합니다. 손님이라뇨. 총관님은 언제나 제 총관님이십니다."

빈말이 아니었다. 그는 대야에 물을 떠와 괜찮다는데도 막무가내로 능 총관의 발을 씻겼다. 씨암탉도 잡고, 마을 여기저기를 돌아다니며 반찬도 얻어왔다.

"혼자 살다 보니 찬도 변변치 않아요. 아무거나 집어서 그냥 한 끼 때우곤 했죠."

"부모님이 계시지 않았나?"

"계셨죠. 이번 여름에 두 분 다 돌아가셨습니다."

"두 분 모두? 어떻게 그런 일이?"

"제가 돌아오자 논일은 제게 맡기시고 산으로 약초를 캐러 다니셨어요. 보시다시피 살림이 이래서…… 그러다 호환(虎患)을 당하셨죠."

"음……! 그런 일이 있었군. 미안하네. 괜히 아픈 곳을 건드렸군."

"아닙니다. 그래도 청화장에서 배운 게 있어서, 원수를 갚아드렸죠. 저놈이 그놈입니다."

봉자명은 밝게 말하며, 곡식 더미 위를 가리켰다.

방 안이 어두워서 잘 보이지 않았는데, 그곳에는 호랑이 가죽이 둘둘 말려 있었다.

"하하! 제가 호랑이를 잡았다는 사실을 사제들이 알면 깜짝 놀랄 거예요. 하하!"

"무슨 무공을 사용했고?"

대어흘소어(大魚吃小魚)

능 총관이 분위기를 바꾸기 위해 화제를 돌렸다.
"글쎄 그게 기막히데요? 잡기는 잡았는데, 나중에 곰곰이 생각해 보니 어떻게 잡았는지 모르겠더라고요."
봉자명은 머리를 긁적였다.
"하하하!"
"하하하!"
웃음보를 터뜨리지 않을 수 없었다.

밤이 깊도록 이야기는 끊기지 않았다. 처음에는 웃음소리만 흘러나왔지만 밤이 깊어지자 성난 고함이 터졌다.
"아! 글쎄 저보고 삼명 백가 무복을 입으라는 겁니다. 그게 정신있는 놈들입니까? 장주님도 복도 없으신 분이지. 그런 놈들을 제자랍시고 받아들이셨으니. 좌우지간 털 검은 짐승은 기르는 법이 아니라더니 그 말이 딱 맞지 뭡니까! 썩을 놈들!"
봉자명은 취해서 횡설수설했다.
원래 술을 잘 하지 못했지만, 오랜만에 마음을 풀어놓고 마신 술이라 취기가 빨리 도는 모양이다.
"완아! 능완아! 그년이 여우예요, 여우! 아! 죄송합니다, 총관님. 완아를 무척 좋아했거든요. 그런데 그렇게 변할 줄 누가 알았습니까? 이건 정말 말도 안 돼요, 말도 안 돼. 저도 안타까워서 하는 말이에요. 이해하시죠?"
"사형, 취하셨네요. 오늘은 그만 주무시고……."
금하명이 봉자명을 안아 일으켰다.
봉자명은 거칠게 손을 뿌리쳤다.

"네놈도 그래! 네가 소장주야? 소장주란 작자가 이게 뭐야? 장주님이 객사를 하셨는데, 넌 자식이란 놈이 그림이나 그리고 자빠졌어? 무공을 수련한다고? 에라이, 똥통에 빠져 죽을 인간아. 이 손 놔! 안 치워! 더럽다. 더러워. 다 더럽다!"

금하명은 봉자명을 안아 일으켜 침상에 뉘었다.

봉자명은 반항을 하면서도 끌려가 눕더니 곧 잠에 빠져들었다.

"야, 봉 사형도 취하니까 대단하네. 자칫했다간 얻어맞을 뻔했네. 아저씨, 뭐 해요? 설마 취한 봉 사형 말을 곱씹고 있는 건 아니죠? 그럴지도 몰라. 워낙 소심하니. 자자, 홀가분하게 털어버리고 술이나 드세요. 봉 사형이 악의가 있어서 한 말은 아니잖아요."

능 총관은 대꾸할 기운도 없었다.

봉자명이 취중에 한 말은 비수가 되어 가슴에 틀어박혔다.

악의가 있어서 한 말이 아니란 건 안다. 술이 깨고 나면 자신이 무슨 말을 했는지도 모를 게다. 그 정도 말에 속상할 정도로 심약한 능 총관도 아니다.

딸이 걱정스럽다.

지금은 일이 술술 풀릴지 모르지만 정도가 아닌 길에는 반드시 함정이 도사리고 있다.

멀리서 찾을 것도 없이 자신만 돌이켜 봐도 된다.

부광쇄두로 살인을 일삼을 때는 거칠 것이 없었다. 세상이 모두 내 것처럼 보였다. 권선징악(勸善懲惡)이란 경서(經書)에만 나오는 허울 좋은 말이었다.

다 좋았는데…… 여인을 만나면서부터 헝클어졌다.

누구에게 간섭받지 않고 행복하게 살려는 순간에 과거의 살인이

마(魔)가 되어 돌아왔다. 싸우지 않으려고 해도 싸워야만 했다. 사랑하는 여인만은 지키고 싶었는데 그러지도 못했다. 그의 인생은 그의 것이 아니라 하늘의 것이었다.

딸도 언젠가는 자신의 행위가 마가 되어 돌아가리라.

그는 묵묵히 술잔만 기울였다.

'완아…… 네가 많은 사람 가슴에 못을 박았구나. 이 순박한 놈까지 널 욕할 때는. 휴우! 이 일을 어찌하나.'

　　　　　　＊　　　＊　　　＊

봉자명은 감시 대상자다.

삼명 백가의 백납도에게 몸을 의탁하지 않은 청화장 무인은 상시 감시 대상이다.

타 문파에 몸을 의탁한 자는 사고를 당하고 말았다.

불영검유(佛影劍儒)에게 배사지례(拜師之禮)를 올린 묵유(墨游)는 측간에서 볼일을 보다가 발을 헛디뎌 분뇨에 파묻혀 죽었다. 한삼문(漢森門)에 입문한 애륜(艾倫)은 밤에 잠을 자다 심장마비로 죽었다.

청화장을 등진 후, 타 문파에 입문한 문도는 모두 여섯 명이었으나 그들 모두가 거의 같은 시기에 변고를 당했다. 그중에는 장문인까지 변고를 당한 경우도 두 건이나 된다.

그런 일이 있은 후, 복건에 존재하는 문파들은 청화장 문도를 제자로 받아들이지 않았다.

파문당한, 혹은 멸문한 문파의 문도를 제자로 받아들이는 경우는 없다. 지극히 아까운 인재이고, 본인의 잘못이 아니라고 판단될 경우에만 간간이 받아들이는 경우도 있지만 손으로 꼽을 만큼 귀한 사례다.

청화장 문도가 여섯 명씩이나 타 문파에 입문한 경우는 생각해 볼 문제다. 그들이 그만큼 아까운 인재였을까? 순수한 의도로 입문시켰을까? 그렇게 보기는 어렵다.

청화장 무공은 복건제일의 무공이다. 호기심이 치밀지 않을 리 없다. 그런 의미에서 청화장을 등진 무인들은 좋은 복덩어리다.

봉자명처럼 고향으로 낙향하여 무림과 인연을 끊은 사람은 두 명뿐이다. 낙향하기는 했지만 혼자 계속 무공을 수련하는 사람은 이십여 명에 이른다.

노태약, 기완, 담정영, 조자부 등이 대표적인 문도다.

그들 중에도 변고는 있었다.

서금중(徐錦中), 주서민(朱瑞玟)이 그들이다.

서금중은 집 안에서 잠을 자다가 어린아이가 장난 삼아 저지른 불꽃놀이에 타 죽었고, 주서민은 달려오는 마차를 피하지 못하고 깔려 죽었다. 술 취한 마부가 깜빡 조는 사이에 발생한 사고였다.

의견은 분분했다.

무인이라는 사람이 불난 것도 몰랐을까, 무인이 달려오는 마차를 피하지 못한대서야 말이 되는가.

청화장 무인들은 입도 벙긋하지 않았다.

나머지는 어처구니없게도 삼명 백가 사람이 되었다.

백팔십여 명에 이르는 무인들이 사람들의 손가락질에도 아랑곳하지 않고 삼명 백가의 무복을 입었다.

지금도 사고는 무인 이십여 명의 목숨을 노리고 있다.

삼명 백가의 무복은 호신부(護身符)가 되어 목숨을 지켜줄 것이지만,

청화장의 무복은 재앙을 끌어당기는 역할을 하려고.

"능광하고 금하명 맞지?"
"맞아. 후후! 어김없군."
"좌우지간 청화장 놈들 우애 하나는 알아줘야 한다니까. 속으로 헛짓거리하는 걸 빤히 보면서도 내버려 두는 이유가 대체 뭐야? 나 같으면 단칼에 도륙했을 텐데."
"계집에게 빠졌잖아. 아직까지는 내버려 둬도 상관없고."
"어서 보고해. 기다리고 있을 텐데."
봉자명을 감시하던 두 무인은 급히 몇 자를 휘갈겨 쓴 후, 전서구(傳書鳩)를 날렸다.

『사자후』 2권에 계속…

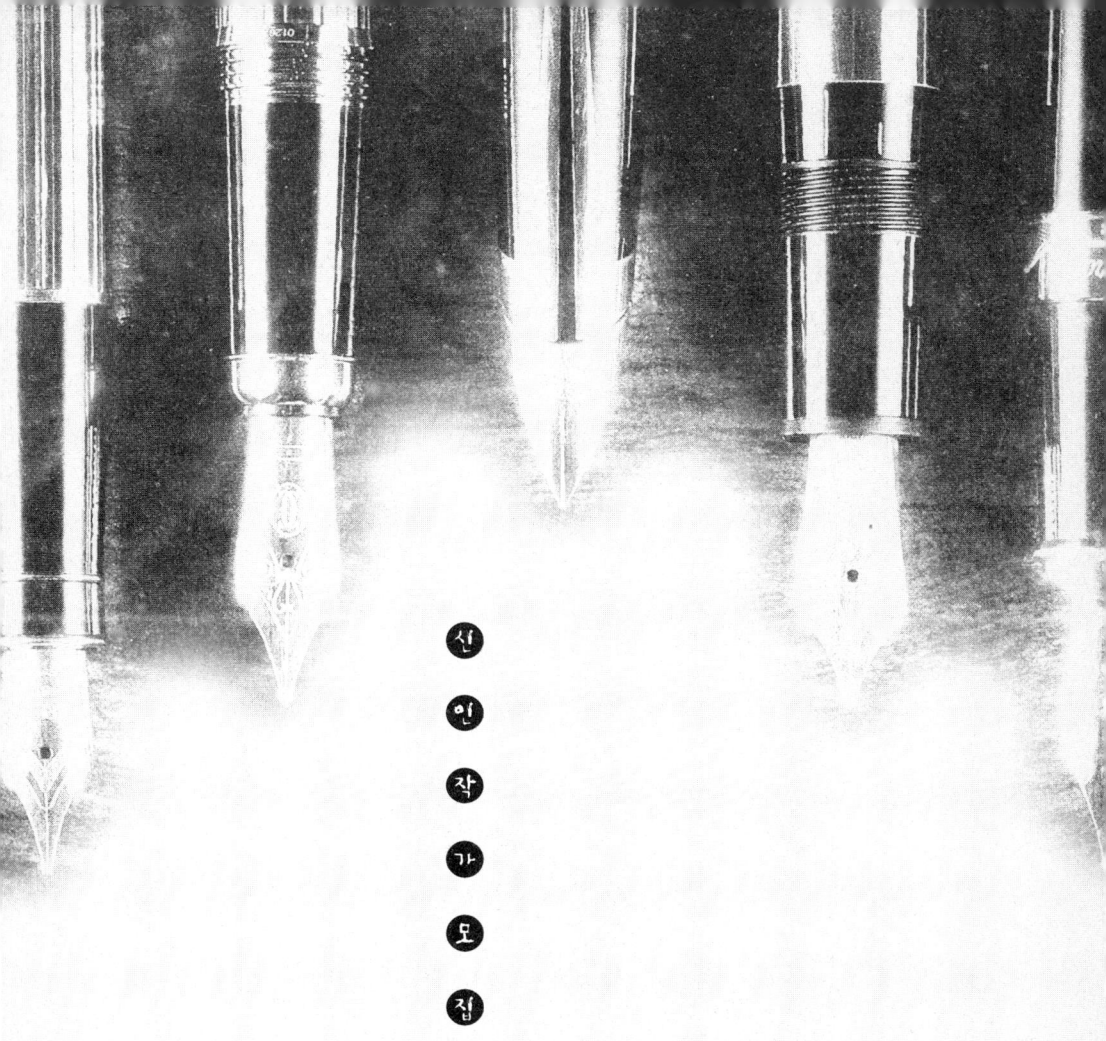